目次

序　地獄の釜が閉じるとき　7
一　比叡山坂本　9
二　京・坊門殿　19
三　西国下り　59
四　北九州征伐　74
五　香春岳《かわらだけ》城攻め　101
六　大野城攻め、怡土《いと》城にて　126
七　富士への遊覧　181
八　坂東の地で　235
九　永享の乱と結城合戦　262
十　嘉吉の乱　344
解説　天野純希　375

主な登場人物

【小鼓】坂本で饅頭売りをしていた少女。父・良兼を追ってきた義圓に町を焼き払われる。父をかばった際に左腕を切り落とされて生死の境をさまようが、坊門殿に引き取られる。

【足利義教（義圓）】坊門殿で行き場を失った子供たちを庇護している。はじめ僧籍にあったが、くじ引きによって将軍に選ばれ、足利幕府六代将軍となる。

【良兼】小鼓の父。幕府に命を狙われている。身分を隠して坂本に住んでいたところを義圓に見つかったが、間一髪逃げのびる。

【大宝】坊門殿で暮らす子。小鼓と同い年で、剣術に優れている。

【瀬良】女の組頭。小鼓と九州の戦場で出会い、行動を共にする。

【満済】黒衣の宰相として幕府を差配する僧侶。小鼓の兵法の師となる。

イラスト・槇えびし

悪将軍暗殺

序　地獄の釜が閉じるとき

か細く落ちる雨を踏みしだき、小鼓《こつづみ》は玉砂利の上を飛んだ。濡れた土の匂いがした。稲光が黒雲の中を走ってあたりが青白く照らしだされる。遅れて轟音。空気が震えた。なんと畏れ多いことを、と大気も震えているようだった。

誰かの金切り声が聞こえる。

「あの女を止めろ」

「誰か。御所《ごしょ》さまを御守りしろ」

寝殿造りの庇にあがる五段ほどの階《きざはし》に足をかける。足が滑って思わず左腕が出た。

だんっ。

ついた左手は、力強く小鼓を支えている。それがどれほど嬉しいことか。ここまでくるのにどれだけの人の思いを背負ってきたか、小鼓が討とうとしている男は知っているのだろうか、と思った。

顔をあげて真正面、屛風の前に座る男を見据える。目の奥がちかちか痛み、男がいまどんな顔をしているのか、わからない。震えあがっているのか、怒り狂っているのか、それとも。ついに牙をむいたな、と笑っているかもしれない。

「義教《よしのり》さま、御覚悟」

唸り声をあげて小鼓は太刀を振りかざす。

嘉吉《かきつ》元年六月二十四日。

足利《あしかが》幕府六代将軍・義教を殺せば、地獄の釜は閉じる。

一　比叡山坂本

室町幕府も五代がつづき、荒れ果てた洛中洛外にも人が戻ってきた、そんな頃の話である。

京の東に天台宗総本山、比叡山《ひえいざん》がある。大勢の学僧を抱えるこのなだらかな山に冬の淡い朝日が差してゆく。比叡山の麓の門前町坂本は、琵琶湖からたちのぼる靄《もや》に包まれ、まだ、眠ったようであった。

小鼓《こつづみ》という十二歳の子供がいた。坂本の町はずれの掘っ立て小屋に寝起きをし、朝早くから起き出して、せいろで饅頭を蒸し、比叡山の山道の入口で饅頭を売って日銭を稼いでいた。母は小鼓が六つのときに病気で死に、父は足軽として戦《いく》さをしに出かけ、留守にしていることがおおかった。その父は昨日、大和国《やまとのくに》の戦さから戻ったばかりで、小屋で酒瓶を抱いて高いびきをかいている。

疲れているだろうから一日くらいは父を寝かせておいてやろうと、今朝も小鼓は鼻の頭を赤くし、一人で比叡山へ登る杉木立を歩いていった。饅頭を売るためである。その日暮らしではあったが、小鼓は自分が不幸だと思ったことはなかった。京の河原には家もなく、筵《むしろ》を一張羅に生きている子供がたくさんいるという。それに比べれば自分は食うものには、なんとか困らない。

参道の中腹で、まだ温かいふかしたての饅頭が詰まった背負子《しょいこ》を降ろし、出店の支度を終える。下げ袋から父が綴った、とある帳面を出して読もうとしたときだった。

曲がりくねった薄暗い山道を降りてくる一団が見えた。こんな早くから降りてくるとは、昨日のうちに山に登り、勤行《ごんぎょう》を終えてきたのだろうか、と思った。

一団を避けようと、小鼓は参道の脇にどいた。侍烏帽子《さぶらいえぼし》に胴丸をつけた足軽が二十人ばかり。比叡山の山衆（僧）は白頭巾《ずきん》に高下駄を履いているから御山（比叡山）の坊主ではない、と小鼓は頭をさげながら考えた。僧兵は侍烏帽子を被らない。ではどういう者たちなのだろう。

足軽たちの先頭に立つ若い男が、鼻先を通りすぎた。塗香《ずこう》の深い薫香が漂う。墨染《すみぞめ》の衣に金泥《きんでい》の刺繍の入った美しい袈裟《けさ》を身に着けて、視線を感じた。小鼓がすこしだけ目をあげると、男と目があった。

「………」

男の吊りあがった細い目に険しい色が浮かんだかと思うと、すぐに離れていった。

小鼓は思いきって頭をあげ、一服の白湯を注いだ茶碗を男へ向けてみた。

金を持っていそうだ、と思ったからだ。

「一服いかがですか、美丈夫の御坊さま」

声が震えたのは寒さのせいだろうか。よしておけば良かった、と思った。男の顔に戦さの前のような鋭さが宿っていたのだ。

しかし男は一瞬思案顔をし、足をとめた。

「饅頭を寄越せ。朝の勤行で腹が減った」

白湯を一息に飲み干すと、手を差しだしてきた。刀の握りだこがあり、牢人の父とおなじ手をしていた。ちかごろの僧兵は薙刀や刀を使うから別段珍しいとは思わなかったけれど、男は太刀や薙刀を帯びていない。

男はひらべったい饅頭を口に放りこみ、口を動かした。

「味もそっけもないが、存外うまい」

男はほかの兵たちの分も饅頭を買ってくれた。思わぬ客に浮かれきって小鼓は男たちに饅頭を配って回った。最後に渡したのは、小鼓とおなじ年頃の男童《おとこわらべ》だった。緋色の水干におおきさのあわぬ大人の鉄笠をかぶって、手拭で口元を覆っている。

「貧乏くさい饅頭だな」

男童は鉄笠の庇をあげて、饅頭を口に放りこみ、すぐに顔を顰《しか》めた。

「ぺっぺ、京の饅頭のほうが旨いや。ねえ義圓《ぎえん》さま」

義圓というのが僧の名前らしい。小鼓はむっとして男童を睨んだ。小鼓よりすこし背も低く、怖いことはない。

「嫌ならかえしなさいよ」

「もう飲んじまった。糞になって出てくるのを待つか」

「嫌な奴」

義圓は喧嘩を仲裁しようとしたのか、小鼓の後ろを指さした。

樫の木に、旗が立っている。

「神仏まんぢゅうというのか。行商人らしからぬ、達筆な字だ」

旗の字は父が書いた。牢人だけれども、書物も読めるし、自分で漢詩を作ったりもする。小鼓にも読み書きを教え、帳面に色々書きつけて教えてくれる。自慢の父だった。

「お父ちゃんが書いたのです。お父ちゃんは、四書五経を読むのです」

義圓はしばらく旗を眺めたのち、小鼓に向きなおった。

「お主の父親はどこにいる」

「お父ちゃんは、小屋で酒をかっくらって寝ています」

父親は昨日、大和国《やまとのくに》の箸尾《はしお》氏と筒井氏の争いに筒井氏方として戦さ働きに参陣して戻ったばかりであった。興福寺《こうふくじ》の寺衆たちの争いは金払いも悪くなかった、と上機嫌で播《はり》磨《ま》の酒を買い入れてきた。これがうちの家宝だと自慢にしている白磁に花鳥の絵付けがされた瓢《ひさご》の形《なり》をした徳利に、酒を入れてちびちび飲んでいた。父親はそれが唐物の白磁で、売れば一国が買えると嘯《うそぶ》くが、絶対に嘘だろうと小鼓は信じていない。

義圓は声を低めて言った。

「お主は坂本の民か」

小鼓が頷くと、義圓の眉頭に深く皺が刻まれる。

「これから坂本で騒ぎが起きるであろう。これは比叡山の学僧も了解していることである。町には戻らぬがよいぞ」

騒ぎ、とはなんだろう。口ぶりから騒ぎを起こすのは、ほかならぬ義圓自身ではないかと小鼓は思ったが黙っていた。

「ほかに大事な者がいるなら逃げるように伝えよ。よいな」

義圓という僧はそう言い、綺麗な一文銭を百枚つづりで渡してきた。饅頭の代金にしてはおおすぎる、小鼓は慌てて銭をかえそうとした。

「こんなに受けとれません」

義圓はもう小鼓には興味がなくなったように歩きだす。男童が小鼓に向けて目を剝いてみせたが、ほかの足軽たちは顔を引き締め、足早に坂本の町へ向けて進みだした。

小鼓は男たちが薄霧の向こうに消えてゆくのを見送り、首をひねった。

「おかしなことを言う御坊さまだ……御山の学僧という感じでもなし」

しかし思いもよらず銭が手に入り、幸先がいいと小鼓はすぐに義圓たちのことを頭の隅に追いやった。久しぶりに白い米を買って帰れば、父も喜ぶだろう。

一刻ばかり経つと、霜が降りた山道にも木漏れ日が差してきた。参道の山道を白い脚《きゃ》絆《はん》を巻いて、参拝者たちが杖をつきつき登ってくる。

すると参拝者の一人が道を振りかえり、麓の坂本の町を指して声をあげた。

「火事だ」

慌てて小鼓も坂本の町を顧みる。小鼓の小屋がある町外れで黒煙があがっていた。山から吹き下ろす北西の風に吹かれ、赤い炎がしだいに範囲を広げていくのがわかる。ぞっと全身の毛が逆立った。父は深酒をして寝ている。火事にも気づくかどうか。

「お父ちゃんを起こして逃がさないと」

小鼓は饅頭の入った背負子も幟旗《のぼりばた》もそのままに、山道を転げるように走りだした。さきほどの義圓という男が言った「騒ぎ」とは、これか。しかし火をつけるとはとんでもない悪僧ではないか。なんのために町を焼くのか。まさか合戦《がっせん》ではないだろうな、とさまざまな考えが頭を渦巻いた。

町に近づくほど煙の臭いがきつくなり、逃げだしてきた人々で道はごったがえしていた。小鼓は町外れの小屋を目指した。町の木戸を越えしばらく走ると、むこうから鎧櫃《よろいびつ》を背負って駆けてくる父の顔が目に飛びこんできた。大事に例の家宝の徳利を抱いている。

「お父ちゃん！　無事だったかい」

煤《すす》に塗《まみ》れた父は、おおきな掌で小鼓のざんぎり頭を撫でた。

「お父ちゃんがこんな火事で死ぬかよぉ」落ち着きなく辺りを見回す。「さっさと逃げるぞ」

梵鐘《ぼんしょう》がけたたましく鳴るなかを、父と子は、比叡山へ登る道を走ってゆく。火事や琵琶湖の氾濫があれば、みなが比叡山に逃げこむのは常のことだった。

町を囲む一番外側の築地《ついじ》にたどり着いたが、開いているはずの木戸は閂《かんぬき》が通され、町の人々が比叡山に入るのを拒んでいた。群衆は木戸の横に立つ櫓台《やぐらだい》を見あげ、怒声をあげていた。

櫓台から身を乗りだし、足軽が鑓《やり》を振って怒鳴った。

「こちらはかつての天台座主《ざす》である青蓮院《しょうれんいん》義圓さまなるぞ、控えよ」

義圓。さっきの僧だ。

「さっき会ったよ、あの御坊さまが火をつけたんだ」

小鼓がそう告げると、父は舌打ちをした。徳利が割れぬよう手拭を巻きつけ、下げ袋に入れて小鼓に渡す。

「それは家宝や。お父ちゃんと思うて持っておけ。ここは駄目だからべつを探す」

なぜいまこんな物を渡すのだろう、と思ったが聞いている暇はない。小鼓は下げ袋を腰帯に結わえつけた。

別の足軽が櫓台から身を乗りだし、弓を構える。

「罪人を探している。叡山の許可も得てある。見つかるまで木戸を開けることはできぬ」

櫓台を見あげると炎に照って、群衆を見おろす義圓の顔があった。迫る業火の光をかえして金泥の袈裟が揺れている。

「いたぞ！」

足軽の声で我にかえる。足軽たちがこちらにむけて走りだし、父の背目がけて矢を射る。なぜ父が射られるのかわからないまま、小鼓は父を追った。そのとき矢の一本が小鼓の片足を摺り、小鼓はどっと転げた。焼けつくような痛みに叫び声をあげると、父が振りかえった。

「小鼓っ！」

「ううっ……」

矢じりが肉を抉り、恐怖と痛みで足が震えて立ちあがれない。慌てて戻ってきた父の腕に縋りついたとき、低い声が飛んだ。

「良兼《りょうけん》を見つけたぞ。娘を連れた男だ。大宝《だいほう》、仕留めろ」

義圓が櫓台から身を乗りだしていた。櫓台を降りて木戸を潜り、あの意地の悪い男童がむかってきた。大宝という名の少年は、背に負った身丈ほどもある長刀を引き抜き、小鼓と父のもとへ走ってきた。

「お前が悪い奴か。おれの刀は備前のなんとかという名工の最後の作だ。腕の一本や二本、すらりと落とすぞ」

良兼、という知らぬ名で呼ばれた父親は、それに驚くふうもない。追われているのを理解しているようだった。父は自らの背中に小鼓を隠し、錆びた刀を抜いた。

「小鼓、いまのうちに逃げえ」

父は唾を吐くと、大宝という男童に打ちかかった。数合斬り結んだが、しだいに父が押されて後ずさる。大宝は口元に笑みを浮かべ、冷酷に父を追い詰めていった。小鼓は痛む足を引きずってよろめきながら歩きだしたが、行く手の道に、火柱をあげて家屋が崩れ落ちてきて、道をふさぐ形になった。火の粉が降りかかり、小鼓は悲鳴をあげた。

「わあっ」

悲鳴をあげると、父の声が響いた。

「小鼓！」

振りかえれば、高い櫓台から身を乗りだす義圓の、鬼のような形相が見えた。唇はめくれあがり、舌なめずりをして甲高い声で叫ぶ。

「幕府の安寧《あんねい》を乱す者は除《のぞ》くべし」

逃げなければ。父も自分も殺されてしまう。訳もわからずつよく思った。

父が小鼓を助けようとこちらに走り寄ってくる。その背を追いかけて、大宝が刀を振りかぶる。父が斬られる。頭が真っ白になりとっさに体が動いた。父を抱きしめ、懸命に大宝の刀を止めようと左手を伸ばす。父が「馬鹿ッ」と小鼓の手を摑んだそのときだった。

左腕に鋭い痛みを感じ、視界が白く眩《くら》んだ。

「なんてことをするんや、子供やぞ！」

白む視界の真ん中で、血まみれの自分の腕が地面に落ちるのが、ゆっくりと見えた。
轟々と火が渦巻く。肩口の痛みを感じながら、小鼓は意識を失った。
それは、応永三十三年（一四二六）の暮れ。
室町幕府開闢《かいびゃく》以来の地獄が口を開いた、はじめの一日だった。

二　京・坊門殿

まだ幼いころの記憶を夢に見ていた。

母のぜいぜいという喉を鳴らすか細い声が聞こえている。父が河内《かわち》の戦場で足軽をして稼いだ金も尽き、雑穀を一人分しか買えなかった。母は数日前から熱病に冒され、医者も呼べない。雑穀の袋を手にして戸口に立った父が呆然と立ち尽くしたあと、粥を炊きはじめた。母にやるのかと思うと、ひび割れた椀に注いだ粥を小鼓に突き出した。

「お母ちゃんに……」

おおきな父の掌が、ふたたび椀を小鼓《こつづみ》に押しつける。顔をあげると、目を剝いて悪鬼のような形相をしていた。

「わてもお母ちゃんも、小鼓が満腹なら、腹も減らないさかい」

銭を探して来るわ、と父はどこかへ出かけて行った。その晩、見たこともない徳利と盃を持ってきた。二つの盃と徳利でひとつのもので、盃の一つは慈悲で残してきてやった、と笑った。

粥を三人で腹いっぱい食べて、つぎの朝母は冷たくなって、死んだ。


小鼓が目を開くと、心配そうな少年の顔が見えた。

「ああ、目ぇ覚ましはった。あんた、三日も寝たきりで、血もおおくのうなっていたし、駄目かと思ったで」

嬉しそうに呟き、少年は小走りに部屋を出ていった。

全身が氷のように冷たく、四肢が動かない。ここはどこだろう、と思って目を動かすと、暗がりから声がした。

「お前は父親を庇《かば》って、斬られたんだ」

部屋の隅に、大宝《だいほう》という男童が放心したように座りこんでいる。

「おれは、悪くねえぞ」

なにかを反駁しようとして、乾ききった口から自分のものとは思えぬ声が漏れる。

「うぅ……」

途端、左肩に焼けつくような痛みがあり、頭が火箸で搔きまぜられるように痛んだ。

大宝が部屋を出て行く気配がする。

「落ちた左腕は、焼けちまったよ」

左に目を向ければ、包帯を巻かれた左肩のさきには、なにもない。

小鼓は、絶叫した。

「うわあああっ」

四肢をばたつかせて暴れたいのに、体が動かない。股から尿を漏らし、意識が遠のいた。目を覚ませばまた激痛が走り、そのたびに気絶してしまう。そんなことを三日三晩繰りかえした。漏らす尿も尽きた頃、ようやく痛みが和らいできた。枕元には、なぜか家宝の白磁の絵付け徳利を入れた下げ袋が置かれていた。

大宝は日の半分は枕元に座って、小鼓を見つめていた。

「はじめて人を斬った。だけどおれは、悪くねえんだ」

頭や肩に釘を差しこまれるような痛みを紛らわせたくて、小鼓は部屋の外を窺った。どこからか笛と鼓の音が聞こえてくる。

外は、わずかに雪が舞っていた。八畳の板間のさきに庭園が広がって、池らしき水面も見える。たいそうひろい御屋敷のようだった。

「お父ちゃんはどこ……？」

問うと、大宝は半眼のままぼんやりと言った。

「お前の父親は焼ける家に飛びこんだ。死体は見つからなかったから、きっと逃げやがったんだ。しぶとい奴だ」

それを聞き、わずかに痛みが遠のく。合戦場をいくたびも生き延びてきた父のことだ。きっとどこかで生きている。考えるだけで胸の息苦しさが薄らいだ。

大宝は目をしきりに動かし、口を尖らせた。

「お前を斬ったこと、おれは詫びないぞ。おまえの父は罪人だと、義圓さまは言った。だからおれは悪くない」

父のことを問おうとしたが、朦朧とした頭でなにも思い浮かばず、うう、と呻き声しか出ない。額に冷たい感触がある。大宝の手が載せられたのだった。

「おれは、謝らない。だけど、死ぬんじゃねえぞ。女を殺すのは下種《げす》のやることだ」

額の冷たさが染み入って、小鼓はふたたび眠りに落ちていった。

一月《ひとつき》が過ぎるころ、小鼓はようやく起きあがることができるようになった。十郎《じゅうろう》という少年が懸命に介抱してくれたおかげだった。

十郎は小鼓に優しく言い聞かせた。

「ここは坊門殿《ぼうもんどの》と言うて、義圓さまが行き場をなくした子を養うとる寺や。なんにも気にせずいたらええ」

雪がちらついて底冷えのする日、ここにきてから重湯だけだった食事が粥に変わった。身を起こすだけで頭が回る。左腕で己の体を支えようとして、寝床に倒れこむ。左腕がもうないのを忘れていた。匙を持つ右腕は骨と皮ばかりになっていた。

十郎が背中を押して体を支えてくれた。

「食べられそうか」

椀を持つと匙が持てないから体を折り曲げて椀に口を近づける。震える手で匙を口に運んだ。犬のようだと思うのもつかの間、すぐに寝床に倒れこんだ。粥の米粒を飲みこめずに、二口ともたず吐き出してしまう。目に涙が浮かんできた。

「うっ、うっ……」

左腕を失い、父に置き去りにされ、なぜこんなところにいるのだろう。こみあげた涙はぽろぽろと溢れた。父はいまどこにいるのだろう。娘を置いて逃げなければならぬほどの「咎《とが》」なのか。それは一体なんなのか。

「無理しても食べなあかん」

十郎に促され、気力をふり絞って粥をふたたび口に含めば、わずかな塩気と梅干の酸っぱさが口に沁み、腹の底から熱が体じゅうに広がっていくのを感じた。

生きている。体は生きようとしている。

枕元に座っていた大宝が鼻で笑った。

「腕がないうえに泣いてばっかり。辛気臭えな。笑えよ」

十郎が大宝を叱りつける。

「これっ大宝。誰のせいでこないになったと思うとるん」

「ちぇっ十郎の奴、いい子ぶってよ」

大宝は立ちあがって襖を開け放った。大粒の雪が舞って、冷気が流れこむ。それまで耳に届かなかったやわらかな笑い声が耳に届いた。大宝は渡り廊下を歩いて行かず、庭の飛び石を跳んでいった。大粒の雪を肩に積もらせて飛び石に跳び渡ればどこからか、笑い声と手を打つ音が聞こえてきた。

外へ出た大宝が石を拾い、小鼓に向けて投げてくる。

「やい女、来られるものなら来てみろい」

すると低い張りのある声が、大宝を窘《たしな》めた。

「大宝。意地悪はやめろ。こっちへ来い」

大宝は背中を丸め、素直に声の主のもとへ駆けていった。庭の向こうに書院造りの建物があり、縁側に火鉢を抱いて男と子供が数人座っている。男は例の僧、義圓であった。山吹色の僧綱襟《そうごうえり》の法服《ほうぶく》に、京紫の五条袈裟をかけ、檜扇《ひおうぎ》で大宝を差し招く。懐から櫛を取りだし、腰をおろした大宝の髪を梳きはじめた。

「まったくお前は頭をぼさぼさにしおって……武芸だけではなく、礼法も都で生きるには大事であると教えられなかったのか。身ぎれいにしろ」

大宝は目を細めて大人しく髪を梳かれている。

「おれは、義圓さまの太刀じゃ。髪なぞどうでもいい」

「お主にはあの娘の様子を見ておれと命じたはずじゃ。どうした」

大宝がこちらを指さした。義圓と目があう。

髪を梳き終えると、子供たちに部屋にいるようにいいつけ、義圓は大宝を引きつれこちらに渡ってきた。

まず床の前に座ると、義圓は頭をさげた。

「腕のこと、すまなんだ。詫びる」

柔らかな物腰は櫓台から良兼を仕留めろと叫んでいた男と同一人物とは思えず、小鼓は面食らった。

「は、はい……」

「お主の父は咎があり、将軍義持《よしもち》さまから追討命令が出ておった」

「わたしも罰せられるのですか」

「父の罪は父のもの。娘のお前に罪はない。孤児にするのも忍びなく、お主はこの坊門殿で預かり不自由なく過ごさせるゆえ、安心して暮らせ」

小鼓はまだ動かぬ頭で必死に考えた。父にどんな咎があるのか、その咎は命を狙われねばならぬほどのものなのか。なぜ自分をここに留め置くのか。

疑問は浮かんだまま解けず、まずは父のことを聞こうと思った。

「わたしの父は、なんの咎があるのですか。なぜ良兼と呼ばれているのですか」

小鼓の知る父は良兼という名ではなく、足軽として各地を転戦し、三月《みつき》に一度ほど金を持って帰ってくる、酒好きの父であった。幕府に狙われるような咎があるとは思えなかった。

ないはずの左腕が動くような気がして右手で触れてみようとしたが、空を摑むばかりである。父は、左腕を落とされた娘を残しても、逃げなければならぬほどの咎があったのだろうか。考えるだけで心細くてたまらなかった。

頭をあげた義圓はいくぶん堅い顔つきになって言った。

「それは幕命のことゆえ、いま話すわけにはゆかぬ。まずは体を治すことを考えよ」

大宝がげーっと顔を顰めた。

「義圓さま、本当にこいつを坊門殿に置く気ですか。片腕がない女子《おなご》なんか、舞もできぬし、鼓も打てぬ。なんの使い途もない」

義圓は檜扇で大宝の頭を軽く打ち、小鼓に穏やかな笑みを投げかけた。

「そのような非道を申すでない。この坊門殿は公方《くぼう》さま（将軍）よりじきじきにわしに預けられた寺じゃ。家と思うて過ごすがよい」

小鼓の右手を握り、義圓は言い聞かせる。おおきな温かい手だった。

「どんな人も、必ず活きるべき場所がある」

そうして小鼓は床に戻り、義圓はしばらく留まって穏やかに見つめていた。

小鼓がとろとろと寝入ると、義圓は大宝を従え静かに出て行った。

外ではまだ、雪が舞っている。


義圓の穏やかな態度に安堵し、小鼓はその日から坊門殿の一員として生活することになった。

坊門殿には下は五つの子供から上は十五ほどまでが、十人ばかり暮らしている。日中は舞や楽器の練習をしたり、和歌の練習をしたりして過ごす。十五歳くらいになると各地の大名のもとで芸事を披露したり、雑事をこなす同朋衆《どうぼうしゅう》、御伽衆《おとぎしゅう》として出仕していくという。

十郎は小鼓とおなじ十三歳で、おっとりと優しい性格だ。十郎の舞いを見ると、こんなに美しい人がいるのか、と小鼓は感嘆するほかない。それもそのはずで、すでに能楽の世阿弥《ぜあみ》という師匠について、公家や武家に呼ばれて稚児舞を披露することもあるという。

どうやら坊門殿は義圓の持ち物であると同時に、大名たちが出資して、芸事や学問のできる者を育てているらしい。なぜそのようなことができるのかと言えば、義圓は公方、すなわち室町将軍の弟だというのである。

十郎から教えられたときには、小鼓もさすがにたまげた。

「将軍さまの弟、なんですか……あの方が」

十郎はこともなげに答える。

「みんなつぎの公方さまにならはる、言うとるえ」

おおきな屋敷も、和歌や舞の稽古をさせるのも、室町将軍家の財力ゆえであると知れた。ますます父のことがわからなくなっていく。将軍の弟に狙われるような大罪とは、どんな罪であろうか。

十郎はなにかと小鼓を気にかけてくれ、すぐに仲よくなった。

「小鼓ちゃんは、舞や和歌は不得手《ふえて》やなあ」

舞は片腕がないから不格好になってしまう。和歌はまったく興味がわかなかった。

義圓はときおり坊門殿に姿を見せ、舞や和歌の稽古はすべてさぼっている大宝に剣術をみずから教えていた。大宝は坊門殿でも孤高の童子で、幕府の剣術師範について剣術鑓術薙刀術などを学び、義圓の御供としてついてゆくこともある。

「おれは義圓さまが将軍になったら、近侍するんだからな。お前らみたいにじきに大名に売りだされる馬鹿とは違うんだ」

大宝は石を投げたり、着物を隠したり、子供じみた悪さをしてほかの子供たちから嫌われていた。それは隔てなく小鼓にも向けられた。

「お前は舞も和歌もできやしない。河原者になって春を売るしかねえじゃねえか」

大宝の言うことは正しく思えて、小鼓にはかえす言葉がない。坂本に戻ったとて家はもう焼けてなく、饅頭を売ろうにも材料を贖《あがな》う銭もない。求められていることができぬなら、追いだされるかもしれない。追いだされたら鴨川の河原に立っているみすぼらしい童子とおなじように、身を売るしかない。

十郎がすかさず慰めてくれた。

「義圓さまがよう言うてはる。人には誰でも得手があるさかい、それを見つけたらええよ」

「わたしの得手……」

ひとつだけ思うのは本が読みたい、ということだ。月の光に翳《かざ》して父の綴った帳面を読んでいるとき、父は小鼓の頭を撫でてくれた。おおきな掌の感触が蘇ってくる。

本気かおべっかかわからぬが、帳面を十歳ばかりで読み解く小鼓に父はよく言った。

「小鼓の得手は『兵法』やなあ。じきにわても敵わんようになるかもしれん」

父は足軽働きで得たわずかな銭をやりくりして、紙を買ってきた。そして比叡山から兵法書を借りて写しを作った。ときに碁盤に父と黒と白の碁石を並べて、盤上で合戦の真似事のようなことをした。

最初は意味も解らず漢字を追っていたが、異国の兵法家たちの声が聞こえてくるような気がした。理路整然とした孫子、すこし偏屈な呉子、なかでも小鼓のお気に入りは尉繚子《うつりようし》だった。彼らが残した武経七書《ぶけいしちしよ》を読み、盤上で石を動かせば、兵と兵が山野でぶつかる光景が鮮やかに目に浮かぶ。

なぜ心が躍るのか、わからない。だが、古の兵法家になったように小鼓は架空の山野を駆けた。

唯一の肉親である父に会いたい。それには、自分がしっかり生きねば。

自分には兵法がある、と小鼓は信じたかった。しかし幕府の御膝元である洛中では、ちかごろ戦さは起きなくなっていた。どうすればいいのかと悩むうち、その日は意外に早くやってきた。

三月のある昼すぎ、義経記《ぎけいき》を読んでいると、十郎が頬を紅潮させて走りこんできた。

「五条大橋で強訴《ごうそ》や。山門（比叡山）の衆徒が神輿《みこし》担いできて、騒いどる。五条大橋を神輿が渡ったら、洛中で略奪がはじまるかもしれん」

比叡山の衆徒は、幕府とのもめごとがあると、比叡山の麓にある日吉大社《ひよしたいしゃ》の神輿を担いで洛中まで押しよせる。神輿は神聖なもので、これに手を出すことはみな憚《はばか》るからだ。神輿の御威光をいいことに衆徒は暴れまわり、土倉《どそう》や町屋を壊して略奪することさえあった。

坊門殿は幕府所有の天台宗の寺だとはいえ、笛や鼓、着物など上等なものがおおいから略奪されるかもしれない、と小鼓は不安になった。

十郎が駆け足で小鼓の手をひく。

「小鼓ちゃん、見物に行くで」

「で、でも隠れなくていいの？」

「強訴は京の華やさかい。物は大人が隠すよって」

ほかの子供たちはもう門を潜って出ていく。大宝が鉄笠を被り、長刀を担いで先頭を切った。大宝の浮ついた叫びが小鼓の耳に届いた。

「これは戦さじゃ」

「戦さ……？」

洛中で戦さが起きる。心のなかに棲む異国の兵法者が小鼓に囁いた。

――兵法を学ぶなら人々がなぜ争うか、どう戦うかを見ておくがいい。

小鼓と十郎は大宝を追いかけ、五条大橋へと走った。

清水寺から洛中へ向かって鴨川にかかる五条大橋は、弁慶《べんけい》と牛若丸《うしわかまる》が出会ったという伝説の橋である。木橋の東側の袂《たもと》には、顔を白頭巾で覆い、腹巻《はらまき》を身に着けた山法師(僧兵)や平服に腹当を着けた衆徒たちが薙刀を掲げ、神輿をこちら側に渡そうとしていた。百人ばかりはいようか。

それを橋のこちら側で牽制し、押しとどめているのが十騎ばかりの騎馬武者と三十人ばかりの足軽である。

十郎が旗印を指して言った。

「二つ引両に三つ巴。赤松さまや」

幕府侍所頭人《さむらいどころとうにん》、播磨守護、赤松左京大夫満祐《さきょうのだいぶみつすけ》はすべての士《さむらい》の総大将と言われ、京《きょう》童《わらべ》たちの人気者であることは小鼓も知っていた。集まった見物人たちはみな赤松びいきで、橋のあちら側できらきらと揺れている金色の神輿を睨みつけている。

小鼓の目には、どう見ても赤松方の分が悪い。兵はいま着到したばかりで、士気は低く、神輿を見て怯んでいるようにも見えた。

「赤松さまのほうが押されるね」

小鼓がそう呟くと、十郎はむきになって騎馬武者の先頭に立つ侍大将へ声を張った。

「赤松さまが負けるなんぞあるかいな。神輿を押しかえしてくだされ」

立派な髭を蓄えた男が振りかえる。四十を過ぎたくらいで、ぎょろりとどんぐり眼《まなこ》を動かした。十郎が叫んで手を振った。

「左京大夫さま」

左京大夫満祐当人であるらしい男は、野次馬たちを追い払おうと手を振った。

「下手に組みあえば合戦となるやもしれん。さがれ、さがれ」

野次馬たちは退《ひ》かず、はやく衆徒を追いはらえと野次をおおきくする始末である。

強訴は京の華、と十郎が言った意味がわかった。これは見世物《みせもの》だ。

最前列では大宝が座りこんで野次の音頭をとっている。

「赤松左京は腰抜けかあ！」

小鼓と十郎は手を握りあい、大宝のところまで人混みを掻きわけていった。五頭の牛を引いた牛飼いすらも見物人にまじっていて、牛の股下を潜ってようやく前に出る。

兵法書でしか知らぬ合戦。それがはじまるのだろうか。緊張と期待に胸が鳴る。

小鼓は山門の御膝元である坂本の町で育ったから、衆徒たちがいかに荒々しく、また手練《てだ》れであるか知っている。もし合戦になればおおくの死傷者がでるだろう。

自分や十郎、大宝などは、真っさきに踏み潰されてしまう。戦さは命のやりとりをするところなのだ。遊びではない。

心に巣くう兵法家たちの声に、小鼓は耳を傾けた。

――坊門殿が略奪されてもいいのか。合戦を起こさない方策を考えてみせよ。

坊門殿が略奪されるのは困る。しかし小娘が退《ひ》いてくれといって退く者たちとは思えなかった。なにか策略を使う必要がある。

「できないよ、そんなこと……」

身震いがやって来てないはずの左腕の毛が逆立つ感覚がある。自分のような小娘にながてきるというのだ。よい策を思いついたとして、誰が聞いてくれるだろう。

迷った末に、気弱な自分が逃げを打った。

「ねえやっぱり帰ろう、危ないよ」

小声で十郎に言うと、鋭く聞きとがめた大宝が鼻で笑った。

「そうするがいいぜ、お前なぞなんの役にも立たねえ臆病者だものな」

かちんと来た。合戦を知らぬくせに。合戦になれば真っさきに流れ矢を食らうような場所にいて、なにをのうのうとしているのだ、という言葉が喉まででかかった。大宝は憎ったらしい奴だが、死んだらさすがに寝覚めが悪い。

「ああもう、どうしたら」

頭のなかで、父の言葉が蘇る。

――小鼓、戦場《いくさば》は「鳥の目」で見ろ。お前にしかできぬ才だ。

「才……？」

自分に才があると言われたことすら忘れていた。

空を見あげれば鷺かなにか、白い鳥が悠々と鴨川をのぼって飛んでゆく。

あの鳥になれ、と小鼓は念じた。

鳥になれば人に見えないものも高きところからよく見える。背中から魂が抜けるような感覚があり、つぎの瞬間、小鼓の目は五条大橋を見おろしていた。

盤上で碁石を戦わせているときとおなじだ。鳥の目のように、合戦場を真上から碁盤のように見ることができると気づいた。

橋を挟んで睨みあう赤松方と衆徒たちが、蟻のように点々と見えた。鴨川の下流へ目を動かせば、五条大橋からわずか一町半（約百六十メートル）さきに細い橋がかかって、ここには誰もいない。小鼓はそれを知識として知っていた。

五条大橋のすぐそばにかかる、もう一本の橋。

ここだ、と思った。

兵法の一節を父はよく小鼓に言い聞かせた。

「小鼓。『千里を行きて労せざる者は、無人の地を行けばなり』や」

どういうこと、と問うた小鼓に父はこう説明した。

千里の道を進む者は、敵が誰もいない道をゆくからたどり着くのである。

「誰もいない道をゆけ、か」

それこそが己の目指す道だ、と思った。腕がなくても、いや腕がないからこそ、見える景色がある。なにを思って父が兵法書の写しを与えてくれたのか、きっと意味がある。

その意味を改めて父に問いたいと思った。

橋の袂で馬を止めている赤松満祐へ、小鼓はおそるおそる向かっていった。ぬるい春風が窘《たしな》めるように小鼓の顔を撫でる。やめておけ、子供の考えなど聞いてくれるわけがないぞ、と言っているように思えた。

「でも、このまま睨みあっていても赤松方は神輿を追いかえせない。戦さになれば死傷者が出る。赤松さまも、心の内では参っているはず」

　馬上の男へ、小鼓は震える声で話しかけた。

「もし、もし。山法師たちを退かせる方法がありまする。騒ぎを起こさせることなく」

　赤松満祐がおおきなどんぐり眼をこちらに向けて睨みつけてきた。足が後ずさりしたいと訴える。野次馬が「片腕の女子なんぞさがれ、殺されちまうぞ」と囃したてるのが聞こえた。

　大宝の大声が聞こえる。

「とうとう頭まで馬鹿になっちまったかよ」

　足軽が小鼓の右腕を摑んで引き戻そうとする。

「小娘、さがれ」

　力強い手に摑まれ、全身にわななきが走った。引きずられながら無我夢中で叫ぶ。

「青蓮院義圓さまの治める坊門殿の子です。話をお聞きください」

　将軍の弟の名を聞いて、赤松満祐が手を振り、足軽をさがらせる。解放された小鼓は、その場にへたりこみそうになるのを、なんとか堪えた。

「義圓さまの名を出されては、粗略に扱うわけにもいかぬ。なんじゃ女子」

野次馬の声が鎮まった。なおも大宝が意地悪い声をあげていたが、ほかの者たちが小鼓に注目しているのを背で感じた。

「僧兵の目を、五条大橋から……」

赤松満祐が大声で遮る。

「聞こえぬ」

鼻の奥が痛み、悔し涙がこみあげてくる。

泣くな、と小鼓は念じた。泣く兵法家がいるか。

「僧兵の目を五条大橋に釘づけにし、そのあいだに寡兵《かへい》で一町半さきの木橋から兵を差し向けます！」

五条大橋を囮にして別の木橋を渡り、山法師たちの神輿行列の後ろに回ろうという「策」を小鼓の鳥の目は見いだした。

赤松満祐が髭を捩じりながら言い淀む。

「たしかに背後を突けば、山法師たちも動転しようが……」

年端もゆかぬ女子の言いなりになっては大の男として格好がつかぬ、という態度がありありと見てとれ、小鼓は悔しくて歯噛みした。

そのとき、大宝の声がした。

「赤松左京見ろ、衆徒が橋を渡りはじめよった」

山法師や衆徒たちが鳴り物を打ち鳴らし、橋を渡りはじめた。山法師たちもただ橋にたむろしているだけでは京童の笑い者となる。京童の噂の速さは日の本一で、これに笑われることは面子《めんつ》を潰されることであった。

このまま指をくわえていてはほんとうに衝突となる。一刻の猶予もない。

小鼓は目を走らせ、さきほど群衆のなかにいた牛飼いのもとに走り寄った。

「牛を貸してくださいませ。銭、銭は……ないのですが……」

この群衆のなか牛を動かせず困っていた牛飼いは、銭などいらねえ、そのかわりに面白いものを見せろよ、と言って牛を追い立てはじめた。もちろん五条大橋の真ん中へである。

赤松満祐が怒鳴り声をあげた。

「女子、勝手なことをするな」

苛立ちのままに小鼓は言いかえした。

「じゃあ、寡兵で神輿を追いかえせるというのですか！　『戦いは正を以って合し奇を以って勝つ』。敵を破るには一手、奇策が必要です」

異国の兵法家、孫子の一節である。見物人は「いまのはなんだ？」とさざめいて顔を見あわせ、赤松満祐だけが眉を持ちあげた。

小鼓は橋の上を見据えた。もうすぐ半分あたりまで山法師がやってくる。牛が通せんぼをしているのを見て、弓を構える僧兵までいる。

「牛が暴れたら、大騒ぎになります。踏みつけられ怪我する人も出るかもしれません。

そうすれば赤松さまの評判に関わります。ここはもう、兵は通れませぬ」

「孫子を諳んじる女子め、余計なことをしてくれたな。我らは木橋を迂回せざるを得ぬということか」

睨みつける赤松満祐を、小鼓は挑むような視線で見あげた。

「この策は赤松左京さまのためです。そこでわたしが大宝、十郎と敵の目を引きまする」

十郎の頓狂な声が聞こえた。

「えぇっ？」

大宝が面白がって問う。

「へえ、小鼓ごときがおれを使おうてか。舐めやがって」

小鼓は振りかえって、射るような視線を二人に投げかけた。目から火花が散りそうなほど熱かった。

「二人とも、京に名を轟かせたいだろう。わたしもそうなんだ」小鼓は大宝を指さした。

「大宝、あんた義圓さまの御傍に侍ると言ったよね」

急に名指しされて、大宝が眉を吊りあげて凄みかえす。

「おお。そうだとも。おれは誰にも負けられねえんだ」

「じゃあ、山法師ごときに負けられないね」

「おおよ。山法師と戦さか。やってやろうじゃねえか」

単純な大宝はすぐに長刀の柄を握り、乗ってきた。

すかさず十郎に目を向ける。

「十郎、あんたの御師匠の世阿弥はんは、最近人気がないそうじゃないか。人が目を向けぬ能楽師など、飢え死ぬだけだ」

十郎の師匠・世阿弥は、絶頂の人気を誇った三代将軍義満《よしみつ》以来、将軍家から遠ざけられ、いまは坊門殿で子供たちを相手に教えている。このままではほかの能楽師が将軍や大名の寵を得るだろう。十郎自身がそれをいちばんよくわかっているらしく、唇をとがらせてもじもじした。

「そりゃあ、小鼓ちゃんの言うとおりやけど」

いまにも橋を駆けだしそうな大宝が、苛ついて十郎の尻を蹴った。

「なよなよすんな、男だろうが。怖いのか」

十郎は上目遣いで問うた。

「わては、わての舞で都の人をみんな惚れさせたいんや。誰にも言うたことのない望みや。叶うかいな？」

坊門殿の子供たちはみな行く場所がない。才を集める寺と言えば聞こえはいいが、要は強い後ろ盾はおろか親もないみなしごたち。みずからの才覚、腕一本で世間へ巣立っていかねばならぬ。寄る辺なさと心細さを、小鼓もひしひしと感じた。

「叶えよう。わたしたちは、なんにでも成れるよ」

野次馬たちが行け、と無責任にけしかける。その声を背に受け、三人は橋へと足を踏みだした。制止しようとする足軽たちを、赤松満祐の声が押しとどめた。

「行かせてやれ。わしは女子の策に乗ったぞ。どうせわしとて同族の持貞に播磨を奪われそうな身じゃ。もう落ちる評判もないわ」

満祐には彼なりの事情があるらしい。

牛がひしめく橋を、小鼓たち三人は間を縫うようにして進んだ。子供だからできることで、甲冑を身に着けた大の大人は通れない。

大宝が鉄笠の顎紐を締めなおして問うた。

「どうするつもりだ」

相手は百。こちらは子供が三人。

山法師たちが立ち止まり、面倒くさそうに手を振った。

「童《わらべ》ども、そこを退《の》け。我らは遊山に来たのではないぞ」

比叡山の麓、小鼓もよく詣でた日吉大社の神輿が、春の薄日を受けて輝いている。

十郎が小鼓の袖を引いた。

「考えなしに来てもうたが、どないするん」

赤松満祐がちかくの木橋を渡り、神輿の背後に回りこむ時間を稼ぎたいのだ。とびきり派手で、衆徒たちの目を釘づけにできればなおいい。それならばと考えた「策」がある。

小鼓はにっこりと笑った。

「ここは牛若丸と弁慶が出会った五条大橋。京童の舞を見て御帰りいただく」

大宝が察しよく口元を動かした。

「見世物をしようっていうのか。じゃあおれが弁慶だな」

嬉しそうに十郎が扇を取りだした。舞台にあがった能楽師の顔をして、さきほどの怯えはどこかに消え、扇をぱっと開いた。

「わてが牛若丸かえ。悪くない花形や」

小鼓は比叡山の衆徒のまえに立ちはだかり、声を張りあげた。

「京に参られたなら、京童の舞をごろうじろ」

息を吸い入れ、義経記の一節を詠《えい》じた。なんども読みかえし、胸を熱くした牛若丸と弁慶が出会う場面である。

「弁慶さしも雄猛《けなげ》なる人の太刀をだにも奪ひ取る、ましてこれら程なる優男、寄りて乞はば、姿にも声にも怖ぢて出さんずらん。げに呉《く》れずは、突倒し奪ひ取らんと支度して――」

小鼓の口上に、野次馬たちがおっと歓声をあげる。常なら弁慶と牛若丸の格好をして銭をとる見世物のいる場所である。大宝が鉄笠を目深に被り、一挙動で長刀の鞘を払うと、声がいっそう熱をおびた。十郎も扇を翳《かざ》し、水干の裾を翻して大宝の周りを廻って見せる。

小鼓は足を踏み鳴らして拍子をとった。刀を獲ろうとした弁慶に対し、牛若丸が「欲しければ取ってみよ」とけしかける場面である。

「弁慶現れいで、申しけるは、『只今静まりて敵を待つところに怪《け》しからぬ人の物具して通り給ふこそ怪しく存じ候へ。云々』と申しければ、御曹司これを聞き給ひて、『此程さる痴《おこ》の者ありとは聞き及びたり。左右《さう》なくえこそ取らすまじけれ。欲しくは寄りて取れ』とぞ仰《おほ》せられける」

大宝は長刀を頭上で振りまわし、見得を切って叫んだ。

「さては見参に参らん」

長刀を掲げ、十郎に打ちかかる。十郎は身を翻して長刀を避け、飛びあがると、降りおろされた長刀の峰に両足をかけた。大宝が、十郎の体ごと長刀を跳ねあげる。

ひらり――。

十郎の体は宙に舞い、ねじりを入れて木橋の欄干の上に飛び乗った。下は鴨川の流れである。落ちれば大怪我を負う。野次馬たちだけでなく、比叡山の山法師たちのあいだからも驚きの叫びがあがった。

十郎は涼しい顔をして、扇で顔を隠して言った。

「彼奴《きやつ》は雄猛者《けなげもの》かな」

牛若丸がふたたび現れたかのような姿に、どっと喚声と拍手が起きた。山法師たちも我を忘れて見入っている。

小鼓は二人を見ながら、鳥の目で、赤松満祐の兵が下流の木橋を渡って山法師たちの後ろに回りこむのを見ていた。山法師たち、あとすこしこちらに釘づけになっていてくれ、と心臓が早鐘を打つ。

手に汗が滲む一方で、腹の底が熱くなる。自らの考えたとおりに兵が動くというのは、不思議な心地よさがある。

目ざとい山法師の一人が、橋から身を乗りだし背後を指さした。

「赤松の奴ばらが後ろに現れたぞ、ぬかったわ」

それまで弁慶と牛若丸に気を取られていたら、いきなり赤松方に背後を断たれたと、山法師たちから怒声が起こる。

小鼓は大宝と十郎をみずからの後ろに隠し、舌打ちをした。思ったよりばれるのが早かった。策は思った通りにはいかぬのだと思い知らされる。なにか次の一手を打たねば。

「どうしたらいい」

山法師たちの後ろで鬨《とき》の声がおき、赤松の三つ巴の旗印が高く掲げられた。

しかしあがったのは赤松の旗印だけではなかった。

牛のひしめく洛中側で、足利二つ引両と青蓮院の菊の御紋が掲げられたのだ。

小鼓たちの寝起きする坊門殿の正門にも掲げられる、由緒正しいものである。青蓮院は比叡山延暦寺の三門跡の一つで、格式も高い。その旗に刀を向けることは、山法師たちの背後にいる延暦寺そのものに刀を向けることになる。

「えっ……菊の御紋やぞ。何処《いずこ》の貴人や」

橋の袂の見物人たちがざわめく。山法師たちも狼狽《うろた》え、膝をつく者もあらわれた。

大宝が声をあげた。

「義圓《ぎえん》さまだっ」

赤松勢に守られて、若い僧形の男が進み出る。薄紅に金糸で紋様が縫いとられた羅衣《らい》に濃紺の七条袈裟をかけた、青蓮院《しょうれんいん》義圓であった。

なぜここに義圓が現れるのか、と小鼓は棒立ちになった。大宝に頭を押されて慌てて膝をつく。

「義圓さま……」

義圓は、険しい眼差しを山法師と衆徒たちに向け、顎をしゃくった。

「元天台座主、青蓮院義圓が命ずる。退《の》け」

山法師たちがいっせいに跪《ひざまず》き、群衆もそれに倣《なら》った。しかし本物かどうか、と戸惑いがあってなかなか退散する気配がない。すると義圓の癇癪声が飛んだ。

「早《はよ》う帰れ」

その声は五条大橋にいる者の耳を貫いた。雷が落ちたとはこのことだった。

神輿を担ぎなおし、這いずるようにして山法師、衆徒たちは来た道を引きかえしはじめる。その背に野次馬たちは「帰れ、帰れ」と声を投げかけ、橋の上に大挙してやってきた。

「牛若丸と弁慶が強訴を退けたわ」

口々にこう言いあい、大宝と十郎を担ぎあげる。

喧噪から少し離れ、小鼓は橋の袂を見遣った。義圓と目があった。その目は来い、と言っていた。走り寄っていくと、義圓は馬に乗り問うた。

「迂回はお前の策か」

息を弾ませ小鼓は顎を引いた。

「はい、でもどうして義圓さまがここに」

「通りかかっただけだ」それから眉を吊りあげる。「迂回策をとれば、激高した衆徒と赤松方が合戦になる見こみもあった。詰めが甘い」

「す、すみません！」

義圓は悪餓鬼のような笑みを浮かべ、片目を瞑《つむ》って見せた。

「だが面白いものを見た。どこで学んだのか知らぬが、兵法か。お前の才は学問にこそあるのかもしれぬな」

小鼓の鳥の目を知ってか知らずか、白い鷺が舞う空へ義圓は目を向けた。

「わしが言えた義理ではないが、腕がなくとも道はある。わしが手助けするのは、お主への罪滅ぼしと思うておけ」

そう言い残し、大勢の供を従え義圓は上京《かみぎょう》へと去ってゆく。後ろ姿を見送り、小鼓はいままでに感じたことのない、誇らしさを感じた。兵法という言葉が義圓の口から出たのが、なにより嬉しかった。

兵法家として千里の道を進んだら、どんな景色が見えるだろう。

その道は未だなく、小鼓の足跡が道となる。一歩踏みだせば真新しい足跡がつく。

橋を渡って戻ってきた赤松満祐が、豊かな髭をしごきながら苦笑いした。

「義圓さまはなんと仰られた」

「兵法の才があるやもしれぬと、仰っていただきました」

「ほう、あの義圓さまも子供には御優しいことよ。だが兵法に慣れしたしむは書物のなかだけにしとくがいいぞ」

終始苦笑いを浮かべる満祐は、戦場《いくさば》には来るなと言っているのだろう。

「なぜですか」

「戦場にて無残なものを見るのは、女子には忍びあるまい。花鳥を愛でるがよいぞ」

女子だから戦場に来るな、花や鳥を愛でていればいい、と決めつけられたことで、炎が小鼓の心に灯った。

行くなと言われれば行きたくなる。

小鼓の鳥の目は、京の町角からまだ見ぬ合戦場への道を辿り、千里を見通しはじめた。


五条大橋での強訴騒ぎの翌日、十郎が手紙を持ってきた。

「とんでもないことや。満済《まんさい》さまじきじきに小鼓ちゃんへ御文や」

満済とは知らぬ人である。どなたですと問うと、十郎は信じられぬと目を剝いた。

「公方さまの義持さまの御傍に侍って、黒衣の宰相言うて、いまはなんでも満済さまの決裁がないと決められんほどの御仁や。真言宗醍醐寺《だいごじ》の高僧で、もとは今小路《いまこうじ》なんたらいうて御公家さんの御子や聞いとるで」

公方、すなわち将軍の宰相。そんな貴人が小鼓になんの用か。どうやって小鼓のことを知ったのか。訝しみながら文を開いてみれば、僧とは思えぬ殴り書きの悪筆で、すぐに鷹司万里小路《たかつかさまでのこうじ》法身院《ほっしんいん》という寺に来いと書いてある。

十郎が探しだしてきた精一杯上等な小袖に着替え、小鼓は法身院へ急いだ。

法身院はこぢんまりとした寺で、小鼓が名を言うと、奥の書院に通された。池と石庭を横目に書院へ向かいつつ、もしかしたら昨日の五条大橋の騒ぎで、なにか御咎めを受けるのかもしれない、と心臓が縮こまる。

「満済さま、小鼓いう娘が参りましたえ」

僧が障子を引くと、濃厚な墨の匂いが流れでてきた。

まず目についたのはうずたかく積まれた書物や巻物の山だった。六畳間に置かれた書見棚はもちろん、板間にも本や巻物が散乱している。

部屋の真ん中で、鬱金《うこん》の立襟つきの裘代《きゅうたい》に五条袈裟をかけた四十がらみの男が、蹲《うずくま》るように背中を丸めて文机に向かっていた。横顔は顎が肉で覆われて、丸顔を下に向けてなにかを勢いよく書きつけている。

これが満済という僧らしい。

小鼓は部屋と満済を交互に見ていた。すると声が飛んだ。

「あれまあ、腕がないと聞いていたらほんまか」

甲高い声に小鼓が目を白黒させていると、満済は書き物をしたままつづける。

「片腕がないと、坊門殿じゃあ持て余すわな。それで義圓がわてに頼んで来たんか。こう見えて忙しい身なんや、かなわんわ」

恐らく五条大橋の一件のあと、義圓がなにかをこの男に取り次いでくれたのだろう。御咎めを受ける訳ではなさそうだと、安心したが、いったいどんな話があるのか。

「あ、のう、御坊さまは義圓さまと、どういう関係で……」

「そんなんどうでもよろし」

満済は筆のさきを動かして、乱雑に放りだされている絵図を示した。

小鼓は膝を進めて絵図を覗きこむ。

両岸に迫る陸地が曲線で描かれ、いくつか舟の印が並んでいる。狭い海峡を背にして赤い舟団。赤い舟団と対峙して開けた海に白い舟団。

「わあ、壇ノ浦《だんのうら》」

声を聞いた満済がようやくこちらを向いた。

「けったいな女子や。目ェ輝かせよる」

「そうですか？　平知盛《たいらのとももり》が好きなんです。勇ましくて格好いいです」

「知盛が好きな女子など聞いたことあれへん。女子は花を摘んだり、御人形遊びをしとるもんやと思うけどなあ」

あからさまに小鼓が不満げな顔をしたので、満済は困ったように鼻の横のいぼを掻いた。

「まあ、才は『当たり前』を外したところに現れるか。今日呼んだのは、このことや。見どころがあるならわてが兵法を教えたる」

「本当ですか」

坊門殿には兵法書のような物騒なものは置いておらず、兵法の学びを深めたいと思っても師もいない。どうしたらいいだろうと思っていた。満済はきっと昨日の出来事を義圓から聞いたのだろう。もしかしたら義圓が満済に兵法を教えてくれと頼んだのかもしれない。義圓は「手助けをするのは罪滅ぼしだ」と言っていた。

満済は咳払いをして言った。

「ほんなら聞くで。わてはあんたにどれほどの素養があるのか知らんからな」

小鼓は膝の上で衣を握った。兵法の才を試そうというのだろう。

「は、はい」

「平家が滅びを逃るるにはいかにせん」

「……………」

広げた絵図に小鼓は目を落とし、薄目を閉じる。

父といくども壇ノ浦の合戦を盤上で戦った。これならばわかる。

目を閉じれば、小鼓は鳥となって飛びまわり、戦場の様子が見えてくる。

海峡をでた海上に、東西並んでふたつのちいさな島がある。

やあやあ我こそは、と縅色目《おどしいろめ》もあざやかな大鎧に赤い流旗《ながればた》を摑んで平家の士《さむらい》が名乗りをあげる。この戦さに敗れれば一門は滅びる。最後の戦さだ。流れる海流にそって風が流れていく。海峡からひろい海へと注ぐ海流にのって、舟が白波をあげている。

島の浜から無数の矢の雨が空を飛ぶ。逃げる平家の舟が反転して白い流旗を掲げる源家の舟へ突っこんでいく。

満済のつまらなそうな声で我にかえった。

「なんや目をつぶって。降参か。ならば帰りや」

小鼓は息を深く吸い、目を閉じたまま問うた。

戦場を見渡すことはできた。ならばつぎは上空から。碁盤の目に置かれた碁石のように人を見おろし、動かしてゆく。

「潮はどちらに流れていますか」

満済が鼻を鳴らす気配がある。

「それに気づいたはまあ好《よ》し。潮目は干満で変わり、じきにこうなる」

源氏のほうから、平氏の陣取る湾へ向けて流れる線を満済は描いた。潮目に乗った源氏が平氏を押すことになる。ゆえに平家は負けた。

碁盤で源氏方の白石を操る父は、おなじことを言っていた。父の、穏やかな声音《こわね》がよみがえる。

「平氏が勝つには、二つの島を――」

小鼓は父の声に己の声を重ねた。言葉が淀みなく溢れてくる。

「平氏が勝つには、二つの島を通りすぎて外海に出て、潮目が変わって源氏が湾のほうへ流されるときにいっせいに横腹を突くのです」

図上で手を動かす。

「島を足掛かりに、源氏の横腹、背後、三方を囲む」

島陰から現れた平氏の船に、源氏の武者達が驚きの声をあげる。空を埋めつくす火矢に源氏の船は燃えあがり、武者がつぎつぎと海へ飛びこんでゆくのが見えた。

「はあ、こら驚いた。もしかして、釈迦眼《しゃかめ》の女子か」

満済の声に目を開けば、白く濁った黒目が驚きに満ちていた。

「釈迦眼ってなんですか？」

「あんたが使った『目』な。わては『釈迦眼』と呼んどる。御釈迦さまのようになんでも見通す目や。大将軍になる武士《もののふ》でも釈迦眼を持っている男子はひと握り。女子は聞いたことあらへん」

みな鳥の目を持ち、鳥の目で考えるのだと思っていた。いまいちぴんとこない様子の小鼓に苛立ったようで、満済は早口で言う。

「有名なところでは足利幕府をひらいた尊氏《たかうじ》公。その前は、源 義経《みなもとのよしつね》まで遡るくらいや。

どちらにも会《お》うたことはないがな」

「義経！」

　坂本で琵琶法師がよく語って聞かせてくれた義経とおなじ目を持っている。小鼓は頬が紅潮していくのがわかった。

「ぬか喜びはよし。義経公はその見えすぎる目のせいで兄の頼朝《よりとも》公に疎まれ、最後は奥州で命を落とした。あんたが義経に並ぶとも限らん。使いかたを学ばねばならん」

　小鼓が神妙に頷くと、満済は頬を緩めた。

「はーこら、義圓もおもろいのを見つけたもんや」

　どうやら、満済の出した課題は達せられたらしい。小鼓は長く息を吐いた。

「はあっ、よかったです。あの、ひとつ聞いてもいいですか」

「なんや」

「滅びを逃るるとは、戦さに勝つことでしょうか。王将たる安徳《あんとく》天皇を戦場《いくさば》から御逃がしすることでしょうか」

　濁った黒目が挑むように細められた。

「兵法は目的を達するための手段に過ぎん。目的によって用兵は異なる。滅びとは、四十七の兆候がある」

「韓非子《かんぴし》ですね」

　満済は頷いた。小鼓が法家の韓非子を知っていることは当然のことと思っているようだった。

『狠剛而不和、愎諫而好勝、不顧社稷、而軽為自信者、可亡也』。王が強すぎて諫言《かんげん》を聞かず、政を顧みずに、よいことをしたと思いこんでいる国は亡びる兆候である。平清盛の晩年がこれにあたるかな。つまりこれと逆をすれば国は栄える、そういうことや」

満済は早口で言うと、おおきく息をついた。

「勝つ条件をなにと定めるところから、戦さははじまっとる。そこに気づいたならまあ、上出来や。良兼も己の子が釈迦眼の子だと気づいたら、仕こまずにはいられなかったんやろな」

良兼、父の別名である。小鼓は思わず身を乗りだした。

「父のことを知ってるのですか。いったいどんな罪を犯したのですか。教えてください。義圓さまは御忙しくてなかなか会えぬし、はぐらかすのです」

満済はすこし眉根を寄せて、言いにくそうにしていた。

「まあ、隠してもいずれわかるやろ。あんたのお父ちゃんの良兼というのは、僧名《そうみよう》や」

「御坊さま」

「わてほどやないが秀才で、京五山の一、東福寺《とうふくじ》の坊主やった。生まれはどこぞの武士やということだが詳しいことはわからぬ。古今の経典を修め、儒学、易学、礼法、そしてなにより兵法において右に出る者はおらんかった――」

小鼓は頷きながら聞いた。父が東福寺の御坊さまだったというのは初耳だった。墨染の法衣に身を包み、しおらしくしている姿は、いつもの酒好きの足軽の父からは想像ができなくて、不思議な感じがした。

「お父ちゃんは……、いえ父は、近江の言葉とは違う喋りかたをすることがありました。どこの出なんだろう」

さあな、と満済は鼻を鳴らした。

「足軽のようなことをしておったと聞いたが、どうせその日暮らしをしておったんやろ。あの男にはそういう、破滅的なところがあった。なにを思い違いしたのか、応永十七年、後亀山《ごかめやま》天皇が吉野に出奔《しゅっぽん》すると、天皇を籠絡《ろうらく》して後南朝を再興しようと画策したのよ」

いまから五十余年もむかしのこと、天皇が二人立って北朝と南朝にわかれていたことがあった。元中《げんちゅう》年間に南朝の後亀山天皇が北朝の後小松《ごこまつ》天皇に譲位する形で北朝と南朝は合一《ごういつ》した。しかし、そののちも南朝を支えた公家や土豪たちはいくたびも後南朝再興の動きを見せ、後亀山天皇もそれに呼応する動きを見せることもあった。

良兼は、後南朝再興の動きに身を投じた。

「後南朝を再興し、北朝、すなわち幕府と一戦交えようとしたんや」

満済が語ることには、軟禁同然の身の上を嘆いた後亀山天皇が京をひそかに脱出して、吉野に六年潜伏した。良兼は寺僧の身分を捨てて天皇のそばに行こうとした。が、捕らえられた。高名な寺の僧ということで死罪ではなく、自害することを命じられたが、自害に失敗し、一命をとりとめた。傷が癒えるころ、こんどこそ良兼は東福寺から姿を消す。

「そのころわてもすでに幕府のなかにいたが、東福寺の僧が良兼に従って何人も消えて、もうてんやわんやや。あやつは戦さが根っから好きな破滅僧で、弁がたいそうたった。手癖も悪くて、そんとき寺宝をいくつも盗んでいきおった。東福寺は身内の恥やいうて、良兼が逃げたことを隠しとったから、行方は定かではなかったが、伊勢国あたりに潜伏し、北畠《きたばたけ》氏や河内《かわち》国楠木《くすのき》氏に飯食わせてもらいながら、戦場を転々としたらしい。南朝方はつねに兵力が足りんかったが、良兼はよう戦った。敵ながら舌を巻くほどにな」

理解が追いつかず、小鼓はただ頷いた。

父はよく奈良や伊勢方面の戦場に出ていくことが多かったが、そこは後南朝の残党がおおい地域である。そういうことも関係しているのかもしれない。

「あんたは坂本の生まれやったか？　道理でな……比叡山には反幕府側の学僧の一派がある。そいつらと密に連携するのに坂本は手ごろな町や。それであんたが生まれたんやろう。母親は死んだらしいな？」

幕府の者たちは良兼に関することをすべて調べあげているのだ、と悟った。

「わたしが六つのときに、おっかさんは病で死にました」

父がどれほど危険な人物とみなされているのか、理解できてきた。坂本にいることを摑んだ幕府が将軍の弟を遣わすほどなのだ。

「で、でもわたしは父のこと、なにも知らされていませんでした」

父の姿がよくわからなくなってくる。ほんとうの父は、どんな人なのだろう。自分の知らぬところでどんなことをしていたのだろう。

満済は疑うような鋭い視線を小鼓に送ってくる。

「どうやろな、兵法なんぞ教えとったからには、いずれ自分の手足として使うつもりやったんやないか。そうして幕府を倒そうとしていた」

頭に載せられた父の手のぬくもりが蘇る。

さまざまな典籍《てんせき》から兵法書を選《よ》って与えられたのは、戦場に行くよう仕向けられていたのだろうか。その戦さとは、幕府を倒すための戦いだったのだろうか。いまある国を倒すなどという、誤った考えをなぜ父が抱くに至ったのだろうか。

直接父に聞いてみて、そして父の誤りを正したい、と思った。

でなければ、胸に残った澱のようなものが消えない。

「父に会いたいです。そうして叱りたいです。義圓さまの御手を煩わせてはだめだと」

どうやら小鼓は本当に事情を知らされていないのだと満済は察したのだろう、眼差しがいくぶん和らいだ。

「老獪《ろうかい》な良兼のこと。つぎもどこかの戦場に現れるであろうな」

「父に会いたいです。そのためにはなんでもします」

「ほう。なんでもとな」

乱雑に積んだもののなかから、満済は本をつぎつぎと抜きだし、小鼓に投げ渡した。

「ならこれや」

開いて見る。漢文が並んでいた。唐《から》（中国）の兵法書だ。武経七書と呼ばれる孫子、呉子、尉繚子、六韜三略《りくとうさんりゃく》などの書物である。小鼓はそれらをひととおり読んだことがあったが、投げ渡された本には、満済が書き入れたらしい注釈があった。実際の戦さではどう使うか、使われたかが書かれているらしい。

「満済さまが、これを書いたのですか」

満済は頷いた。これを読めば、戦場に立てるだろうか。

問えば、満済は指を組んで、こちらをじっと見つめる。

「巧者になりゃ。良兼にも負けんほどの。義圓はじきに将軍になる。あんたはその御伽衆になり、義圓の理想の国造りを補佐するんや」

自分がほんとうに兵法者になれるか小鼓にはわからなかったが、満済の言葉はひどく蠱惑《こわく》的に耳に響く。

「義圓さまはほんとうにつぎの公方《くぼう》さまになるのですか？」

満済は曖昧に笑みを浮かべた。

「いまの公方さま、義持さまには御子がおらぬ。弟御のうちで誰を指名するかや。が、まあ諸大名は義圓を推すやろな」

実際義圓はいまの将軍代・義持の後継者然として扱われていた。義持は正月に毎年青蓮院に渡御《とぎょ》して義圓に一年の幕府の処務について助言を仰いでいたし、祖母紀良子《きのよしこ》の仏事や、幕府の加持祈禱《かじ》にも義圓は参列していた。僧籍に入って仏道に専念しているほかの弟御たちと違い、幕政に深く関わっている。それは坊門殿にいる小鼓の目から見ても明らかだった。

言葉のなかには、義圓を将軍にしてみせる、という決意が含まれているように小鼓には感じられたが、黙っていた。

「わたしがいま食べるものに困らぬのは義圓さまの御蔭です。義圓さまを御助けしたいです」

その日から小鼓は兵法書を読みはじめた。

満済が悪筆で殴り書きした注釈は膨大で、昼間はそれを読み、夜は寝床で脳裏に万の軍勢を描いた。満済の注釈に従って自在に兵を動かし、何戦も想像の中で兵を戦わせた。

満済のもとへ三月に一度ほど訪ねていくたびに、満済は言った。

「これから日の本は強靱になる。義圓にはその器がある」

小鼓は胸を高鳴らせ、頷くのだった。

「義圓さまはきっと、よい将軍さまになる」

そうして小鼓が坊門殿にきて丸一年が過ぎた応永三十五年（一四二八）一月十七日。将軍代・足利義持が四十三歳で死んだ。

三　西国下り

応永三十五年一月十七日。

御所に隣接した満済の加持《かじ》所で管領《かんれい》の畠山満家《みついえ》、斯波《しば》武衛義淳《ぶえいよしあつ》、細川右京大夫《うきょうのだいぶ》持元《もちもと》、山名右衛門佐《うえもんのすけ》入道時熙《ときひろ》（常熙《じょうき》）、畠山修理大夫《しゅりのだいぶ》満則《みつのり》、そして満済が集まった。御所で横たわった将軍代義持は臨終がちかく、この期に及んで後継者を決めなかった。そうして唯一面会が許された満済が、義持に籤《くじ》で次の将軍を選ぶことを提案し、受けいれられた。籤に書かれたのは四人の義持の弟であった。義持には後継となるべき男児はいなかった。

青蓮院義圓。

大覚寺《だいかくじ》義昭《ぎしょう》。

梶井《かじい》義承《ぎしょう》。

相国寺《しょうこくじ》永隆《えいりゅう》。

管領《かんれい》畠山満家が四つの封された籤を持って石清水八幡宮へ赴き、ひとつを引いて、義持の臨終を経た翌日に封は開かれた。

開かれた籤には果たして、義圓の名が書かれていたという。

青蓮院義圓はこうして第六代の将軍に選ばれた。

義圓が京の人々に歓迎されたかというと、そうではない。口の悪い京童たちは、新たな将軍への奇妙な期待をこめ、「籤引《くじび》き将軍」と呼んだ。八幡神の御神託も、人々にとってはただの紙切れ一枚でしかなかった。

義圓は青蓮院の僧であるから、剃髪している。髷が結えぬ。髪が伸びて髷が結えるまで待つことになった。それは一年以上もかかったのである。

そのあいだ近江の馬借《ばしやく》が蜂起し、流行り病や不作で苦しんでいた百姓にも広まって、洛中でも刀や弓を持った足軽百姓が跋扈《ばつこ》し、土倉《どそう》や寺院が焼き討ちされる事態となった。

この正長《せいちよう》の土一揆《どいつき》は「日の本開闢《かいびやく》以来はじめて土民《どみん》の一揆也」と人々に恐れられ、来るべき義圓の御代は暗雲に呑まれようとしていた。

髪が伸びるのに予想より時がかかったというのもあるが、称光《しようこう》天皇の崩御と後花園《ごはなぞの》新帝の即位、式目《しきもく》に定められた次第にそって還俗や任官、御台《みだい》（正妻）の輿入れなど諸行事をこなしているうちに、籤引きから一年以上が経った。

義圓は、まず公家の権力解体に着手した。御台日野宗子《ひののむねこ》の生家である裏松《うらまつ》家（日野家）当主の義資《よしすけ》の所領を召しあげ、他の者にくれてやった。新しい籤引き将軍は、とんでもない悪将軍《あくしょうぐん》だという暗い空気が、土一揆とあいまって都じゅうに蔓延していた。土一揆が管領畠山満家や赤松満祐の討伐によってようやく沈静しかけた正長二年（永享元年）の春のこと。

三月十五日、名を改め、征夷大将軍足利義教《よしのり》は足利幕府第六代将軍に就いた。義教が籤引きで将軍に決まってから、やはり忙しいのであろう、坊門殿への渡りは途絶えていた。

義教が坊門殿へ姿を現したのは、将軍就任から半年たった、九月のことだった。大風（台風）が過ぎて、季節外れの夏のように暑い日。小鼓《こつづみ》が湿気った書物を渡り廊下へ出して乾かしていると、長らく姿を見せなかった義教が、突然廊下を大股で歩いてくる。義教は、義圓だったころより肉づきがよくなって、ひと回りおおきくなったように思えた。

義教の後ろには大宝が得意顔でついている。背がいつのまにか小鼓より高くなり、浅《あさ》葱《ぎ》色の水干を着て背には長刀を担いでいる。大宝はちかごろほんとうに義教に近侍して、坊門殿へ戻ることはすくなくなっていた。

大宝が意気揚々と触れまわる。

「義教さまの御幸《みゆき》ぞ。頭が高い」

坊門殿の盟主から、日の本を統べる将軍に就いたのだと気づき、小鼓は平伏した。本来なら直接に言葉をかけることもあたわぬ相手である。目の前に立った義教は黙って、小鼓の言葉を待っている。恐る恐る祝いの言葉を述べた。

「征夷大将軍御着任、祝着に存じます」

義教の声はいつもどおり、穏やかなものだった。

「お主は、いくつになった」

答える前に大宝が得意げに言った。

「おれや十郎とおない年だから、十五にございまする。書物ばかり読みくさって、舞もできず、女子として意味がない」

「大宝、女子の価値は舞だけではない。わしは小鼓が努力していること、知っているぞ」義教は笑みを浮かべる。「春日詣でに行く道すがら寄ったのだ。頭をあげるがよい。満済のもとに出入りして、兵法を学んでいるそうだな」

大宝が懲りずに口を出す。

「そうそう、兵法とかいう、わけのわからん学問だ。女子のくせに生意気な奴」

頭をあげると、義教と目があう。顔色は青白く、わずかに目の下に隈がある。いぜんの学僧然とした雰囲気ではなく、武家の頭領といった趣があり、やはり人は職務にあった面構えになるものなのか、と小鼓は思った。

「満済さまに御取り次ぎくださり、御礼も申しあげず、大変な失礼をいたしました」

「よい。元はと言えばわしのせいだ」

義教の言葉からは、すこし躊躇《ためら》いが感じられる。坂本での焼き討ちを思いかえしているのだろう。

「あれは、幕命とはいえわしもやりすぎた。後悔している」

二人のあいだに奇妙な沈黙が訪れる。

沈黙に飽きたらしく、大宝が十郎を呼んだ。

「十郎はどこだい。義教さまは今義経と評判の舞を見に来たのだ」

十郎が飛んできて、事前におっしゃってくだされば酒宴を用意いたしましたのに、と冷や汗をかきかき義教を案内する。十郎は振りかえって、小鼓に目配せをした。

じつはちかぢか義教の御幸があることは聞いており、十郎と小鼓はたがいに謀《はかりごと》をしていた。

「義教さまは将軍さまにならはった。御師匠はんの御取りたてを願うてみようと思うんや。舞の曲目も御師匠はんと相談して決めた」

十五歳まで坊門殿に残っているのは十郎と小鼓だけである。みな十三、四でいずこの国へ勤めに出された。小鼓は片腕がなく、十郎はさきの将軍に疎《うと》まれた世阿弥の愛弟子であるため、敬遠された。二人にはそれぞれ、焦りがあった。

池に面した庇に毛氈を敷いて、急ごしらえの場が作られた。

小鼓は舞も謡《うた》も得手ではないから、縁の下でほかの子供たちと座った。大宝は当たり前の顔をして義教の脇に座っている。

謡を謡うのは、十郎の師匠である世阿弥である。

薄藍の水干を着て、庇を十郎が進んでくる。

義教は脚のついた唐風の酒盃に注がれる酒を舐め、じっと十郎に眼差しを注ぐ。

世阿弥の哀愁の漂う枯声が、朗々と唄いあげる。

馴れし都を立ち出でて　いづくに　猪名《いな》の小笹原《おざさわら》。一夜假寝《かりね》の宿はなし。蘆の葉分の月の影。隠れてすめる昆陽《こや》の池。生田の小野のおのづから。この川波に浮寝せし。鳥は射ねども如何《いか》なれば。

「……西国下りだ」

十郎のやつ、思い切った曲を選んだものだとひやりとする。

「西国下り」とは、数ある曲舞《くせまい》のなかでも、名高い闌曲《らんぎょく》である。都落ちをする平家の者の旅路を詠《えい》じたもの悲しい曲だ。かつて義教の父である三代将軍義満が聞いて感激し、遠ざけていた謡の作者を都に呼び戻したという「伝説」まである。

十郎が遠くを見るような目で扇をかざせば、濃い影が顔に落ちる。ほっそりとした首すじの白さがきわだった。首をかえせば、強い眼差しが現れて、義教を射すくめた。

十郎は、西国下りを舞うことで、都落ちした平家と世阿弥を重ねあわせ、義教に思い直すよう訴えているのだろう。それに気づかぬ義教ではないと思える。

西国下りはほかの曲舞より物語色が強く出て、長い部類に入る。季節外れの蒸した空気が息苦しく、十郎の額を汗が流れていく。

月落ち鳥鳴いて霜天に満ちてすさましく江村の漁火もほのかに半夜の鐘の響《ひびき》は。客の船にや。通ふらん。蓬窓《ほうそう》雨しただりて知らぬ汐路の楫枕《かじまくら》。片敷く袖やしをるらん荒磯波の夜の月沈みし影は帰らず。

大宝が頬を紅潮させて手を叩く隣で、義教が盃を置いた。

小鼓はその様子をじっと注視していた。義教の眉根が寄り、頬がぴくりと動くのが見えた。素早く傍らに置いた太刀に手が伸びる。

まさか、と小鼓は全身から血の気が引くのを感じた。

義教が太刀を抜いた。

刃が光をかえし、鋭い光を庭へ投げかける。

小鼓は無我夢中で砂利を踏みしだき、庇に乗りあがって舞を終えようとする十郎を突き飛ばし、前に立ちふさがった。

「義教さま、御収めくだされっ」

大宝も義教と小鼓のあいだに割って入る。大宝の声が聞こえた。

「公方さま、なにを——」

雷鳴のような怒声が庭に響きわたる。

「無礼者」

ふだん穏やかな義教が太刀を抜いて立ちはだかっているのを見て、十郎は身を硬くしていたが、弾かれたように平伏した。

「お、御許しを」

唇を噛みしめた義教の両の眼は炎に照らされたように、熱く輝いている。両目を見た瞬間、小鼓のなかで、坂本の町を焼き討ちした義教の表情が蘇った。

あのときとおなじ顔だ。煙の臭いまで蘇ってくるようだった。

唯一小鼓だけが、この顔を知っている。燃え盛る火のなか目を見開いていた狂気の相を知っている。

なぜいまそれが、ふたたび現れたのか。

誰もがみな、義教の怒りを理解できずにいた。一番戸惑ったのは義教自身だったのかもしれない。恐れおののく十郎や大宝たちをゆっくりと見回し、太刀を鞘に納めて円座《わろうだ》に座り直した。長く重いため息が漏れた。

「小鼓、よく割って入った。お主がおらなんだら、己がなにをしていたかわからぬ」

義教が手酌で盃に酒を注ごうとするので、小鼓は近寄って瓢《ひさご》を取り、盃に酒を注いだ。真っ白な肌に青い釉薬で花鳥が描かれた、唐物の器であった。羽を伸ばす鳥は鶯か、丸みを帯びた形が可愛らしくて、どこかでおなじ鳥を見たような気がした。瓢を持つ手が小刻みに震えて、酒が盃から零れたが、義教はかすかに笑って今度は怒らなかった。

「器に収まりきらぬ才覚がおれにはあるということにしておこう」

いまだに平伏してちいさくなっている十郎に目を遣り、義教は声をかけた。

「西国下りを、もう一度舞ってくれ。籤引き将軍のために」

誰かがため息を吐き、小鼓はようやく義教の怒りを理解する。

諦念のような気配が、その場にひろがっていった。京の口さがない人々が義教を「籤引き将軍」と揶揄しているのは、小鼓のみならずみなが知るところである。

当然当人も知っている。

知っていて、知らぬ顔をしていられるほど、義教は厚顔ではなかった。

怒りを爆発させる場を、義教は探していたのかもしれない。より立場が弱い坊門殿の十郎などという小僧が、権力に縋って世阿弥の復職を願ったとき、義教の怒りは器から溢れる水のように、迸《ほとばし》った。

小鼓は首を振った。

「ここにいる誰も、嘲笑《あざわら》ってはございませぬ。いままでの御恩を身に染みて感じております。我らは、公方さまの味方」

義教はわずかに自嘲的な笑みを浮かべて盃を呷った。

「わしの味方は、たった数人か」

十郎が顔をあげて、声を振り絞った。

「我ら、十郎も小鼓も、命の限り、公方さまの御味方にございまする。御覧くださりませ」

ふたたび鼓の音が響き、十郎が立ちあがった。掲げる手はいっそう高く、運ぶ足さばきはゆったりとして、さきほどまで縮こまって震えていたのが嘘のようであった。

舞が終わると、義教は手を打って、もとの穏やかな笑みを浮かべた。

「見事であった。そなたらの心ばえ、しかと受け取った」

それから義教は脇に座った小鼓へ目を向けた。

「小鼓。わしを諌めたはお主の功ぞ。褒美を取らそう。なにがいいか」

また義教を怒らせはしないかと怖れながら、それでも願わずにはいられなかった。

「父、良兼に会いとうございまする」

ふむ、と義教は思案顔をし、こう言った。

「良兼がつぎに現れるのは、北九州だとわしは思うておる」

京よりはるか離れた北九州の地。そこになぜ父が現れるのだろう。小鼓の疑問を読み取ったかのように義教はつけ加えた。

「ちかぢか、幕府とそれに従わぬ者の戦さが起こるからだ。良兼は反幕府方に与《くみ》して戦うのではないかという報《しら》せを摑んでおる」

小鼓は身を乗りだして願った。

「わたしを北九州へ御遣わしくださいませ」

「しかし小鼓。お主は戦場《いくさば》を知らぬだろう。京のように安全な場所ではないのだぞ。命を落とすやもしれぬ」

ここで引いては、父と会う希望も泡と消える。小鼓は懸命に食いさがった。

「父より戦場の話はいやというほど聞いて、知っております。満済さまにも兵法を学んで、戦場に立つ覚悟はできてございまする。なにとぞ」

義教は花鳥の盃を置いて黙った。一瞬、目にさきほどのぎらついた光が浮かんで消えた。小鼓はその光を見逃さなかったが、意味は解らなかった。

「ようし」義教は膝を叩いた。「『西国下り』の舞のとおりに、西国へくだるがいい。周《す》防《おう》守護、大内盛見《おおうちもりはる》の同朋衆として筑前《ちくぜん》へくだれ。大宝、そなたに小鼓の目付役兼護衛を命ずる」

筑前。北九州の一国である。

大宝が声を裏返して驚いた。

「ええっ、おれは公方さまの御傍にいたいのに」

「小鼓とは兄妹のような仲ではないか。妹を一人戦場へ往《ゆ》かせては心苦しいであろう。命を賭して二人で生きて帰って参れ」

納得できず口のなかで文句を転がしていたが、義教に逆らうことはできず、大宝はしぶしぶ頭を垂れた。

「は——」

小鼓もともに頭を板間に擦りつけた。

「ありがとうございます！」

義教はふたたび花鳥の盃を差しだし、小鼓は酒を注いだ。従者がそろそろ、と義教を呼ぶ。義教は満足げに頷いて立ちあがり、渡り廊下を歩きだした。思いだしたように振りかえり、小鼓を指して言った。

「筑前では満済へ便りをこまめに書くように。よいな」

「はいっ」

主が去った坊門殿は、一気にうら寂しくなった。大宝は不貞腐《ふて》れて円座を蹴ってどこかへ行ってしまった。十郎がそばに来て手を握ってくれた。

「大宝の癇癪は放っておき。小鼓ちゃんがおらへんかったら、わては命がなかったかもしれん。おおきに」

小鼓は慌てて首を振った。

「無我夢中で……義教さまがあんなに御怒りになるとは」

十郎も物憂げな顔をして頷く。

「将軍にならはって、御辛い思いをしてはったんやな」

ただ一人帰ってゆく義教の背中は、小鼓の目にはどこか寂しげに見えた。

つぎに起こるという北九州の戦さについて、小鼓は調べた。

九州探題《たんだい》で絶大な権力をほこった今川貞世《いまがわさだよ》(了俊《りょうしゅん》)は筑前、筑後《ちくご》、豊前《ぶぜん》、肥前《ひぜん》、肥後《ひご》、日向《ひゅうが》、大隅《おおすみ》、薩摩《さつま》の守護も兼ねた。その今川貞世が九州探題を罷免されて駿河《するが》国に入封したのち、九州は乱国《らんごく》となった。いま権勢を誇るのは大名大友《おおとも》氏と少弐《しょうに》氏。そこに菊池氏やあらたに九州探題に任じられた渋川氏などが複雑に絡みあって、互いの城を攻めあっている。

小鼓が同朋衆として従うよう命じられた大内氏は、伝説では百済《くだら》皇子が渡来した一族と言われている。足利幕府初代将軍・足利尊氏《たかうじ》によって周防《すおう》守護に任じられた。先代義《よし》弘《ひろ》のとき、将軍家に反逆して義弘は討死し、争いを収めた義弘の弟・盛見が家を掌握した。以来将軍家の信任を得て、西国一の守護と呼ばれている。今回の出兵は幕府が九州探題に任じた渋川氏を支援し、大友氏と少弐氏を退けるのが役目である。大内はすなわち将軍義教の名代であった。

「戦さが起きる場所にお父ちゃんがいる……」

良兼が、この戦さに身を投じるのだ。九州へ行き、なんとしても父に会いたい。

翌日、法身院へあがると、満済はすでに義教から話を聞いていたようで、呆れたように禿頭《とくとう》を掻いた。

「まさかまことに戦場に行くと言いだすとは。北九州がどういう地か知ってるんか。大内どのは戦さをしにゆくのやぞ。いくら良兼を探すためと言え、女子一人でどうにかなるものやない」

「大宝もいます。大丈夫です」

「その大宝というのも、童子に毛が生えたみたいな男子やろ。馬に踏み潰されて仕舞や」

言ってから満済は、しかし男子をつけたのは、公方さまなりの思いやりかもしれん、と呟いた。

実を言うと小鼓もおなじことを思っていた。良兼の行方がわからぬいま、娘の小鼓になら探せるかもしれない。さすがに女子一人では戦場に遣れないから、理由をつけて大宝を同行させるのかもしれない、と。

ふと思いあたることがある。十郎は許されたが、結局世阿弥の取り立てにかんしてはうやむやに終わった。許されたことに胸をなでおろしていたが、結局義教の思いどおりになったのではないだろうか。

だとすれば、小鼓を戦場に派遣するのもまた、義教の思いどおりなのではなかろうか。義教は良兼を捕らえたがっている。小鼓が筑前へ行きたいと言えば、己は指一本動かすことなく、良兼を見つけだせる。

義教だけではない。満済もそれに一枚嚙んでいるのではないか。

自分に兵法を教えたこと、そして父の情報を隠していたであろうこと、それらもすべて良兼を小鼓に捕らえさせるために仕組まれたことであったなら。

師匠を見遣ると、満済は小鼓の疑念に気づいたふうもなく、一枚の絵図と銭のつづりを押しだした。

「こんなに。受けとれませぬ」

背筋を正し、満済は表情を険しくした。

「遠慮はいらん。決まった以上、きばりなはれ。わてかて四度《しど》加行《けぎょう》を納め、勉学でのしあがった。血を吐く思いをした。あんたには兵法の基礎は叩きこんだつもりや。まずは生きて帰ってくることを考え」

義教と満済にどんな思惑があるのか、小鼓にはわからない。自分はまんまと嵌《はま》っただけかもしれぬ。

だが未知なる土地で己の兵法を試す歓びは、小鼓の不安よりおおきくなっていた。片腕でも女子でも、できることがあると証明したい。

「小鼓は、この片腕でなんでもできると証明してみせまする」

遥か百里はなれた西の果ての国で、かすかな戦さの音が聞こえている。

四　北九州征伐

坊門殿での騒動から三月《みつき》が経った、永享《えいきょう》元年十二月。

小鼓《こつづみ》は京から百里以上西の、周防《すおう》国にいた。

一張羅の小袖に、古道具屋で買った小ぶりの胴丸を身に着けた小鼓の下げ袋には、父良兼《りょうけん》が遺した花鳥の絵付けの徳利が入っている。邪魔になるが、父の唯一の持ち物であった徳利を置いてくる気にはなれなかった。中には気付けの薬酒が入っている。

小鼓は凪いだ海に無数に浮かぶ船へ、大鎧を着た武士たちが乗りこむのを見ている。小鼓が同朋《どうぼう》衆として従軍することになる大内氏の出兵がはじまっているのだ。同朋衆とは直接戦さには加わらず、総大将である大内盛見《もりはる》に近侍する役割だ。

買いだしを終えた大宝《だいほう》が、旅道具や食料を詰めた笈《おい》を背負って歩いてきた。

「なんでお前は徳利だけ持って手ぶらなんだよ」

小鼓は徳利を取りだし、丸みを帯びた白磁の肌を撫でた。胴の丸々とした鶯のような鳥がとまる枝には梅の花が咲いている。これとよく似た柄を見た気もするが、思いだせない。もしかしたらほんとうに高価な逸品なのかもしれない。

「これは高価なものだって、お父ちゃんが言っていた。本当とは思えないけど売れば国が一つ買えるって。お父ちゃんの形見のようなものだから、大事に持っておくんだよ」

「馬鹿め。割れたらどうすんだ」

小鼓は綿を巻き、さらに厚い布で包んで徳利を下げ袋にしまった。

「割れないようにちゃんとしてる。へまはしないよ」

小鼓の目付を押しつけられ、大宝はだいぶ荒れた。最終的には尊崇する義教《よしのり》の言いつけを破るわけにはいかぬと、しぶしぶ京を旅立ったが、小鼓に対する当たりは強いままだ。

小鼓を睨みつけ、大宝は浜に唾を吐いた。

「てめえはいつかしばく」

小鼓は気にせず、十四挺《ちょう》の櫓に筵帆《むしろぼ》を張った大型の刳舟《くりぶね》の舳先《へさき》に立つ老齢の男を指し示した。

「あれが大内の御大将だ。挨拶しに行こう、大宝」

大内方には、義教からの客人という立場であると伝わって、道中丁重な扱いを受けた。周防の大内館でも一度目通りをしているが、改めて礼を述べておこうと思ったのだ。

老齢の男は、上二段を白く威《おど》した肩白《かたじろ》の大鎧の上から半袈裟をかけていた。焙烙頭巾《ほうろくずきん》の下は入道頭で、すでに法体《ほったい》である。小鼓は人混みをかきわけ、男の前に立って頭をさげた。

「大内の御大将さま。小鼓と申します。こちらは大宝。陣中に女連れは忌み嫌われましょうに、同陣御許しくださりありがとうございます」

男は大内周防守盛見、道号を道雄《どうゆう》と言った。

日の本でも三本の指に入る大大名、周防国守護にして義教がもっとも恃《たの》みとする武家でもあった。太い眉におおきな目をして、どことなく達磨《だるま》のように見える顔には、深く刻まれた皺に埋もれ古傷が走っている。歴戦の武士という面差しであった。歳は五十半ばと聞く。十月には上洛して、九州筑前の代官にも任じられていた。

盛見はちらと小鼓と大宝に目を向け、面白くなさそうに鼻を鳴らした。

「遊山《ゆさん》の童子を連れてゆくほど、戦《いく》さは甘くはないのだがな。公方さまの言いつけとはいえ業腹《ごうはら》よ」

盛見の不満は小鼓には予想されたものであったが、大宝には癇《かん》に触ったらしい。歯を剝いて啖呵《たんか》を切る。

「童子じゃねえ。元服してらあ。太刀の腕とて京には並ぶ者はないと言われるほどだぞ」

盛見は前を見たまま答えはしない。かわりに小鼓は深く頭をさげた。

「大宝の無礼、御許しください。満済さまから御大将へ、御文《おふみ》を預かってございまする。出陣前に直接渡すようにと」

盛見はざっと文に目を通すと、唇の端に皮肉げな笑みを浮かべた。

「ふっ。宰相さまの御文承った。大将船に乗られるがよかろう」

急に変わった盛見の態度に、文の内容が気になったが、小鼓は再度頭をさげた。

「ありがとうございまする。御恩は忘れませぬ」

小鼓たちは盛見とおなじ舟に乗る。すぐに出港となった。

舟が動きだすなり、大宝は青い顔をして口を押さえはじめた。酔ったらしい。徳利から気付けの薬酒を飲ませたが、すぐに吐き出してしまった。

遠くを見ればすこしは楽になろうかと、小鼓は三里さきの対岸を指さした。

「今日は晴れてよく九州が見えるよ、大宝。吉兆哉《かな》」

「うるせえな。話しかけるな」

北側には本州と九州が接しそうなほどの、船一艘ぎりぎり通れる海峡がある。

「あの海峡が有名な壇ノ浦だ。なんと狭いところだろう。この下に平氏の御霊《ごりょう》がたくさん沈んでいるんだろうね」

「お、おえっ……」

大宝は嘔吐して、周囲の男たちに散々に叩かれた。男たちは腕が太くて肩幅も逞《たくま》しく、胃が空になった大宝は、甲板のはぎつけに背を預け、口の端を拭った。

大宝はそれと比べるとひょろっこい。

「それで、北九州に渡ってどうやって良兼を探すつもりだ。ひろいぜ」

上陸してからのことは、すでに考えてある。

満済に貰った絵図を開いて上陸地点を確認する。このたびは壇ノ浦ではなく、豊前《ぶぜん》の行橋《ゆくはし》というところに上陸すると聞いている。

父は、幕府方である大内氏に対抗する勢力に与しているであろう。すると少弐《しように》方か大友方にいるであろうと予想された。

少弐氏や大友氏のおおまかな来歴などは、満済から聞いてきた。

どちらも藤原秀郷《ふじわらのひでさと》の末裔で、少弐氏は大宰府《だざいふ》をはじめ肥、豊、筑の三州を治める守護である。元寇《げんこう》で大戦果をあげ、足利幕府をひらいた足利尊氏と戦った。一方の大友氏は豊後《ぶんご》の守護で、足利尊氏に与して勢力を拡大したという。

両氏はもともと、筑前や豊前の領有をめぐって争っていたが、九州探題に任じられた渋川氏がやってきたことで、手を結ぶ関係になった。

渋川氏の後盾は大内、ひいては足利将軍家だ。

このたびの大内の出陣は、この渋川氏を援護する名目で、少弐氏、大友氏を征伐することにある。まずは大内氏が代官に任じられた筑前に勢力を張る少弐氏を討伐することになるだろう。

小鼓は絵図の一点、大宰府《だざいふ》を指して言った。

「まず目指すのは北九州随一の町、大宰府。ここは兵も集まる。良兼に関する情報もあるかもしれない」

大宝も絵図を覗きこんできた。

「戦さが起きる場所を突破することになるじゃねえか。馬鹿のやることだぜ。大内が戦さを終えたあとにゆっくり行こう」

小鼓もおなじことを考えていた。戦さの恐ろしさを大宝はよく知っていて、動物的な嗅覚がはたらく。

「そうだね、いいと思う」

大内勢三万を率いるのは、名だたる将たちである。

杉重綱《しげつな》、内藤智得、安富永選《やすとみえいせん》、吉田賢重、益田兼理《ますだかねまさ》といった重臣のほか、宗像《むなかた》、伊佐《いさ》、平賀《ひらが》、山田、森といった周防の国人が大挙している。

これほどの大軍勢を動かせるのが、西国一の大名と呼ばれる所以《ゆえん》であろう。

大宝が立ちあがり、船の漕ぎ手と二言三言話をして戻ってきた。

「豊前の行橋に上陸したあと、大内は二里さきの馬ケ岳《うまがたけ》城に入るらしい」

大宝の手際に感心し、一人ではないことに安堵した。一人で舟に乗りこんでいたら、途方に暮れていただろう。

「では、わたしたちは大宰府につづく唐津《からつ》街道を目指そう」

大宝は肩を竦めた。

「うまくいけばな」

まるで戦場を知っている者が、知らぬ者を窘めるような言い方である。

「気になっていたんだけど、大宝は戦場に行ったことがあるの」

青く抜けるような空を見上げ、大宝は鬢《びん》を掻いた。

「行ったことはねえが、居たことはある。伊勢の生まれだからな。むかしから戦さが絶えねえところだ」

話したがらないからそれ以上は小鼓も聞きはしないが、大宝は戦さによる孤児だったのだろう。それを義教に見出され、崇拝するようになったのか。

大宝の声が風に乗って流れゆく。

「戦さってのは望むと望まずとにかかわらず、襲ってくるもんだ。思いだすだけで胸糞悪ぃ」

しばらく凪いだ内海を進むと、前方の船から声が飛んだ。

「行橋に上陸するぞ」

舳先に目をやると、二町（二百メートル強）さきに浜が広がっている。浜のさきはなだらかな丘陵だ。行橋は今川という川が流れこむ扇状地で、平地のさきはなだらかな山地となる。山の中腹に馬ヶ岳城があるのだろう。

見たかぎりでは敵兵らしき影は見えず、どこにでもある海辺の景色に小鼓は安堵した。

船が浜に接岸する。河口付近の湿地帯は徒歩《かち》で越える。干潟は兵で埋めつくされた。ぬかるんで馬では歩けないため、将は下馬して歩いている者もいた。押しあいへしあいして、遅れれば邪魔だとなんども小突かれた。

大宝が拳を振って、周囲を睨みつける。

「あっ、いてっ、殴ったのはどいつだ」

すると立派な前立ての兜を被った若い将が、砂に足を取られながら歩いてきた。

「小鼓どのというのは、その方か」

「はい」

「某《それがし》は益田兼理と申す。このあたりもじきに戦さとなる。我から離れぬように御願いする」

「戦さ……？」

あたりを見回したが、千鳥が群れ飛ぶのどかな干潟の風景のなかに、敵の姿は影も形も見えない。まだ上陸したばかりだというのに、もう敵が襲ってくるのか。

「大宝、ここはもう、戦場《いくさば》なの」

小声で問うと、大宝は呆れた顔をした。

「気づくのが遅いぞ、小鼓さまよう」

ときをおかず、干潟と陸地の境の砂丘の向こうで鉦《かね》が鳴り響く。物見の兵が走ってきて注進した。

「申しあげます、寄懸《よりかか》り目《め》結《ゆい》の旗印」

益田兼理がすぐに声を張りあげる。

「少弐の旗印。伏せ兵を探せ。兵数は幾《いく》らか」

伝令が慌てふためいて答えた。

「およそ二千」

そんな大勢の人間がひとところに固まっている場面は、坂本でも京でも見たことがない。

従者が曳いてきた馬に益田が慌てて乗り、兵を顧みて声をあげた。

「馬ヶ岳城まで二里だ。急いで城に入るぞ」

号令を聞き、味方を突き飛ばす勢いで兵たちが走りはじめた。

小鼓も大宝に小突かれ、訳もわからず浜の丘陵を駆けた。濡れた砂に足をとられ、重い。息を切らせてゆるい坂を登りきったとき、眼前に兵が現れた。

蠢《うごめ》く無数の頭。長く伸びた隊列に、白地に寄懸り目結の家紋が入った旗が揺れている。平地を埋めつくして波のように押し寄せてくる。二千の人間はもはや人ではなく、別の巨大な生き物のように思えた。

背中から魂が抜けるように、小鼓の意識は高く上空へ舞った。鳥の目、満済の言っていた「釈迦眼」で敵の陣形を見定めるときだと思った。

敵を迎え撃つように三角形に陣列を組んで、中央には本陣が縦に長くつづいている。鏑矢《かぶらや》の陣だ。名前の通り鏑矢に似て、縦に長く、かつ突進力に優れている。敵を迎え撃つための陣形だ。一方の大内方は、騎兵も足軽も入り乱れ、陣形どころではない。

「すごい……！」

地が揺れ、鬨《とき》の声が耳の奥を揺るがす。川にそって敵が駆けくだってくる。馬蹄の響きで、隣の兵の叫び声が聞こえないほどだった。

晴れた冬の空に矢が雨と放たれた。

「ぼさっとすんな、うすのろ！」

兵の威容に見とれる小鼓の手を大宝が摑み、味方の掲げる木盾の塊の下に引っ張りこんだ。その瞬間、矢の雨が降りそそぐ。あと一歩で木盾に入れなかった兵の喉、背、足を矢じりが貫いた。

「えっ……」

声が出なかった。目のさきに兵の骸《むくろ》が転がっている。一人や二人ではない。数十の骸だ。木盾に入ろうと這いずってくる者もいる。木の葉を散らすように、こうもあっけなく、戦うことすらなく兵が死んでゆく。その一人にならぬという保証はどこにもない。

「に、逃げなきゃ。戦場から」

大宝が小鼓の頭を摑み、地面に押しつけてきた。

「馬鹿め。敵が見逃すかよ。死にたくなけりゃ、石のように動かずにいろっ」

敵の矢が尽きるのを、身をかがめて必死で耐える。永遠に矢が降ってくるように思われた。隣で大宝が「南無阿弥陀仏」と唱えている。小鼓は木盾を押さえる兵の横ににじり寄って片手で木盾を押さえた。誰も、女子は引っこんでおれ、とは言わなかった。

そうして、木盾に突き刺さる矢じりの音がやんだ。

「おおおおおおおおっ」

馬蹄の音とともに鬨の声が近づいてくる。誰かがうわずった声をあげた。

「走れ！」

小鼓は、弾かれるように木盾から飛び出した。味方も木盾からつぎつぎ出て、南西へと走りはじめる。片腕がないと腕を振る力が片方に偏り、まっすぐ走ることも難しい。どんどん右側に寄って行ってしまう。

大宝が振りかえった。

「まっすぐ走るんじゃ糞垂れ、追いつかれるぞ」

馬ヶ岳城までは二里だという。走ったとしても、追いつかれる。城まで逃げるのではなく、とどまって敵を迎え撃つべきだ。敵は二千。こちらは三万。

態勢を整えて真っ向から当たれば、押され負けることはない。

はずだ。すくなくとも兵法書にはそう書いている。逃げて背中を見せれば、その背を突かれると。しかしこの場から逃げろと、足は動きつづける。

「大宝、あの益田という将に言って。逃げてはなりませぬと」

大宝は目を剝いて怒鳴りつけてきた。

「阿呆ォ、その益田さまが逃げろと言うとるんじゃ。これは逃げ戦さじゃ」

このままでは勝てる戦さも勝てなくなる。小鼓は走りだす益田の馬の前に出た。

「逃げてはなりませせぬ。敵に背を見せては思うつぼです」

益田は猛然と怒鳴りつけてきた。

「どこにいたんだ。お主が死ねば、おれが御屋形《おやかた》さまに叱られる。うろうろするな」

「隊列を組んで当たれば、恐るる数にはございませぬ」

「お主に戦さの指南をされるほど、おれは若造ではないぞ。おい瀬良《せら》、この女子を守ってやれ。女子どうしでちょうどよかろう」

小鼓を無視し、益田は馬の腹を蹴り、蠢《うごめ》く兵の向こうへと消えた。

すかさず横から声が飛んだ。

女の声だ。

「珍しい。女子のくせに戦場《いくさば》に来たのか」

鶯色の小袖に草擦《くさずり》のない胸部を守る鎧、膝上までの長い厚手の脚絆《きゃはん》をつけ、太刀を担いだ女がいた。頭には牛革を固めたらしい煉鉢《ねりばち》兜を被り、兜の庇をちょっとあげてみせる。吊りあがった太い眉に、おおきな目には長い睫毛が影を落としていた。年の頃は二十そこそこに見えた。

これがいま瀬良と呼ばれた者か、と小鼓は女を見あげた。

瀬良は、十人ばかりの男を率いていた。

「益田さまに言われちゃあ、無視するわけにもいかん。組に入りな。ちょうど一人足りなかったところだ」

組というものがなにかわからなかったが、小鼓は頭をさげた。大宝と二人だけで逃げ惑うよりは、ずっと生き残る可能性が高くなった。

瀬良は大音声でこう怒鳴った。

「三、三、四で組み直せ」

その一言は、追いまくられていた味方の足を止めた。生きている者たちがおずおずと肩を寄せあい塊ができた。

こちらの異変を感じとり、敵も追ってくる馬脚を緩める。

丸顔に団子鼻の男が、愛想のいい笑みを浮かべて囁いてきた。

「あんたらついてたぜ。強面《こわもて》だが瀬良の姉御は女子にゃ滅法弱い。ここで姉御に出会わねばおっ死《ち》んでたぜ。おれは源三郎《げんざぶろう》。どうか組の邪魔はしてくれるなよ」

小鼓は大宝の後ろについて、源三郎という男に問うた。

「女の人が足軽をしているというのは、珍しいのですか」

場違いな者を見るように、源三郎は目を見開いた。

「まあたまにそれしか生きる術《すべ》がない女は見るがな。瀬良みたいに組頭《くみがしら》を張るまでの傑物は稀《まれ》よ。あんたらなんで戦場なんか来たんだい。追剝《おいはぎ》にゃ見えないが」

大宝が唾を吐いて答える。

「話せば長くならあ。とにかく大宰府に行きてえんだ」

源三郎はへえ、と鑓《やり》を担ぎ直し、とくに興味がないふうにした。

「生きてたらな！　大宰府でもどこへでも行きなよ」

小鼓にも周りを見る余裕がでてきた。よく見れば敵の襲撃を受けたのは浜辺に横長に広がる大内陣のうち右翼側だけで、中央、左翼は無傷である。瀬良がいるのは中央からやや右翼側。逃げていればつぎに襲いかかられる位置だった。あと一歩のところで命を繋ぎとめたのだ。

瀬良という女組頭が、太刀を前に掲げて声をあげる。

「右翼へ助勢する」

大股で歩んでゆく瀬良の背中を追いつつ、小鼓は鼓動が落ち着いていくのを感じた。この女、足軽の「組頭」で、戦場の全容が見えている。小鼓は目の前にいる猛り狂った敵を目にするだけで体が竦むというのに、まるで戦場が我が家だとでもいうかのように冷静だった。

源三郎は早足で進みながら、得意げに話しはじめた。

「ええか。あんたら知らないじゃろうから教えたる。兵は十人からなる『組《くみ》』がある。前備《まえぞなえ》三人、中備《なかぞなえ》三人、後備《あとぞなえ》四人で十人。これが『組』じゃ」

大宝がなるほどとうなずく。

「なるほど、それで瀬良が十人の組頭なのか」

やみくもに雑兵《ぞうひょう》が戦っているだけでは、強さは生み出せない。数人で組を作って敵と当たる。これは坂本にいたとき、父も言っていた。とにかく塊を作るのだと。そんなことも忘れていた。大内の軍では十人が一つの単位なのだろう。

「ほうじゃ。これをひと塊にして、縦三、横十。三十組じゃ。三十組一つを隊と呼んで、足軽大将が率いる。足軽大将三隊を率いるのが益田さま」

益田は足軽九百人、騎兵、弓兵をあわせて千人弱を率いる。その益田はすでに姿が見えない。逃げたか、討たれたか。将でも気を抜けば死ぬのが戦場だ、気を抜くなと小鼓は片腕で四苦八苦しながら守刀《もりがたな》を抜いた。

「いまは三万いるから、ええと組が」源三郎は面倒臭そうに手を振った。「まあたくさんじゃ。組には五三二、とか、三四三とかいろいろ組み方がある」

頭の中で十個の駒を並べながら、小鼓は考えた。

「三三四は、守りを重視した、万能型の備えということでいいですか?」

「おお? よくわかったな」

源三郎が不思議そうにするが、敵に向かって後列を厚くする陣形は兵法の常道だなどと詳しい説明をしている暇はない。もうすでに敵は目の前で、人がまきあげる砂埃がまともに襲い、喉が痛い。

前を進む兵の足並みが速くなる。敵とぶつかる。太刀を構える敵兵の眼光まで見えた。

先頭で、瀬良が太刀を振りかぶった。

「押せっ」

地が割れるかのように、鬨の声が轟いた。

前線が接触する。波のように人と人とがぶつかりあう。一番前の兵が低い姿勢で突進し、足に組みついて敵を投げ飛ばす。敵味方を問わず足軽の体がいくつも宙を舞った。

瀬良は、背の高い味方の兵の背を駆け昇り、肩を蹴って、太刀を振りかぶったまま敵陣へと斬りこんだ。横一線に低く太刀を振るえば、三、四人の腹巻の札《さね》が千切れて、腹を押さえて敵兵が膝をつく。

瀬良の横顔が、笑っている。

「次っ」

左手には匕首《あいくち》を握って、組みついてこようとする敵の掌を切り裂き、腹を蹴り飛ばす。崩れた兵には見向きもしない。瀬良の後ろについたおなじ組の男たちが馬乗りになり、顔を殴り、朦朧としたところを首をかき切ってゆく。そのあいだにも瀬良は敵二列目を斬り崩し、組頭の鉢金《はちがね》ごと、頭を二つに割ったところだった。

大宝が目を輝かせて呟く。

「あの瀬良っていう女、すげえ」

瀬良の進むほうには、敵兵が後ずさって道が開き、後続の兵が雪崩《なだれ》をうって斬りこんでいく。敵が崩れはじめた。

腿をやられた味方の足軽が、這いずりながら後方へさがってきた。前線から悠々と戻ってきた瀬良が、太刀のさきで大宝を指し示した。

「六兵衛《ろくべえ》がやられた。餓鬼、前へ出ろ」

後ろから見ていて、大宝の背筋に緊張が走るのがわかった。行くな、後ろで身を潜めていろ、と小鼓は言おうとした。

「大宝――」

自らを奮い立たせるように大宝は大声で応え、歩きだす。こちらを見はしなかった。

「おお、おれは大宝だ。やってやる。やってやるぞ」

源三郎が歯を見せて笑う。

「大宝。威勢がいいな。戦場でまず大声を出すのは一番の大事だぞ」

「おお！」

両腿、つぎに頰を手で叩き、大宝は背中の鞘から長刀を引き抜いた。備前の名工の作だという、小鼓の腕を落とした直刃《すぐは》の峰が、光を受けてぎらっと輝いた。大宝は獣のような唸り声をあげて、前へ駆けだす。

「おおおおおっ」

体を低く落として、大宝が降り注ぐ矢の雨のなかを駆けてゆく。小鼓は拳を握ってその背中を見つめていた。まだ子供の、薄く頼りない背中を。小鼓はその背中に手を伸ばしたい気持ちを堪えていた。

大宝は、柔らかい砂に足を取られて転びそうになる。そこに敵足軽が刀を振りかざして躍りかかってきた。大宝は、片足を踏んばってなんとか堪え、下から闇雲に斬りあげた。砂が舞い、大宝の姿が一瞬見えなくなる。

「大宝！」

砂塵が風に流れ、立ち尽くす大宝の横顔が見えた。足元に胴腹を断たれて倒れ伏す敵足軽が転がって、大宝は骸《むくろ》を呆然と見下ろしている。鉄笠を結ぶ顎紐から、汗がしたたり落ちた。

すぐに次の敵が斬りかかってくる。骸に気を取られていた大宝が、長刀を構えるのが遅れた。

「ぼっとしてるんじゃあ、ねえ！」

源三郎が大宝の前に躍り出て、長鑓を振るった。一度に二、三人の敵が倒れ伏す。中備の兵が近寄り、呻いて起きあがろうとした敵の喉首を掻き切っていった。源三郎の周りは敵が伏せるばかりとなった。

「すまねえ、源三郎さん」

大宝も鉄笠を目深に被りなおし、源三郎が薙いだ敵を踏み越えて、敵に斬りかかってゆく。

空いた空間に左右の別の組が入りこみ、怒声をあげて敵を散らした。

後ろで見守るだけだった小鼓の前にも、源三郎に背骨を折られた敵が転がってきた。心臓が飛びあがり、悲鳴をあげて後ろに飛びすさってしまった。

「うひゃあっ」

転がった兵が言葉にならぬ叫び声をあげて、手足をばたつかせる。

戦場にいる以上、自分だけ殺しの輪から逃れるわけにはいかない。そう思って守刀に手を伸ばしたが、震えて抜くことができない。縋るように眼差しを向ける敵から顔をそむける。

「こ、こっちを見ないでください」

頭が真っ白になり、大宝を呼びたかった。後ろから走ってきた兵に突き飛ばされ、地面にしたたか転がりこむ。泥を顔から浴び、口から唾と一緒に吐けば、すぐ目の前に敵の顔があった。掠れた声がした。

「た、すけて」

「うわあああああっ」

泥を跳ね散らかして小鼓は前へ這いずった。両の目が燃えるように熱く、涙で景色が見えなくなる。泥まみれの手で目を擦って、もう戦場を見たくなくて、空を見あげた。薄くなった雲間から砂洲《さす》へ光がさしはじめ、海鳥の群れが戦さから逃げるように飛びゆく。

合戦《がっせん》とは、武士が敵を打ち負かし敗走させる図が頭にあった。ここには一騎当千の兵《つわもの》などいない。ただ目の前に迫り来る敵を殺し、殺し、殺される。それだけだ。全体で見ていまどちらが押しているのかなど、雑兵にわかりはしない。

なぜ自分はこんなところに来てしまったのか。愚かだった。片腕でなんでもできるはずがない。女が戦場で生き延びられるはずがない。

そのとき、突如として退き鉦《のがね》が鳴らされた。

敵がいったん攻め手をやめ、今川の上流へと退いてゆく。

その場に座りこんで、頭を抱えていると、大宝たちが戻ってきた。大宝は腰に一つ、首をさげていた。

「呆《ほう》けた顔してんじゃねえよ。合戦はまだつづくぞ。これは刃合わせだ」

小鼓は泣き叫ぶように言った。

「まだ？　散々殺しあったじゃない」

握り飯を頬張りながら源三郎が、こともなげに言う。

「どちらかが退くまでやるさ。退くのを決めるのは大将だ」

見かねた瀬良が苛立って叫ぶ。顔には点々と血が撥《は》ねていた。

「小娘うるさい。戦場ってのは殺すところだ。わたしの夢を邪魔するんじゃない」

「夢……ですか？」

周りの足軽が「また瀬良の姉貴の夢語りがはじまった」と苦笑する。

周りを見れば列の後方で排尿している兵もいれば、源三郎のように握り飯を喰う者もいる。血の回った鑓の手入れをしている者がいれば、まだ息のある敵の喉首を掻き切る者がいる。今川の対岸には百姓たちがまばらに立って、こちらを見ている。落ち武者狩りだ。戦さが終わるのを待っているのだ。

そんななかで夢、という言葉はあまりに遠い。

「わたしは女で将軍になりたいんだ。五歳で口減らしで売られてから、戦場を転々とした。ここから這いあがるために、三百人斬って将になる。足を引っ張るんじゃないよ」

切っさきを突きつけて瀬良が凄む。

「女が将になりたいと言ったらおかしいか。え?」

この女は坊門殿にいたころの自分とおなじだと思った。生きて自分を他人に認めさせるために足掻いている。想像するしかないが、相当苛烈な道を歩んできたのだろう。小鼓に笑えるはずがない。首を振った。

「わたしも、女だけど兵法を学んで散々馬鹿にされました。悔しい気持ちはわかります」

瀬良は案外あっさり太刀を降ろした。本気で斬りつける気はなかったのかもしれない。

「変な子だよ。兵法なんか学んでなにになろうってんだ。まあいいや。兵法がわかるっていうんなら、わたしのためにそれを使え。すこしは守ってやろう」

この凄腕の女組頭が守ってくれるというなら、それに従うのがいいと小鼓は思った。

「わかりました。『視《み》』てみます」

迷うことなく目を閉じ、さきほど見た海鳥の群れに依って釈迦眼《しやかめ》をはたらかせる。

五町半(約六百メートル)離れて敵が陣形を整えている。また鏑矢《ちようだ》の陣を組むようだ。

こちらは益田たちが動き回って陣形を整え、横列を長く組む。長蛇の陣だ。

「長蛇の陣なら、敵を迎え撃つことができます」

へえ、と瀬良が口笛を吹いた。

「あんた見えるのか。大昔にそういう将に会ったことがある。百戦百勝、もの凄かった」

鏑矢の陣も長蛇の陣も、すべては兵法書で読んで知っていることだ。目の前で起きる命の獲りあいに竦んで、それすらも吹き飛んでいたことが恥ずかしくなってくる。

戦さが命の獲りあい、ということは知っていた。いまその渦のなかにいるだけだ。

「こりゃ拾いものをした。その『眼《め》』を、わたしのために使え」

「そうしたら、助けてくれますか」

用心深く小鼓が問うと、瀬良は片眉をあげた。

「信じて後ろをついてこい」

瀬良が最前線へ戻ってしまうと、大宝が握り飯を口に放りこんで言った。

「おっかねえ組頭だな。だが戦場にはちょうどいい」

「怖いけど、腕はたしかみたいだね。さっきも十数人斬った」

まだ腹が空いているようで、大宝は笈を漁りながら言う。

「おれもようやく肚が決まった。お前のせいでという腹立ちはあるが、いま言っても仕方がねえや。とにかく生きて京へ戻るぞ」

「二人で一緒に帰ろう」

小鼓は懐から自分のぶんの握り飯を大宝に渡した。大宝は半分に割って半分を小鼓に渡した。両手をあわせて南無阿弥陀仏と唱えると、大口を開けて飯に食らいつく。

「ふうっ、飯食って糞して、生きてるって最高だな」

玄米の味が口のなかにひろがり、唾液が溢れてくる。

「うん、美味しいね」

「小鼓。お前の片腕なんかで殺せる数などたかが知れてる。それより兵法とかいうので、敵をなんとかする方法を考えろ」大宝は口を動かし、飯粒を飛ばして言う。「だって、兵法は合戦に勝つ方法だろう？　それくらいおれだって知ってる。やってみせろ」

「そうか、兵法で勝つ……」

学んだことを、いま合戦場で活かすときなのだ。それすら忘れていた。

「おっ、益田さまが来た。長引かせてくれようぞ」

源三郎の指し示す方を見れば、いつのまにか益田が戻って来ていた。

益田は陣頭に進みでて太刀を引き抜き、口上を述べはじめる。張りのあるよく通る声だ。

「遠からん者は音に聞け。近くば寄って目にも見よ。我こそは周防国人、益田兼理である。少弐の者ども、いまや大宰府を治めもせで少弐を名乗るとは片腹痛い。九州探題に任じられしは渋川満直《みつなお》どのぞ。探題に逆らうことは上意《じょうい》に反する。足利将軍家に刃を向けることぞ。我が主周防守の矛先にひれ伏せ」

味方が応じて声をあげ、拳を突きだせば、敵将が進みでて名乗りをあげ、大内家の筑前代官の任官を、幕府に賂《まいない》を送って得た僭称《せんしょう》と反論する。そうして八幡神も御照覧あれ、と液体を撒きはじめた。

「源三郎さん、あれはなにをやってるんですか」

源三郎は首を捻った。

「さあ、御神酒《おみき》を撒いているんじゃないかね？　周防じゃ見たことねえなあ。こっちの兵は信心深いのかも」

そのあいだに合戦で斃れた味方を介錯《かいしゃく》し、あるいは死んだ者の兜や鉢金をはずして前方へ運びこむ。将が時間を稼いで合戦の手はずを整えるのだ。そのとき隣の組の男が今川の土手を指さして叫んだ。

「抜け駆けだ。一番鑓を取られるぞ」

見ればどこの組かはわからぬが、十人ばかりがひと塊になって敵の横腹に入りこもうとしている。一番鑓というのは武功の第一で、これをみなが争い、恩賞を求める。とたんに男たちが我も行こう、と昂《たかぶ》りはじめた。

言葉を紡ぎつづけていた益田が自軍の騒動に気づき、狼狽えながらこう叫ぶ。

「規律を乱すな。軍律違反は打首ぞ」

打首をちらつかせられ、男たちの勢いがしぼみかける。すると小鼓の目の前で瀬良が仁王立ちになって声を張りあげた。

「わたしも手柄が欲しいぞ」

同意の証として足を踏み鳴らし、拳で胸を叩いて甲冑を鳴らし、刃物を打ちあわせる音が満ち潮のごとく広がっていく。小鼓があたりを見回せば、男たちは抑えきれぬ飢えを獣のように目に宿らせて、前を睨んでいる。本能的に怖い、と思った。

飢えた音は、いよいよ抑えが利かなくなってきた。じわりと軍が前へせりだしてゆく。それに対し少弐方は鏑矢の陣を押しだしてきた。無計画に敵陣に突っこめば、突進力に優れる敵陣にあっというまに崩されるのでは、と小鼓は益田を見た。しかし益田が張りあげる声は、三万の兵の打ち鳴らす鉦の音に遮られて届かない。

「このままでは危ない」

そのとき。砂洲の中央で畳数畳分はあろうかという巨大な旗を、四人がかりで掲げるのが見えた。装飾的な枠に囲まれた大内菱の家紋が目に飛びこんでくる。

みなの意識が一瞬そちらに向き、鳴り響く打物の音が途切れた。

旗の下で、将が馬の前脚を高くさしあげ、太刀を抜いて掲げた。

「我、大内周防守也《なり》」

その声は、すべての将兵の耳へ届いた。

「御屋形さまだ！」

陽の光が一段と強さを増して、砂洲を照らす。兜の大吹き返しに大内菱の家紋を入れ、鍬形《くわがた》の前立が陽光に煌めく。肩白の大鎧に金泥《きんでい》の半袈裟が翻り、全身が細かく光り輝いて見えた。

総大将、大内周防守盛見。

盛見は味方を睥睨《へいげい》し、声を張りあげた。

「可愛い子らよ。こたびの戦さは大内の総力戦にて、多少の抜け駆けも許そう。我の前に首を据えよ」

地の底から湧くような吼え声が、砂洲に満ちた。数瞬前の飢えた獣たちとは違う。

大宝が周囲を見回し、呟いた。

「流れが変わった?」

戦列の前を走ってゆく盛見の兜のきらめきを、小鼓は目に焼きつけた。戦功争いに目の色を変えた三万の男を一言で鎮め、「御屋形さまの前に首を据えるのだ」という目的を新たに植えつけた。それはまさに盛見にとって兵が「我が子」となった瞬間だった。

押し太鼓が鳴らされた。決戦だ。

三万の兵が二千の敵に正面から突撃していく。

瀬良と源三郎を中心に前備を組み、向かってくる敵を長鑓で叩き伏せ、怯んだところへ襲いかかり、敵の喉に、腹に刀を突きさす。大宝も暴れる何人かの敵足軽に乗りかかり、首を斬った。

敵から騎兵が出れば一目散に逃げて、こちらにくるなと念じる。馬上鑓を構え、馬で疾走してくる敵を倒すのは至難の業だ。誰かが馬の脚を斬って、馬から転げ落ちた将を数多の足軽が群がって首を落とす。別の誰かが首を掲げて、名乗りを上げる。首はすぐに益田のそばに運ばれてゆく。そんなことを半刻以上繰りかえした。

「はあっ、はあっ、はあっ」

喉が渇き、視界が朦朧と揺れている。

敵の後方で太鼓の音がした。

全員がはっと顔をあげた。敵の退却の合図だ。

瀬良が組の男たちを顧みて怒鳴った。

「御屋形さまは、多少の抜け駆けも許すと仰った。追い首じゃ」

川の土手で合戦の行方を見物していた百姓たちも、いっせいに瀬を渡りはじめた。死んだ兵の持ち物や鎧を剝ぎにくるのだろう。訳もわからぬうちに、押しよせる波のごとく猛り声をあげて、人がどっと動きだす。深追いをしてはいけない、と小鼓は思ったが、踏み潰されぬように波に追われながら前に走るので精一杯になった。

「大宝っ」

「こりゃまずい。おい、はぐれたら仕舞だぞ。敵と間違われて殺されちまう」

合戦も恐ろしかったが、戦さのあとの狂奔は、それとは違った恐ろしさがあった。いつのまにか行橋の浜を越え、逃げる敵を追って深い森に入る頃、傾いた日が地平の彼方へ落ちていった。

瀬良がこともなげに言う。

「あーあ。本隊とはぐれちまった」

五　香春岳《かわらだけ》城攻め

深い森には梟《ふくろう》の遠い呼び声が響き、見あげれば木々のあいだから星がわずかにまたたいている。瀬良の組は逃げる敵の一隊を追って殺し尽くし、甲冑や太刀、弓を敵からあた分捕り、少弐方の足軽を一人道案内として生け捕りにしたところで、日が暮れたことにようやく気づいた。

源三郎が返り血を拭いながらのんびりと言う。血と泥に塗《まみ》れた顔は、どす黒く染まっていた。

「明日の朝にでも森を出て、馬ヶ岳城だっけか？　城を探せば本陣があるだろうさ。なあ、あんちゃんよ」

生け捕りにされた少弐方の足軽は、背の低い若い男で、左頬に痘痕《あばた》があった。殺されるかもしれないという恐怖に縮みあがって、ものも言えず震えている。

瀬良が源三郎に鋭く叫んだ。

「いいか、殺すなよ。道がわからなくなる」

「へえい」

小鼓は満済《まんさい》から貰った絵図を広げた。行橋から馬ヶ岳城は南へ二里。いまは恐らく馬ヶ岳城を通りこしてさらに東へ二里ほど進んだ場所だろうか。馬ヶ岳城に戻るにしても、辺りには今日の合戦で敗れた少弐方の残党がうろついているだろう。こちらの組はたった十人。当たればひとたまりもない。

小鼓の横に瀬良が膝をおろし、絵図を覗きこんできた。

「いい物を持ってるじゃないか。おい小鼓とやら。御屋形さまはどう動く。あんたの兵法でわかるか」

なぜ馬ヶ岳城に戻る道ではなく、大内盛見の行く道を知りたがるのか、瀬良の目論見をはかりかねた。小鼓は考えながら喋る。

「盛見さまの御出陣は、九州探題の渋川満直どのを支援するのが目的ですよね。ならば、まず渋川氏の陣と合流なさるはず」

肥前の渋川氏の居城は南西に二十里ちかく進んだ綾部《あやべ》城。筑前を斜めに横断することになる。そのあいだに少弐氏の本拠地である大宰府がある。

つまり大内と渋川で少弐氏を挟み撃ちにするつもりなのだろう。

瀬良は顎を撫でながら問うてきた。

「ここから渋川とやらと合流するには、どの道がある」

「二つです。長崎街道と、秋月街道」

より海にちかい北側を通るのが長崎街道で、南側を通るのが秋月街道である。いまいる場所からは秋月街道のほうがちかい。およそ三里である。

小鼓の目に、つぎに盛見がどこへ向かうのか、おぼろげながら読めてきた。馬ヶ岳城に入って態勢を整えたら、秋月街道を南下して渋川氏と合流したいはずだ。そのために秋月街道の途中にあるはずの、少弐方の城を攻めることになるだろう。

「盛見さまの次の一手は――」

馬ヶ岳城からおよそ三里。秋月街道上の一点を小鼓は指さした。

「――香春岳《かわらだけ》城攻め」

香春岳城の名は、満済からも聞いている。応永年間、二十年ほどまえに盛見が第一次筑前遠征で陥《お》とした城であるという。長年大内氏が有する北九州の、最後にして最前の城であったが、いまは少弐氏に占領されているらしい。香春岳城を攻め落とすことは、大内氏の北九州侵攻の足掛かりを作るうえで、もっとも重要なことだと思われた。

瀬良が馬ヶ岳城と香春岳城の位置を確かめて唸った。

「たしかに攻めるにはちょうどいい距離だな」

源三郎が不思議そうに問う。

「はあ？　なぜわかるんだ？」

小鼓ははったりを利かせることにした。眉間を指して真面目な顔をして言う。

「わたしには御釈迦さまの眼がついているんです。千里を見通すことができます」

「また馬鹿を言って！　面白かねえぞ」

「みな」瀬良が男たちを見回す。「香春岳城を陥《お》とすぞ」

男たちが口々に頓狂な声をあげる。

「御頭《おかしら》、無理だ。こちらの組は十人だぞ。城が陥とせるわけがない」

「第一軍律違反になるんじゃないのか。打首はごめんだ。本陣へ戻ろうぜ」

やかましい、と瀬良は一喝した。

「女が将になるのはいつだ、十年さきか、二十年か。それまで生きていられるのか。いいか、御屋形さまはさっき、多少の軍律違反には目を瞑ると仰ったのだ。言ったな、源三郎！」

急に名指しされた源三郎は目を白黒させた。

「た、たしか言ったような気もするが……」

瀬良は爛々と目を輝かせ、口から唾を飛ばして熱弁を振るう。

「こんなことってあるか。城を勝手に攻めたら普通なら打首になるところを、手柄にできるんだ。やるしかないだろう。こっちには兵法家がいる。城攻めの策を考えられる」

男たちの目がいっせいに小鼓に向けられ、今度は小鼓が頓狂な声をあげる羽目になった。

「わたしですか！」

無理だと断ろうとする前に、瀬良は眉を吊りあげて威圧してきた。

「あんたは、わたしのために兵法を使うと約束した。さあ城を陥とす策を考えろ」

嫌だと言ったら、なにかされかねない獰猛さが瀬良の瞳に宿っている。

ちょっと待ってください、と小鼓は、手足を縛られ悄然と座りこんでいる人質の小男を見る。小男にちかより、なだめすかして話を聞くと、案の定この辺に住む百姓の出だった。香春岳城を知っているかと問うと、よく行商に行くという。

なんとかなるかもしれない、という気がしてきた。

「縄張《なわばり》図を描いてください」

小男は涙で潤んだ瞳を瞬かせた。

「縄張図？　それを描いたら、殺さずにいてくれるんですか」

「もちろん。縄張図とは、城の見取り図のようなものです」

小男が城の図を描いてゆく。小鼓、瀬良も図を覗きこんで、嬉しそうな声をあげた。

「ほら意外にちいさい城だ。これを陥とす策を考えろ」

たしかに城というより砦といったほうがいいほどのおおきさだ。いくらちいさい城といっても百人は城に入っているだろう。十人などという数では陥とすことは不可能だと思われた。

香春岳城は三つの連なる山からなる城らしく、南から一ノ岳《だけ》、二ノ岳、三ノ岳と呼ばれている。主郭《しゅかく》は一ノ岳で、二ノ岳は石塔が立ち並ぶ祭祀《さいし》場で、人は立ち入ってはならぬとされているらしい。小男が言うことには、大昔に山の女神さまが降りてきたという言い伝えがあり、頂上は城を作れないのだという。

「へんな風習だね」

とくに気に留めない瀬良とは裏腹に、小鼓の頭は目まぐるしく回転しはじめた。

「北九州は古くから大陸の影響が強い土地と聞きます。言葉合戦で敵方が御神酒を撒いていましたし、古い神様を大事にする考えがあるのでしょう」

兵は詭道《きどう》。奇策を用いねば絶対に十人で城は陥とせない。男たちが飯を食うあいだ、小鼓は一人縄張図に向かいあって頭の中で何度も兵を動かした。敵がどう動くか。あらゆる可能性を頭の中で思い描き、十戦のうち四回は勝てるまでに策を練った。

自分は駄目だと思う。半分しか勝てぬのでは、満済に怒られる。満済はいつも「必勝を確信したときしか兵を動かしてはいかん。それでも負けるのが戦さや」と言っていた。

握り飯を頬張る瀬良を呼んで、小鼓は耳打ちした。

「十戦中四回しか勝てません。それ以上はいまのわたしには考えられません」

瀬良は小鼓の肩を叩き、無邪気に喜んだ。

「四回も勝てるのか。いいじゃないか、はやく策とやらを教えろ」

小鼓は瀬良に耳打ちして、城攻めの策を伝えた。突拍子もない奇策である。さすがの瀬良も腕組みしてしばらく考えこんでいたが、意を決したように膝を叩いた。

「糞。やってやろうじゃないか」

「組頭、ほんとうに城攻めやるのかい」

驚く源三郎たちへ、瀬良は挑むような視線を向けた。

「お前たちだって死にたくはないだろう。一刻も早く雑兵から抜けだすしか道はない。危ない橋を渡るのは百も承知だ。わたしに乗れない奴はいまからどこへでも行くがいい」

そう言う瀬良の目には炎が宿って、まだ見ぬ香春岳城を睨みつけている。男たちは戸惑いたがいに顔を見あわせていたが、源三郎がおおきな声を挙げた。

「よしっ。おれは瀬良に乗るぜ。いままでだって瀬良に食わせてもらってきた。こんなときだけ知らぬ顔では、男が廃《すた》る」

源三郎が決心したのを皮切りに、男たちは肚を決めて瀬良に従うと宣言した。瀬良は一人ひとりの肩を叩いて、声を弾ませた。

「損はさせない。旨《うま》い飯食わせてやる。たんまりとだ」

とんでもない女と同陣してしまったと、小鼓は不安が積もってゆくのを感じていた。

源三郎がぽつりと言った。

「瀬良の組頭は『あのこと』、まだ気にしているのかな」

なんのことだと問う前に、源三郎は派手に屁をこきさっさと寝支度をはじめて寝転がってしまった。小鼓は膝を抱えて、焚火の前に座る。周囲に張った鳴子《なるこ》がいつか鳴り、敵の残党に襲われるのではないかと考えて、結局一睡もできなかった。

翌朝、まだ陽が昇らないうちから瀬良と小鼓たちは、香春岳城へ進軍をはじめた。城攻めに意気ごむ男たちのなかで、唯一大宝は機嫌が悪い。

「なんだって、おれたちが城攻めをしなきゃならねえ。瀬良たちを置いて逃げようぜ」

こんなことを大声で言ってくる。瀬良は気にしたふうもないが、周りの男たちの視線が怖くて小鼓は大宝に耳打ちした。

「瀬良さんに逆らったら斬られるかもしれない。しばらく様子を見よう。ね、大宝」

「おれが斬ってやるよ」

「いくら大宝だって、組の人を八人も相手にできるわけがないよ」

「ケッ」

源三郎が鼻歌交じりで茶化してくる。

「お前たちいちゃつくんじゃねえや」

大宝はさっさと小鼓を見放すと、源三郎の横について歩きだした。

「源三郎さん。どう見たらこいつとできてるように見えるんです。おれにとっちゃ、疫病神だ」

副頭の与四郎《よしろう》という年長の男が小鼓を睨みつけ、低く言った。

「小娘、頭になにやら吹きこんで丸めこんだが、おれは騙されねえぞ。十人で城が陥とせるものか」

与四郎の言う通りだ。小鼓も自分の策に自信がもてない。

「じゃあ逃げればいいじゃないですか」

「おれは頭が行くといったら、行くだけだ。いままで頭が間違ったことはねえ」

わずかな平地が広がるなか、枯れ山の連なりが見えてきた。一ノ岳、二ノ岳と女の胸のふくらみのような山と、三ノ岳は馬の鞍のように長い稜線がつづいている。一ノ岳が主郭だという小男の証言のとおり、一ノ岳の山肌は削られ、いくつかの曲輪《くるわ》が見えた。二ノ岳、三ノ岳にはざっと見たところ曲輪のようなものは見えない。

「二ノ岳頂上にはおおきな石が並んでいるだけで、なんにもないですよ。年に一遍《いっぺん》御祭りをするだけでさ」

山の高さはそれぞれ百丈（約三百メートル）をくだるまい。一ノ岳頂上の本曲輪には少弐氏の支族である筑紫《ちくし》氏の軍旗が翻って、炊煙が立ちのぼっている。静かな様子からして、少弐氏が敗れた行橋合戦の顚末はまだ届いていないようだ。

思ったより小規模な山を見て、源三郎が露骨に安堵する。山城ではあるが頂上まで登るのに半刻というところであろう。

夜になるのを待って、組の者たちは麓から二ノ岳を登りはじめた。小男が先導を務めて藪を漕いでいく。源三郎が首を傾げた。

「おい、小男。本曲輪がある一ノ岳を登るんじゃねえのかい」

小男は振りかえった。夜目が利くらしく、険しい斜面を跳ぶように走っていく。

「あっしの名前は戌白《いぬしろ》でさ。一ノ岳の中腹には、敵の攻め手を防ぐ付城《つけじろ》がありまさ。そこを抜けていくよりは、二ノ岳から尾根伝いに入るほうがいい。それに娘さんが二ノ岳に行けって」

「二ノ岳にはなんもないんだろ。小鼓、なんでだい」

「行けばわかります。行って駄目なら別の手を考えます」

松明をつけては居場所が丸見えだから、林から差しこむ月明りだけが頼りである。藪に顔や腕を切られながらも、声も発さず、じっと前だけを見つめて、ひと固まりの野犬のように進んだ。

戍白はこちらを助けることなく、すこしさきに進んでは岩場に腰掛けて男たちを待っていた。懐から干し肉を取りだし、口のなかで唾の音をさせて噛んでいる。

小鼓は一番乗りで戍白の座る岩場へたどり着いた。

戍白はくちゃくちゃと口を動かしながら、西を指し示した。

「一ノ岳の真横に来てまさ。かがり火が見えるでしょう」

いま登る山と谷ひとつを隔てて光が横一直線に並んでいる。あれが香春岳城の本曲輪だと戍白は言った。小鼓が考える山城より、かなり広く見えた。

目を凝らすと月明かりに照らされ、本曲輪の下に深く刻まれた畝《うね》状の影が落ちている。

「あれはなんですか」

戍白は肉を飲みこんで、口を開いた。

「竪堀《たてぼり》でさ。敵が登れないようにしてますね。一ノ岳をそのまま上ったら難儀なことでさ。二ノ岳から登るというのは考えましたね」

山城の斜面に掘る竪堀について満済が教えてくれたことがあるが、見たのははじめてだ。斜面にそって上下に堀を刻み、敵が左右に動けぬようになっている。堀の底を進むしかないから、敵の攻め手が限られる。一直線に堀の底を登るところに岩でも落とされたら死ぬしかない。

瀬良が追いついて、息を吐いた。

「あんた、身軽なところはあの子そっくりだね」

「あの子？」

瀬良はすこし黙った。言おうか言うまいか考えているようであったが、静かに話しだす。

「五歳のときに売られたと言ったろ。一緒に売られた一つ下の子がいた。妹分だったよ。剣の腕はからきしだったから、そのぶん戦さのことを学ぶんだ、って言って年長の足軽に陣形のことを聞いたりしていた。あんたみたいに『眼』がある訳でもなく、文字だって読めなかった。だがそのぶん一生懸命だったよ」

その子がどうなったのか聞くのは躊躇われた。なんとなく、いい結末ではない予感がしたのだ。だが一度話しはじめた瀬良の口からは、言葉が溢れでる。

「その子はどうなったか聞きたいか。数年前、死んだよ。わたしが目を離したすきに男どもに輪姦され、抵抗したから殺された。わたしはそいつら全員ぶっ殺したかったけど、殺せなかったんだ。軍律違反でわたしが殺されるのが嫌だったから。そのことをいまも、悔やんでいる」

源三郎が言っていたのはこのことか、と小鼓は黙って瀬良を見かえした。軍律を犯してでも抜け駆けが許されるなら、と異様な意気ごみを見せていた理由がわかった。いちど瀬良は軍律を前にして、己の意思を曲げたのだ。

「わたしが将になれば、略奪や女を犯すのを禁ずる軍を作る。そうすれば女がたくさん救える。組頭じゃそれができない」

いままでは瀬良のもとから逃げだしたいという思いで胃が痛かったが、すこし考えが変わった。自分のために将になりたいのだとばかり思っていたが、彼女なりの信念があるのだ。小鼓は思い切って問うた。

「わたしは、瀬良さんのお手伝いができますか」

瀬良の返事が夜風にのって流れてゆく。

「あんたの眼があれば、将になれる。これは本気で思っている」

大宝が、列の一番うしろで藪に往生している。見かねて小鼓は手を貸してやった。握った掌には固い剣の握りだこがあった。京を追いだされてから北九州へいたるまでの毎夜、素振りを欠かしたことがないことを、小鼓は知っている。

「やっぱりこいつら斬って逃げようぜ」

大宝にしてみれば、小鼓のせいで北九州へ流されたも同然で、小鼓の御守をしなくてはならない。一刻も早く良兼を見つけて京に帰りたいだろう。

「わたし、この城を陥とすまでは瀬良さんについていようと思う。自分の立てた策で人が死ぬかもしれない。それを知らぬ顔はできないよ」

小鼓が大宝の手を強く握ると、大宝は勢いよくその手を振り払った。

「やっぱりお前は信用できねえ」

日の出前に一行は二ノ岳の山頂付近に出た。山頂は禁足地《きんそくち》であるというとおり、曲輪もなければ兵もいない無人の地であった。丸く平らな山頂には、紙垂《しで》が張られた人の背丈ほどの巨石の柱が円環状に並べられて、神聖な場所というのが見てとれた。

思い描いたとおりの状態であったことに、小鼓はほっとした。これで兵がいたら、策はなりたたない。まずは一つ駒を進めたことになる。

源三郎があたりをぐるりと見まわし、瀬良に問う。

「城は隣山だ。そろそろ策っていうのを教えてくれよ、組頭」

尾根つづきに半里も離れていない香春岳城一ノ岳は、雲海のなかに篝火《かがりび》が浮かび、大海に浮かぶ船のように見えた。尾根づたいに飛び石のように二つの曲輪があり、おおきなほうが本曲輪だ。本曲輪の南側には、さっき見た畝状の竪堀が五本、斜面を下に伸びている。目指す搦手口《からめてぐち》はここからは見えないから北側か西側にあるはずだった。

「これから策を言う。まずは追剥で奪った少弐方の甲冑を身に着けろ」

みな瀬良に従って、奪った敵方の甲冑を身に着け、背旗《せばた》を取りだした。

「背旗の家紋を取って、肩に羽織れ」

背旗は背中につける白地の布で、敵味方の区別をつけるために、大内菱の家紋が縫いつけられている。常はこれを背に掲げているが、家紋を引きちぎってただの白い布とした。

全員が肩から羽織ると少弐の甲冑を着て、白い布を羽織った一団が現れた。

源三郎が楽しそうにその場で回った。

「なんだか変な格好だな。すくなくとも戦場にいる兵じゃあねえな」

小鼓は源三郎の言葉に頷いた。

「それが狙いなのです」

「どういうことだい」

「戦さとは気づかれぬようにして大将を呼びだすのです」

薄暗いなかで石柱にもたれかかり、腹ごしらえとなった。持っている握り飯はこれで尽きる。梅干を口に放りこんで、口を唾液で満たせば、足を覆っていた重い疲労感がいくぶん和らいだ。

瀬良が味噌汁を入れた竹筒を傾け、言った。

「小鼓の策を説明する。これからわたしたちは大内の兵じゃなく、神の御使いとなって大将を誘きだす」

飲んでいた味噌汁で、与四郎が盛大にむせた。

「神の御使い？　どういうことだよ」

二ノ岳は山の女神さまが降りてきたという伝承があると、戌白が教えてくれた。年に一回その女神さまを迎えるお祭りをするだけで、城も作れなければ人もいない。小鼓が目をつけたのはそこだった。

「これからその女神さまと女神さまの御使いになって、一ノ岳本曲輪に入るんです」

まだ話が飲みこめない男たちを置いて、小鼓は戌白に聞いた。

「戌白さん、敵の数はどのくらいです」

「いつもは百人くらいでさ」

小鼓もそれくらいだろうと見当をつけていたとおりだった。

「百対十。正面から戦って勝てる数じゃない。だから戦さはぎりぎりまで仕掛けません。まずは奇策を使って一気に大将の首を獲ります」

源三郎が肩に羽織った白布をつまんで首を傾げる。

「それでこの格好が奇策ってのか。白い布を被っただけで城が陥ちるかねえ」

「この二ノ岳は、古くからの神様が降りたつ神聖な地。だから兵すら入れていない。夜明けとともにわたしたちは、ここに御神託をもって降りたった神様となる。敵は丁重にわたしたちを扱うでしょう。大将自ら御神託を聞きに来る。そこを討ちます」

大宝が鼻白んで笑った。

「そんなうまく行くか」

小鼓は山道の途中で手折ってきた榊《さかき》の枝を振った。榊は神聖な神の木だ。九人をぐるりと見渡し、瀬良が問うた。

「さあ、どうする。不満ならいまから山を降りても咎《とが》めない」

互いにさぐるような視線を交わして気まずい沈黙に包まれるなか、控えめに手が挙げられた。それは十人の誰でもない、戌白だった。

「あのう、わしも加わったら、恩賞がもらえるんですかね。わしの家は貧しくて。銭こが欲しいです」

瀬良は破顔して戌白の肩を叩く。

「約束するさ」

戌白の痘痕顔がぱっと輝いた。

「やりますよ、わし。このまま帰っても一文無しだ。銭こがもらえるならなんでも」

つづいて源三郎が手をあげた。

「おれたちは頭が決めたなら従う。頭はつねに戦さでおれたちの先頭に立ってきた。裏切るなど考えられねえよ」

最後に残った与四郎も、顔を顰《しか》めながら手をあげた。

「どうせ我ら百姓出の命など、散るもんだろう。ただで散ってなるものか」

腹は決まった。小鼓は下げ袋から気付けの酒を出して呷《あお》り、輪になった十一人のみなで回し飲んだ。かっと熱いものが肚に落ちてゆき、かじかんでいた手指がよく動くようになる。

火照った頬を風に当て、小鼓は頂上から下界の景色を見た。すべての山と平地が眼下に広がっていた。東の方角は群青色から薄紅に染まって、ちいさく流れる雲の下側がひときわ朱く染まっている。西はまだ暗い。見おろす平地には雲海が広がって、龍の腹のようにうねっている。

「神が降りるにふさわしい景色だな」

雲間からまばゆい光の筋が放たれる。

日の出だ。

円環状の列柱の真ん中に、小鼓と瀬良は立った。ほかの男たちは頂上からわずかに降りた斜面に身を隠す。

横あいから朝一番の光が差して、二人の長い影が落ちる。風に舞いあげられて雲海の霞が山頂にもたちこめてきて、伏せる男たちの姿を覆い隠す。霞に黄金色の光が乱反射して一ノ岳からは日の出とともに人が現れたように見えたろう。

瀬良が含み笑いをして呟いた。

「雨ならこの策はできない。天候すらも味方になっているようじゃないか。いい気分だ」

一ノ岳の頂上突端の冠木門《かぶきもん》が開き、兵が五人ばかりこちらに駆けてくるのが見える。まずは様子を窺おうというのであろう。すぐに甲冑を鳴らして男たちが二ノ岳にやってきた。

先頭の男が手をあげて問う。恐れる気持ちを隠し、丁重な問いかたであった。

「女子《おなご》、女子、いずこから現れた。二ノ岳は禁足地である。疾《と》く去れ」

瀬良がよく通る声を張った。長い髪を垂らし、山ぶどうの汁を目尻と唇に塗った横顔に朝日が差して、ほんとうの女神のように見えた。

「控えよ。こちらは木花之佐久夜毘売《このはなのさくやびめ》。妾《わらわ》は石長比売《いわながひめ》なるぞ。天照大御神《あまてらすおおみかみ》の御神託を持って参った」

男たちは戸惑い、顔を見あわせている。

小鼓は進みでて榊の上に紙を載せ、差しだした。男たちが頭をさげて紙を受けとり、顔を寄せあって見て、困ったような顔をした。

「な、なんと書いてあるのです。某《それがし》は文字が読めぬのです……」

当然だ、と小鼓は口元に笑みを浮かべた。そこに書いてあるのは女仮名文字ではなく、漢文である。仮名も読めぬ者には、神聖な御告げ文に見えるだろう。

瀬良がいかめしく言う。

「そなたらの御大将に見せよ」

「わかり申した」

男たちは文を大事そうに両の手で持ち、一ノ岳へ戻って行った。どうせ大将にも読めまい。すぐに戻ってくるはずだ。予想通り、男たちがすぐに戻ってきた。

「石長比売どの、我らの大将にも読めませぬ。城に御足労頂き、意味を御教え頂けませぬか」

突如瀬良が一喝した。隣にいた小鼓も身が竦むほどの、鋭さだった。

「無礼者。お主らが参れ」

男たちは情けなく飛びあがって、脱兎のごとく駆けだした。しばらく城内で揉めたのだろう、半刻ほど時間が流れた。ここが十のうち四をものにするか、六に傾くかの分水嶺であった。大将が出てこぬというのであれば策は失敗、四散して逃げる手はずになっている。敵の神を敬う心と警戒心、どちらが勝つか。

雲海が小鼓たちの体を飲みこみ、わずかに衣を湿らせてゆく。

冠木門が開き、流旗《ながればた》を掲げて、大将らしき男が進み出てきたとき、小鼓は拳を思わず握った。十のうちわずかな四を引き寄せた。

「かかった」

行橋合戦で少弐方が「八幡神も御照覧あれ」と唱えて御神酒を撒いたのを見たとき、この地の人々の信心深さに驚いた。だからこそこの策を練った。これが男二人なら敵も警戒したろうが、剣も振るえないような女二人、よもや城攻めとは思うまい。小鼓の想像以上に敵方は神々に心服しているらしく、鎧甲冑は無礼であろうと、直垂《ひたたれ》に着替えていた。

前を見たまま瀬良が言った。

「わたしが益田さまのような将軍になったら、あんたを兵法家として雇ってやろう」

「まだ喜ぶのははやいです。大将の首を落とさねば」

大将が近づいてくる。兵の数は十人ばかりだ。女二人に対し、これ以上の兵はいらぬと判断したのだろう。侍烏帽子に直垂をつけた大将の男が恭《うやうや》しく、二人のまえに膝をついた。

「石長比売さま、木花之佐久夜毘売さま、御顕現《けんげん》恐悦至極に存じまする。先刻の御無礼、なにとぞ御許しを……たしかにこの二ノ岳には古く神々が降りたったという伝承がございますが、まさか我の代で御目にかかれようとは」

この男も半信半疑なのだろう。御告げを書いた漢文の厳めしさ、そうして実際に二人の女神を目の当たりにしてもなお疑心は残っていて、五間（約九メートル）ほど距離を保っている。すぐに太刀に手をかけられるようにしているのが見えた。

しかし男は瀬良の剣の腕までは知らぬ。

「なにとぞ、御告げをたまわりたく」

瀬良が白い布をはらりと落とした。目にもとまらぬすばやい挙動で剣を抜き、五間の距離を一瞬で詰める。太刀に手をかけた大将の腕目がけて下から切りあげる。空気を斬る鋭い音がし、大将の片腕が落ちた。かえす刀で首を横に薙ぐ。

朝日のなかに鮮血が散り、大将の首がごとりと落ちた。

遅れて、叫喚が木霊《こだま》した。

「うっ、うわあああっ」

斜面に伏せていた大宝、源三郎、与四郎たちがいっせいに飛びだす。

小鼓も懐刀に手を伸ばした。行軍中に、片腕での剣の扱いかたを、瀬良とともに練習した。柄《つか》の尻を持つと、剣の振りを制御できない。鍔の真下を短く持ち、構えは最上段。重さで体がぶれぬよう、鍔《つば》を額にあてて、頭に載せるように固定する。この戦い方では間合いが重要になる。敵に打ちかかられたら、片腕で太刀を受けとめる力は小鼓にはない。それはすなわち死だ。

一撃必殺。

大将の後ろにいた副将らしき男が太刀に手をかける。小鼓は最上段に構えたまま一歩踏みこんで、懐刀を振りおろした。普通の太刀より五寸ばかり短いとはいえ、重さはかなりのもので、振りおろすだけで右腕がひきつりそうに痛んだ。踏みこんで、懐剣の柄のもっとも尻の部分へ拳を滑らす。柄の尻には手が抜けぬよう、木製の小鍔をつけた。こうすることで、太刀筋が円形から楕円に膨らみ、敵の目測より深く斬りこむことができる。

懐剣は男の左肩に食いこんだ。鎖骨に当たって剣が弾かれ、手にしびれが伝わる。

一撃では倒せなかった。

骨を断つにはまだ力が足りない。

「うう、くそっ」

剣戟を弾かれ顔が歪む。一撃で諦めるなと瀬良は言っていた。

今度は突きを繰りだす。水平に構えを変え、体ごとぶつかってゆく。男が太刀を抜いた。肋骨を貫通して心臓に達する手応えがある。太刀の刃を縦にして、内臓を掻きまわす。

「死ね……っ」

「うぐっ」

男が失禁して膝をついた。口から血痰《けったん》を吐き、なお太刀を振ろうと手足をばたつかせる。

行橋の合戦で殺せなかった男の顔が、目の裏に蘇ってくる。

いいとか悪いではない。殺しあいの渦にあって、生き残りたいならば殺す側に回らねば生きられぬ。行橋では周りにいた大宝や瀬良に助けられ、運よく生き延びただけだ。

生きて良兼に会いたいなら、殺すことを躊躇うな。

小鼓は足で男の手元を蹴った。男が太刀をとり落とす。手になまあたたかい血が流れてきた。柄を握りしめ、男の膝に足をかけて、腹から股へ剣をずぶずぶと埋めてゆく。

男がその場に倒れこむ。体を痙攣させてやがて事切れた。

「はあ、はあっ……」

毛穴じゅうから汗が噴きだし、体を流れてゆく。

一人殺した。

自分が生きるために、殺した。

顔をあげれば、瀬良たちはすでに敵を全員討ち果たしていた。煌めく朝日に照らされて、十ばかりの死骸に石柱の影が落ちている。

与四郎がしゃがんで誰かを抱えあげ、鋭い声で叫んでいる。

「伝助《でんすけ》がやられた」

走り寄っていけば、組でも年若の、小鼓とそう変わらない年頃の伝助という男が、腹を横一文字に斬られて呻いていた。苦しげに呻き声をあげ、腹を動かすと腸が飛びだした。

伝助の泣き声が山谷に響きわたる。

「頭、苦しいよ……」

介錯を請う声に、瀬良は太刀を振りかぶった。

「伝助。お前はよく戦った。いま楽にしてやる」

首を掻き切る。首から血を流して伝助は絶命した。

与四郎が小鼓をじっと睨みつける。お前のせいで死んだのだと、目は言っていた。

瀬良がそっとちか寄って、すれ違いざまに耳打ちしてきた。

「気にするな。戦場で死ぬのは、誰のせいでもない」

嘘だ、と思った。瀬良は事実妹分の死を自分のせいだと思っているではないか、と言おうと思ったが黙っていた。長く戦場にいるほどに、人の死を目の当たりにするだろう。だが慣れてはいけないと小鼓は思い、奥歯を噛んだ。

「伝助さんのこと、忘れないようにします」

策を立てたのは自分だ。その結果伝助や、小鼓が殺した敵兵は命を落とした。受けとめ、忘れないようにしようと思った。

味方を叱咤するために、声を強く張る。

「まだ終わりではありません。これからが本番。本曲輪を陥とします」

大将の首を鑓のさきに掲げ、ひと塊となって尾根道を走った。一町半（約百六十メートル）も進めば本曲輪の冠木門が見えてくる。櫓《やぐら》で兵がなにかを叫び、鉦が鳴らされている。

一か八かの賭けだった。大将を討たれようとも敵がまだ戦う姿勢を見せれば多勢に無勢、すごすごと退くしかない。

だがすべて石柱の輪のなかで起こった出来事。雲海に遮られて討たれたところは見えていない。城からは、大将が神に会いに行き、首だけになって帰ってきたように見えるであろう。

出陣の前に神籤《みくじ》を引き、合戦の前に神仏への礼拝を欠かさぬ、古くから神の降りたった地とされている九州の、武士の畏敬心に賭けた。これが京だったら、神などなにするものぞと攻めてくる悪党もいるかもしれない。

瀬良は鑓を掲げて野太い声をあげた。

「大将は神の怒りに触れて死んだ。天照大御神が御怒りである。疾《と》く門を開けよ」

敵はなかなか反応を見せなかった。また半刻ばかりが過ぎた。太陽が昇りきろうとしている。日が昇りきれば神の威力が剝がれ落ちてしまう気がして、小鼓は唇を嚙んで待った。

白旗があがり、ゆっくりと冠木門が開いた。兜と甲冑を脱いだ兵たちが、平伏して出迎えた。

大宝が呆気にとられて呟いた。

「夢を見ているのかよ。本当に十一人で陥としたぜ」

翻る白旗は朝日に照らされて輝き、渡り鳥が数羽、小鼓の頭上を飛び去って行った。

六　大野城攻め、怡土《いと》城にて

その日のうちに戌白を道案内として源三郎が馬ヶ岳城に馬を飛ばし、翌日には大内軍の本隊が香春岳城に着到した。大内盛見みずからが城に登ってきて本曲輪に入り、平伏する小鼓たちを一人ひとり見た。

「お主は、公方さまの客人ではないか。行橋合戦で姿が見えなくなったと聞き、必死で探し回っておったのだぞ」

小鼓はおののいて額を地面へつけた。本陣から離れてただ勝手に城を攻めたという咎を責められては、城攻めの苦労も、伝助の死も無駄になる。

「勝手な行い、面目次第もございませぬ。盛見さまがつぎにこの香春岳城を攻めるのはわかっておりましたので、十一人で露払いをした次第にございます」

「十一人で？　なぜそのようなことを」

「ここにいる組頭の瀬良を将にしていただきたく、わたしが策を立てました。御大将さまは先日、多少の抜け駆けは御許しくださる、功を挙げよと仰いました。御忘れではありますまい」

小鼓たちが犯した軍律違反は、通常ならば罰せられるべきものである。しかし行橋合戦で盛見は軍功の前には多少の抜け駆けも許すと言っている。本人にも口を滑らせたという自覚はあるのだろう、盛見は苦笑した。

「たしかに言うたが、まさか城を陥とすとは。それも十一人で。ありえぬ」

益田が苦い顔をして盛見に言う。

「笑っている場合ではございませぬぞ。もし幕府の客人になにごとかあれば、御叱責を被るのは御屋形さま。小鼓どの、勝手な行動は以後慎み、本陣から離るるなかれ」

どうやら盛見は小鼓が城攻めの策を立てたことを、冗談だと思っているようだ。このまま冗談で流されてなるものか、と事細かに城攻めの様子を小鼓は語って聞かせた。女神とその御使いに変装したところは多少の虚飾も混ぜて大仰に説明すると、しだいに盛見の眼に真剣な光が宿りだした。

「そうして、組頭の瀬良が一刀のもとに大将の首をごとりと落とし、わたしが片腕で副将の胴腹に剣を捻じこみ――」

城攻めの様子はわかった、と盛見は手で小鼓を制した。

「大将の首実検に入るまえに一つ聞こう。お主は戦わずともすむ客人の身分。なぜそこまで戦おうとする」

最初は瀬良になかば脅されてである。しかし途中から考えが変わった。それをうまく説明しようとすると、小鼓も言葉が出てこない。だからこう答えた。

「女子が、戦場で生きるためにございます」

瀬良が勢いよく顔をあげ、身を震わせた。

「御屋形さま。口を利く無礼を御許しください。わたしは女子でございまするが、夢がございます。将軍になりとうございまする」

「女子の足軽とは驚いたものだ。それにまだ若い」

瀬良は益田が咎めるのも聞かず、必死に縋《すが》った。

「なにとぞ、御取りたてを」

盛見はゆっくりと口を開いた。

「大将の首を獲った功に報いて以後、本陣付の三十人を率いる組頭に」

功が認められた、という思いで小鼓は思わず安堵の息を吐いた。だが、瀬良は違った。

「三十人、ですか」

眉を吊りあげて盛見が問う。

「不満か」

瀬良は一瞬唇をきつく嚙み、頭をさげた。

「ありがたき、幸せ」

温かい味噌汁と麦飯が振舞われ、たらふく口に詰めこんだ。瀬良は鎧櫃を蹴っ飛ばし粉々に踏みにじると、どこかへ行ってしまった。

「瀬良さん、なんで怒っているのですか。功が認められたじゃありませんか」

男たちに気まずい雰囲気が漂う。与四郎が顔を歪めた。

「三十人の組頭？　人数が増えただけじゃねえか。男だったら一軍の将になっていたろうよ。へっ、やっぱり女じゃあ、駄目なんだ」

ぬか喜びしたのは小鼓だけだった、男たちが口々に不満を言いあう。源三郎が麦飯を口から飛ばしてこちらに顔を向けた。

「悔しいぜ。小鼓、どんどん策というのを考えろ。そうしたらおれたちがもっと城を陥としてやる」

与四郎までも、こんなことを言いだす。

「大宰府なんか行かないで、しばらくおれらといろよ」

しどろもどろになりながら、小鼓は答えた。

「わたしは本陣から動いてはならないと言われていますし。やっぱり大宰府には行かねばならないので」

本来の目的は大宰府に向かって良兼を探すことだが、小鼓も割り切れぬ気持ちがある。自分の兵法が力になることはわかったが、開こうと押しても、扉は瀬良を拒むように重たく閉ざされたままだ。それは女子だからなのか。正攻法で軍功を挙げれば扉は開くのだろうか。

味噌汁を啜ればあたたかい汁が腹に落ちていく。小鼓は息を吐いた。

その夜はひさしぶりに温かい寝床で寝入ることができた。

冬が終わり、春から夏にかけて大内軍は秋月城攻略の付城となる益富《ますとみ》城を築城し、渋川氏と連動して、秋月街道にある秋月氏の古処山《こしよさん》城、秋月城を攻略していった。

秋月城を攻略した大内軍は日田《ひた》街道を北上、いよいよ少弐氏の本拠地である有智山《うちやま》城、大野城に迫ることになった。有智山城の麓一里のところに大宰府天満宮があり、大内盛見はそこで戦勝祈願を執り行った。

大宰府へはあと四里、小鼓の最後の戦さとなる。

益田兼理は喧《やかま》しく小鼓に本陣から出るなと命じた。

「よいか。お主は客人だということを忘れるな。この戦さが終われば大宰府でもどこでも行くがいい。それまでは大人しくしていてもらう」

その横から盛見が手招きして、大野城の絵図を見るように言う。盛見は小鼓を気に入ったようで、軍議の席にも呼ぶようになっていた。盛見はこのとき五十を越え、老境に入っており、小鼓は祖父がいたらこのような人だったろうか、と思った。

「小鼓どの。これから攻める大野城の縄張図を見ておくがよい。大野城を見て気づくことがあれば、益田に告げよ」

「わかりました。つぎは必ず盛見さまの御役に立ってみせまする」

本陣の陣幕を潜ると大宝が腕組みをして待っていた。

「いいか、最初の目的を忘れるなよ。おれたちは大宰府へ行きたい。戦さに加わるのはその露払いだ。こんどこそ最後の戦さだからな」

大宝は思いだしたように言うが、香春岳城を陥としたことで、心に火がついたようだった。源三郎の後ろを弟のようにくっついて、毎日稽古を欠かさない。身長もまた伸びて、小鼓は見あげねば大宝と目があわないほどになっていた。

数日後、大内軍は有智山城から山一つへだてた詰城、大野城攻めにとりかかった。

「すごい……」

山麓に立った小鼓は絶句した。組の者はもちろん、従軍してきた大内勢がみな言葉を失った。

大野城は山城で、別名四王寺山《しおうじやま》とも呼ばれ、山塊そのものが城、壁で囲まれた一つの町となっていた。かつて白村江《はくそんこう》の戦いで唐・新羅《しらぎ》の連合軍に大敗した大和朝廷が九州の防壁として築いた古代の城郭である。千年ちかくもむかしに築かれた城をそのまま利用している。頂上付近は落ち窪んで、岩屋山《いわやさん》、大城山《おおきやま》、大原山《おおばるやま》といった外輪山《がいりんざん》の周囲一里半にわたって土塁、石垣が積まれている。事前に縄張図を見て知識として知ってはいても、実際に見ると巨大さに圧倒される。

「すごい！　ほんとうに連峰がぜんぶ城なのか」

苦労して陥とした香春岳城が、いくつ入るか見当もつかない。どれほどの計略が必要になるだろう。

呆れた瀬良に小突かれた。

「感心しとらんで、陥とす策を考えてわたしに教えろ。今度こそ有無を言わさぬ軍功を挙げるんだ」

あれから瀬良は口数がすくなくなって、考えこんでいることが増えた。大野城攻めは激しいものとなるだろう。どこまでできるかわからないが、瀬良に手柄を立てさせたいという小鼓の願いは、以前よりも強くなっていった。

四王寺山の山肌には土塁とまじっていたるところに石垣が積まれており、高いところでは四間半（約八メートル）もの高さの石垣が二町（二百メートル強）もつづいて即席の山城とは違う佇まいを見せている。

攻めるといっても手のつけどころがない。

軍議で大内盛見は諸将を集めて次のように宣した。

「兵糧攻めにする」

これから秋にかけて収穫の時期。加えて城に入る少弐方はほぼ全兵力三千。城を攻めれば被害はおおきくなる。こちらも長い遠征で糧食に不安が出てきた。周囲で苅田《かりた》をするのがよい、と重臣で軍配師の内藤智得が進言した。

居並ぶ諸将の末席に座った瀬良は、隣の床几に座る益田に訊ねた。

「苅田とはなんですか、益田さま」

益田は貧乏ゆすりをしながら答える。

「これから収穫の時期だ。周囲の稲穂を刈りとる」

「こちらは米を手に入れられ、敵に食糧を渡さない。一石二鳥ですね」

「そういうことだ」

大内盛見は諸将に宣した。

「冬を越すことになろう。長丁場となる。各々《おのおの》、油断するな」

峰から峰へつづく土塁に翻《ひるがえ》る敵の陣旗を見ながら、小鼓たちは黄金色に実る田に入り、稲を刈っていった。そんなことは雑兵に任せておけ、と益田に止められたが、こっそり本陣から抜け出て瀬良の組にまじった。城の様子をもっとよく見ておきたいと思ったのである。

せりあがる土塁は赤色の土を積みあげ、四間半の高さの垂直の壁がどこまでもつづいている。これを登るのは至難の業だろう。ところどころ城門にちかいところは石垣が積まれ、堅固な守りが見てとれる。二町ずつくらいに兵が入る高櫓もあり、監視の兵が動くのが見えた。

唐の国にある万里の長城もこのようだろうか、と思いを馳せる。

与四郎が鎌を研ぎながら文句を言った。

「こんな肥った米を刈るなんて、百姓どもも可哀想になあ。ああ故郷の田んぼの稲刈りがしてえ。かかあと息子の二人で稲刈りじゃあ、いまごろ苦労してらあ」

みな周防国近辺の百姓である。そろそろ国が恋しくなっているだろう。

苅田のときには姿の見えなかった戍白が、夜になると戻ってきた。香春岳城攻めのあとも銭が欲しいといって大内軍の道案内をしている。持って生まれた才能か、目端がよく利いて斥候《せっこう》のようなこともやっていた。

「城を見てきたんでさ」

戍白が忍んで見てきたことには、岩屋山、大城山、大原山に囲まれた大野城は外輪山をぐるりと囲んで土塁と石垣があり、さらに内側を石垣で囲んだ二重の備えであるという。楕円型に南北に長く、東西に狭い外輪山の周囲はおよそ二里。周囲の土塁には東西南北におおきな防衛拠点があり、大手門にあたる南の大宰府口には岩屋城、東の大原山砦、北の裏手門にあたる宇美《うみ》口には百間石垣と砦、西の大城山砦には四天王を祀る四天王社がある。それぞれの東西南北には毘沙門天、増長天、広目天、持国天という神が祀られ、敵の攻め手から守護している。

「あっしが見たかぎり、城への侵入口は九つ。今言った東西南北の出入口にくわえ、南西側に坂本口、水城《みずき》口といった口が多く、東側は山が切り立っていて侵入口は少ない。南側は、いま見える、岩屋城が攻め口でさ」

瀬良たちは城の南麓に布陣している。岩屋城は大野城から張りだした出城のようになっていて、切りたった断崖にあるのが麓から見えた。

岩屋城をまず落とさねばほかの口へはちかづくことすら難しいだろう。

山塊の中腹に見える岩屋城の篝火を、小鼓は見あげた。

「大野城を陥とすには、まず岩屋城攻めだね」

香春岳城で死んだ伝助の苦しげな表情が、小鼓は忘れられない。武功の蔭に、散ってゆく名もなき足軽のあまたの命がある。

なんとしてもみなを死なせたくない。そのために頭を働かそうと思った。

翌日、城の南側の岩屋城を攻めるようにとの命がくだった。大宝の姿が見えないので瀬良の組へ行くと大宝が鉄笠を被って戦さの備えをしている。

本来の目的を忘れているのでは、と小鼓は慌てて大宝の袖を引いた。

「戦さは露払いだ、大宰府に行くのを忘れるなって言ったのは大宝でしょう」

大宝は源三郎にくっついてしれっと言った。

「わかってら。わかっているがな、はやく城を陥としたいだろ。大将を討てば、城は陥ちる。おれたちは大宰府に行ける。簡単な兵法だ。そうだろ？」

口ではもっともらしいことを言っているが、香春岳城で大将首を挙げられなかったのが、大宝にはよほど悔しかったらしい。危なっかしくて一人にしておけないと、小鼓も大宝についていくことにした。

「大宝。死なないように前には出ないで。わたしが見張っているから」

「お前こそおれの足を引っ張るんじゃねえぞ」

南の麓から曲がりくねった山道を登っていくと、道の左右に曲輪がそそり立つ。左側が二の丸、右側のより高所にあるのが本丸である。

本丸は石垣と土塁でかたく守られ、土塁の上に立つ人影が見えた。金色の唐毛《とうげ》の変わり兜に、鉄札《てつざね》の腹巻を着たその男は、山を登ってきた大内方の兵を睨みつけて怒鳴り声をあげる。

「ここ大宰府は少弐の地也。大内は海を渡って帰るがよい」

土塁の上の武者走りから矢が射かけられる。瀬良が叫んだ。

「置盾《おきたて》！」

ざっと矢の雨が降ってくる。前方で悲鳴があがった。小鼓が置盾のあいだから源三郎に引っぱられながら顔を出すと、あの金の唐毛の武者が土塁を滑り降りてきて、鑓で置盾を薙ぎ払うのが見えた。

「某は岩屋城将、筑紫《ちくし》伴門《ともかど》也。道を開けよ」

鑓のひと薙ぎで置盾が二、三吹き飛び、血飛沫が宙に散る。益田とともに攻める大内方の将、杉重綱が防げと命じるが、男の勢いは止まらない。狭い登攀《とうはん》道に詰める十人組の一列目が破られ、二列目も危うくなってきた。

武人とはああいう、圧倒的な武力を誇る者を言うのだろう。

大宝が腕まくりをして長刀を抜きはらった。

「金獅子《きんじし》が大将首か」金の唐毛兜を獅子と見定めたようだった。「おれが獲る」

益田が、小鼓と大宝を見つけてぎょっと目を剝いた。

「またお主たちは本陣を抜けだしてきたのか！　戻れ、いますぐ戻れ」

益田の言葉を無視して、大宝は瀬良たちと駆けだす。瀬良と与四郎、源三郎、大宝を前列に、登攀道を駆けてゆく。坂道の頂上には青空が広がり、男の振り乱す金の唐毛が中天からの陽を受けて輝いていた。

「つらあああ」

瀬良が唸り声をあげて太刀を振りかざし、金獅子に打ちかかる。敵の翳す鑓の間あいに入りこみ、踏みこんで胴へ刃先を繰りこもうとしたが、金獅子の長い足に蹴り飛ばされ登攀道を転がった。

小鼓は置盾のあいだから声を飛ばした。

「瀬良さん深入りしないでください、そいつ手練《てだ》れだ」

小鼓の声が聞こえなかったかのように起きあがった瀬良は、ふたたび金獅子へ挑む。一合、二合と斬りむすび、鑓の一撃を跳んでかわす。大宝の左右から与四郎と源三郎が助太刀に入ると、邪魔をするなとばかりに睨みつける剣幕である。

瀬良の気がそれた隙を金獅子は見逃さなかった。

「危ないっ」

渾身の一撃が瀬良を襲う。胴丸の縅糸《おどしいと》が千切れ、血に塗れた札《さね》がばらばらと落ちた。源三郎が後ろから瀬良の帯を摑んで引き倒さなかったら、腹を横一文字に斬られていただろう。瀬良は引きずられてもなお前へ出ようとした。

「畜生っ、離せ」

金獅子一人に足止めを食っているあいだに、土塁の上から巨大な岩が降ってきた。行く手を塞がれた格好になる。

益田が丸太を持って来て除けろ、と命ずる。てこの原理で岩を取り除きにかかるが、矢が降って来ておおくの兵が倒れた。

「くそ、敵も考えるな……」

指揮する将は誰だ、と振り仰いで岩屋城の本丸を睨みつければ、土塁の上に将の姿が見えた。痩せぎすの特徴的な猫背。鉢金と腹巻鎧を着こんだ男と目があった。

男の目が驚きに見開かれる。

十五間(約二十七メートル)ほどしか離れていない距離で、見間違えるはずはない。向こうもまじまじと小鼓を注視してきた。

「お父ちゃん!」

思わず小鼓が叫ぶと、男はふいと小鼓から目をそらす。なぜ目をそらすのかと礫《つぶて》を投げて小鼓は声を張りあげた。周りの者がなにごとかとこちらを見る。

「お父ちゃんでしょう。返事をして」

父は敵兵に石を投げるよう指示している。礫が当たる危険を冒し、与四郎に帯を引っぱられながら小鼓は置盾から顔を出した。

「小鼓だよ。京から来たんだよ!」

敵兵も小鼓を見ている。これ以上放っておけば、自軍の兵の不信を招くと思ったのだろう、ようやく戦場とは思えぬ間延びした声がかえる。

「やかまし。お父ちゃんも小鼓に会いたいが、いまは敵同士。仲ようできひんのや」

いつもと変わらぬ父だ。日暮れまで饅頭を売ってもとんと売れず、重い足どりで家路を歩いていたとき、笑って迎えに来た父を思い出した。

父は、話は仕舞いだと手を振った。

「油が降ってくるぞ。気いつけえ」

良兼が手を振るうと金獅子が率いる一隊は、身軽に坂を登って土塁の向こうに消えた。

「お父ちゃん、待って！」

金獅子が退いたのを好機と、大内方は土塁に梯子《はしご》をかけ、あるいはそのまま土塁に取りつき本丸を目指す。しかしそううまくいかなかった。

「ぎゃあっ」

先頭をゆく兵が悲鳴をあげて斜面を転がり落ちてきた。肉が焼けるような臭いがあたりに漂う。頭上を見あげれば敵が身を乗りだし、柄杓《ひしゃく》でなにかを掛けてくる。誰かが叫んだ。

「油だっ」

煮えたぎった油が、敵本丸から注がれているのだった。梯子は油に塗れ、それ以上登ることもままならなくなった。それでも撤退命令はでない。石が降り、油が注がれるなかを蟻のように土塁を登りつづける。土塁の下は火傷した兵、投石で骨を折った兵で埋まった。

早く撤退の命がくだってくれと祈りながら、小鼓も怪我した兵を後方へ引きずった。

木盾を据えた後ろで、兵の赤く爛《ただ》れた肉へ水をかけ、手拭を押し当てた。

戦場は叫喚で埋まり、なにをしているのかわからなくなってくる。目が眩んで、立ちあがろうとしたとき頭に礫が当たって、その場に突っ伏し、胃にあったものをすべて吐いた。

陽が傾くころ、ようやく撤退の命がくだされた。

「退《ひ》け！」

益田の叫び声で兵がじりじりと後退する。すかさず敵は追撃してきた。

「金獅子が出たぞ！」

ぞっと肝が冷えた。今日最後の残光に金の兜を輝かせ、躍りかかってくる影がある。

「よおおし、おれの出番だ」

長時間の攻城戦の疲れを見せず、大宝が斜面へ乗りあがる。金獅子は高く跳びあがり、勢いのままに鑓を振るった。大宝は長刀を掲げ、金獅子の一撃を防いだ。頭ひとつ以上背丈の違う敵の懐に入り、足を薙いだが金獅子はうしろに飛びすさる。数合斬り結ぶと大宝の息がみるまにあがりはじめ、足がもたついてきた。

源三郎が助太刀に行こうとする瀬良を押しとどめ、叫んだ。

「大宝が足止めしてくれるあいだに退くんだ」

大宝は長刀を掲げたまましりじりと後ずさるが、金獅子が間あいを取ることを許さない。息もつかず鑓の一撃を浴びせかけ、大宝が体勢を崩したところを、喉元に狙いを定めて一閃を繰りだした。

「大宝っ」

大宝も長刀をまっすぐに繰りだし、鑓の穂先、長刀の切っ先がたがいの喉元に向いた。

瞬間二人は同時に身を反らし、大宝は転がって穂先から逃れてきた。

「ふう、危ねえ……金獅子、勝負預けたぜ」

金獅子は無言で大宝を顧みると、追撃はこれまで、と手を挙げて退却していく。

源三郎に引きずられて退いてきた大宝の鉄笠を、小鼓は思いきり殴りつけた。

「死んだらどうするの。あんたは馬鹿か」

荒い息をつき、大宝は退却していく金獅子の背中を睨みつけた。

「あと一寸《いっすん》腕が長ければ。あと一寸力《ちょっと》が強ければ。おれは勝てた。明日は必ず勝つ。それで戦さは仕舞だ」

その日の城攻めは多数の死傷者をだしただけで、成果はなにひとつ得られなかった。

日を変えて坂本口、水城口、大城山砦、宇美口などを攻めたが、いずれも守りは堅く、落とせぬまま一月、二月と過ぎていった。陣にはいつまで城攻めに費やすのかという、厭戦《えんせん》の気配が蔓延し、陣中での喧嘩も頻繁に起こった。

瀬良が香春岳城攻めにおいて十一人で城を陥とすという軍功を挙げ、目の敵にする男たちがおおいらしい。瀬良は売られた喧嘩を買って、ひどい手傷を負ってくることもあった。小鼓をやきもきさせるのは、大宝もその喧嘩に加わっていることだった。

その日も坂東《ばんどう》の狗《いぬ》っころを五人ぶっ飛ばした、と大宝は満足げに長刀の手入れをしていた。坂東とは、駿河の富士を越え、さらに箱根の関所を越えたさきにある東国のことで、幕府の支配も及ばぬ荒れた土地らしい。そこから出稼ぎに来ている足軽は、蛮勇で陣中でも忌み嫌われている。刀の鞘に犬や猪の毛皮を巻いていることから、犬の尾に見立てて東狗《あずまいぬ》や単に狗っころ、と呼ばれていた。

「東狗は、大っ嫌いだよ」

女と見れば襲うので、小鼓もなんどか危ない目に遭った。そのとき助けてくれたのは瀬良や源三郎たちだった。

「そういや」東狗の話題に飽きて大宝は話頭を転じた。「岩屋城攻めでお前親父がどうとか騒いでたよな。見つけたのか」

父の声が蘇る。生きてふたたび会えるとは、正直なところ期待していなかった。しかし敵陣にいる以上、まともに話はできない。

父は、なんのために北九州までやってきて、なにをしているのだろう。なぜ南朝方につき、北朝、すなわち幕府を狙うのか。

頭の片隅で、父が小鼓を助けて戦場から連れ去ってくれる、という夢想があったことに、このときはじめて気づいた。坂本の町で生き別れてから三年。唯一の肉親は、小鼓を助けてくれるに違いないとどこかで期待があった。だが岩屋城での反応を見るに、そんなことはないだろう。

「大宰府にいるというのは、当たりだったな。じゃあ城を陥として、良兼をとっ捕まえれば、京へ帰れるじゃねえか。やっぱり金獅子を早く討たねえと」

「……………」

そもそも小鼓を助けるつもりなら、京にいるあいだに連絡を取ってきたはずだ。小鼓はなぜ良兼が幕府に反抗し、少弐方についているのか、直接話を聞きたいのだ。

大宝は疑わしげな眼差しを、黙りこむ小鼓に注いだ。

「親父の居る岩屋城に逃げこむんじゃないか、と思ったがな」

「……そんなことしないよ」

たしかに自分の益を考えればそれも選択肢のひとつであろう。だがここまでともに戦った瀬良や源三郎たちをたやすく見捨てて、自分だけ目的が達成されたのでおさらばする、というのは、やはり気が咎める。

長刀の柄に手を置いて、大宝は言った。

「おれは御所さまに御目付役を仰せつかったんだからな。親父と一緒に逃げようというなら、おれはお前を斬るぞ。さすがに後味が悪いから、逃げるなよ」

口ではそう釘を刺す大宝だが、夜は小鼓や瀬良の寝る陣屋のちかくにかならずいて、不埒な考えを起こす輩がいないかと見張っているのを知っている。

「城を陥とすのを待ってはいられない。わたしは筆一本でお父ちゃんと金獅子を城から釣りだして見せる。盛見さまにもうってつけの策だ」

大宝は眉を寄せて、険しい顔をした。

「筆一本で？　良兼を捕まえられたら御の字だが、そんなことできるわけがねえ」

「まあ見ていなさい。これを成功させたら、瀬良さんを取り立ててもらうことを御願いしてみようと思う」

すぐに小鼓は益田から紙を貰い、書状を書きはじめた。

それは盛見から良兼へ宛てた書状で、「大内軍に内応してくれること、大変嬉しい。人質としている娘はそなたが降れば命を助けよう。定められた日に城を討って出るように」という内容であった。良兼が内応することは、もちろん嘘である。だが、あえて密約ができているように書いた。これを盛見のところへ持って行き、許可を得て、大内盛見の本物の花押《かおう》を据える。

大内盛見から良兼へ宛てた、偽の密書ができあがった。

盛見は小鼓から策の内容を聞かされると、禿頭を撫でて唸った。

「ほう、お主の父が敵陣にのう。ただ兵糧攻めにしていても、埒が明かぬ。外から揺さぶりをかけることも肝要よ。筆一本、書状一枚でもし敵を崩すことができるなら、安いもの」

もちろん、大内方はただ手をこまねいていたのではない。岩屋城だけでなく、南西側の坂本口、水城口、西側の大城山砦へと兵を出して、突破口を探った。しかしどの口の攻め口にも謀ったようにあまたの兵が入っており、散々に痛めつけられて帰ってくることとなった。

「いままでの守りを見るに、敵には手練れの兵法家がいる。それがお主の父、良兼という者か」

満済も言っていたが、良兼はとりわけ兵法に通じていたという。岩屋城の堅い守りは、良兼が指揮を担っているからとも考えられた。

「恐らくはそうかと。そやつを釣りだすのです。ひとつお願いは、その良兼という者は殺さず捕らえること。それを御承知いただけますか」

盛見は了承の印に頷いた。

「わしとしては金獅子が討てればよい。これは興味本位で聞くのだが、お主は父を捕えてどうするのだ」

義教は北九州へ行けと小鼓を送りだしたが、具体的に良兼をどうしろとは言わなかった。娘が行けば良兼は誘きだせると考えたのだろう。捕えて京へ連れて帰れば、良兼は坂本での一件を思うに殺されてしまうに違いない。

小鼓のなかには三つの選択肢がある。

大宝を裏切り良兼のもとへ駆けこむこと。

良兼を捕えて京へ送り届けること。

小鼓にとっては大宝と良兼のどちらかを裏切ることになり、選びたくない。義教や満済にとって小鼓は駒にすぎず、そのとおりに振舞うのは、誰かを傷つけることだ。

もう一つの選択肢は良兼を捕え、逃がすこと。これならば小鼓の「良兼がなぜ幕府に反抗するのか」という聞きたいことを聞け、良兼の命を危険に晒すこともない。大宝を裏切ることもない。

小鼓は盛見に答えた。

「盛見さまは義教さまを知っておられますか」

「あのかたは非常に聡明だ。口悪い者は籤引き将軍などと馬鹿にするが、日の本に現れた、義満公にも勝る傑物と思うておる」

義教がこのように評されることは、小鼓も存外に嬉しいものだと知った。

「わたしも義教さまに恩があり、裏切りたくはないのです。父を……どうするかは会って決めます」

数日後、策を決行するときが来た。小鼓は弓の名手を借りて岩屋城の中腹まで登り、例の偽書状を矢に結んで、曲輪に射こんだ。敵兵がすぐに本陣へ持って行くのを見届け、小鼓は山を降りてきた。

さらに翌日には、岩屋城からよく見える麓の地に磔台《はりつけだい》が立てられた。吊るされるのは、他ならぬ小鼓である。

「痛い痛い、締めすぎだよ」

礫台に手足を縛られ、小鼓は悲鳴をあげた。縄を持った大宝は、腹がふくれるほど水を飲ませてくれた。

「お前、根性あるのか、馬鹿なのか。さすがのおれも礫になったことはねえぞ。しんどいぞ、やめるならいまだぞ」

珍しく優しいことを言う大宝に、小鼓は笑って見せた。

「ここまで来たのは、このためだから頑張るよ」

「まあ、お前が覚悟を決めてるんなら、いいけどよ」

大宝が行ってしまい、一人になった小鼓は、敵の山城を見あげた。冬の寒さは緩んで、甘酸っぱい香りが漂っている。麓に咲いている梅の匂いだろう。見あげれば山の斜面に点々と生える木は、枝のさきが芽ぶきはじめていた。

北九州にわたって丸一年以上が過ぎた。京ではいまごろ北野天満宮の梅林に人が集まり、連歌《れんが》の集まりなども行われるのだろう。それに比して、自分は筑前の地で礫になって晒されているとは、運命とは不思議なものである。

やっぱり岩屋城に逃げこめばよかった、という思いがこみあげる。大宝を見限って岩屋城の父の元へ走れば、ふたたび父といられる。幕府に敵対することになるかもしれないが、父と一緒にいられればどんな辛いことも耐えられる気がした。

「駄目だよ、そんな簡単なことじゃない」

考えを、頭を振って追い払う。大宝を一人で置いてはゆけない。それに十郎たち坊門殿にも御咎めがあるかもしれない。

なにより、小鼓を信じて送りだした義教を裏切ることになる。三年に満たない時間であったが、その期間食うものに困らず、満済という師をあてがってくれた恩がある。

腕を失ってからも小鼓は懸命に生きた。坂本にいたころの自分とは違う。

縄が擦れて右の手首が痛い。左腕がないぶん、体重がすべて右手にかかって、ぎりぎりと皮膚を締めあげる。目を向ければ手指はもう紫色に変色して、感覚がなかった。

気を紛らわすために、鳥の気持ちになって岩屋城へ飛んでゆく。

良兼にあてられた書状を、良兼自身はすぐに見破るだろう。

仲間割れを誘う策だと。

これは良兼と金獅子のあいだに亀裂を生じさせる、離間《りかん》の策だ。

岩屋城の合戦で良兼は一つ、間違いを犯した。みなが見るなかで敵陣に娘がいるということを、おおっぴらに示したのだ。そこへ敵に寝がえるとすでに話がついているような密書が届けられれば、金獅子はどう思うか。

金獅子の武力は並大抵のものではないが、策略には疎かろう。典型的な猪武者と思われる。良兼の裏切りを疑うに違いない。

敵の離間の策だと抗弁する良兼に対する、金獅子の要求はこんなところだろう。

「なれば、自らが内応しておらぬことを示せ。いままで城に籠っていたからこうなったのだ、明日自ら兵を率いて討って出よ。磔にされている娘を殺してこい」

そこで討って出た良兼を捕らえるのだ。

金獅子はやはり裏切られたと怒り、自らも討って出ざるをえなくなる。裏切り者を生かしておくことは兵の士気に関わるからだ。こうして亀のように守りを固める敵を釣り、平地での決戦に持ちこむ。兵数で勝る大内方は敵を誘き出しさえすれば、破るのは難しくない。

これが小鼓の考えた離間の策であった。

日が落ちて、染み入る寒さに歯がちがちと鳴るが、小鼓は強がって唇を持ちあげた。

「金獅子は討って出る。そこを叩く。城を守る者が城から討って出るのは兵法の下策。岩屋城落城のときだ」

この戦功をもって瀬良を将に登用してもらうのだ。目の前にぶらさがる大功を考えれば、寒さに耐える甲斐もある。

淡い靄《もや》があたりに立ちこめる翌朝、岩屋城から一隊が討って出た。体は限界にちかかったが小鼓は声を張りあげた。

「ようし、かかった」

敵襲来を告げる鉦がけたたましく鳴らされる。鉦の音で骨まで軋むように痛むが、頭は沸騰しそうな興奮に満ちていた。

山を降りてくる敵は三百から五百。率いる大将の姿は靄《もや》でわからないが、必ず良兼であろう。

事前に定められたとおり、前線にきた大内方は戦うことなく、背を見せて退きはじめた。窪地に伏兵があって、良兼を捕らえる手はずになっている。

靄のなかから、父の聞きなれた声が響きわたった。

「矢を射ろ。架台には当てるなよ」

靄を割って、墨染の戦袈裟の下に胴丸を着こんだ僧形の男が現れた。庵《いおり》に二つ木瓜《もっこう》という見慣れない家紋の旗を掲げ、兜もつけない、犬の毛皮を刀の鞘に巻きつけた男たちを率いている。

間違いなく良兼だ。

「お父ちゃん」

良兼は急ぎ馬を寄せてきて、小鼓を見あげた。ちかくで見る父は、坂本の町に居たころよりもすこし痩せて、無精髭が伸びていた。

「小鼓、これは誰の策や。書状の筆跡からするとお前か。どこで兵法を学んだんや」

「そうだよ。満済さまに教えていただいたの」

本当に父が助けに来てくれるのか不安もあったから、聞きなれた声が耳に心地よかった。小鼓の知る父のままだった。

父がみずから梯子をかけて登って来る。父のおおきな、剣だこのある掌が頭を撫でた。

「離間の策やとぴんときたわ。やけど磔になってる一人ぼっちの小鼓を見たら、お父ちやん、罠だとわかっていてもいいかな思った。策にかかる者はきっとなかば罠とわかっていて、それでも親ってのは行くんやなあ」

父は死をも覚悟して小鼓を助けに来てくれた。

「お父ちゃん……ごめん。いまなら間にあう、岩屋城に戻って。お父ちゃんをここで捕まえる手はずになってる。もしかしたら京へ連行しなきゃいけなくなる」

「謝るな小鼓。いま降ろしてやるからな」

ひゅっと風音がした。小鼓を縛る縄を切ろうとする良兼の左肩に矢が刺さり、体勢を崩して梯子から転がり落ちた。「殺せ」と声があがった。

矢を射るとは聞いていない。

「盛見さま、約束が違います！」

窪地から伏兵がいっせいに飛びだした。大内兵は、弧を描いて良兼の退路を断つように動き、刀を掲げて突進してくる。小鼓を助けていれば囲まれてしまう。

「お父ちゃん逃げて！」

虚を衝かれたように良兼が小鼓を見あげ、きつく唇を嚙む。良兼が率いてきた東狗たちがはやく、と良兼を急かす。

「良兼の頭、囲まれた。まずいですぜ」

良兼は顔を歪め、小鼓を見あげた。

「小鼓の言う通りや、堪忍《かんにん》え」

退きはじめる良兼の背へ、大内勢が追撃を仕かけて矢を射る。東狗がばたばたと矢に倒れ、捕まった者から地面に引き倒されて首を獲られてゆく。

「なんてことを……」

自分が立てた策が、父の命を危険に晒すことになることは、とうぜん想像できたはずだ。小鼓は盛見にとって幕府の客人で守るべき存在だが、良兼のことなど知った立場ではない。岩屋城攻略に邪魔なら殺すことになんの躊躇いもない。

いつのまにか大内盛見が磔台の下に立っていた。ぎらぎらと輝く目をしていた。

「肉親を釣るのは、辛いぞ」

盛見の北九州平定にかける決意を見誤っていた。小鼓は震える声で言った。

「盛見さま、敵の陣中に父がいるのです。追手を御戻しください」

盛見は目を動かし、小鼓を見あげた。

「お主の父の命など、わしが知ったことかな？」

「約束したではありませんか！」

小鼓の怒鳴り声も、盛見に流されてしまう。

「どうせ罪人なのだろ。捕まえて京へ連行するのと、首桶《くびおけ》を持っていくのは、たいして変わらぬ」

良兼は手を振って隊を動かし、敵を迎え撃つ陣形を取った。岩屋城まで退却する猶予はもはやないと覚悟を決めたのだろう。

盛見の低い声が聞こえる。

「さあ整った。あとは岩屋城将筑紫伴門が出てくるのを待つのみ」

半刻、寡兵で良兼はよく敵を防いだ。犬のように群れる男たちをすばやく隊列を組みかえ、三重にして大内勢を防ぐ。

金獅子が助けに来れば、父は助かる。小鼓は敵将の出撃を祈った。

「金獅子、来い」

良兼はよく防いだが、しょせんは三百足らずの兵である。大内方は五千を超える。良兼は三段に組んだ陣形の二陣目まで破られ、みずからも馬上鑓を振るって敵と戦った。激しく大内方と切り結んだ良兼が馬上鑓を取り落としたとき、小鼓は思わず目を瞑ってしまった。

そのとき、味方の内から叫び声がした。

「金獅子が出たぞ！」

どよめきに薄目を開くと、二町半（約二百七十メートル）さきの岩屋城からつづく坂道に、陽光に金色の頭形兜が煌めくのが見えた。

岩屋城将筑紫伴門は坂の終わりで馬を止め、周囲を睥睨した。

「大内どもよ、筑紫伴門の鑓の餌食になるべし」

盛見が冷酷に采配を振る。

「益田。瀬良組率いて出よ」

盛見の背後に控えていた瀬良組が、鬨の声をあげて軍旗を掲げた。大宝が盛見の側にひざまずいて頭をさげた。

「おれにも出撃を御命じください。きっと金獅子の首を獲って御覧に入れます」

「お主が自らの意思で出撃したと小鼓どのが証言するなら……よかろう」

金獅子の隊は迫る大内の陣の中央を突破することを選んだ。瀬良たちが迎え討つために走りだす。

盛見はふたたび采配を振った。

「猪武者よのう。杉。囲め」

大内軍のなかでも勇猛果敢として知られる杉重綱が兵を率いておおきく東へ迂回し、金獅子を囲んでゆく。

前と後ろを塞がれ、岩屋城から討って出た兵は勢いが落ちた。そこへ瀬良組をふくむ益田隊が正面から打ちかかり、両者の前衛がぶつかる。大宝の雄叫びが響いた。

「金獅子覚悟しろ」

大宝が金獅子へ走り寄り、低い体勢から長刀を繰りだせば、金獅子の鎧の袖が千切れた。

大宝はすかさず二の斬撃を振りおろし、刃を凌いだ金獅子とまぢかで睨みあう。

「お前は、詰みだ」

袖のない右腕を狙って袈裟切りに斬りおろせば、だらりと金獅子の腕が垂れる。まわりの兵たちが快哉を叫んだ。

片腕を負傷してもなお、金獅子は大宝と切り結んだ。大宝が峰で相手の頭を打てば、足が縺《もつ》れた金獅子が膝をつく。音をたてて金色の頭形兜が地面に落ちた。

「こは我が失策。覚えておれ」

長刀を振りかぶる大宝へ、砂を摑んで目つぶしを浴びせかけると、金獅子は走って馬に乗り、馬首をかえした。後方で血路を切り拓いた良兼の隊も逃げはじめる。

「追いまくれ！」

盛見の号令とともに、大内方は退く敵兵を散々に追い散らし、余勢を駆って岩屋城まで一気に攻めのぼってゆく。数か月無為に過ごした大内兵の勢いはすさまじく、津波が岸を襲うように岩屋城へ雪崩れこんでいった。

ようやく小鼓は磔台から降ろされた。手足の感覚がなくて立っていることができず、その場に座りこんでしまう。

「約束を違《たが》えられましたね、盛見さま」

盛見の失笑が身に突き刺さる。

「この戦さはわしの戦さ。とはいえ筆一本で敵将を釣りだした功に報いよう。明日本城である大野城攻めを行う。お主も城攻めに加わり、父の死骸を探すことを許そう。弔ってやれ」

「……」

すべては盛見の手の内で踊っていただけだった。小鼓は食いさがった。

「わたしの功を御認めくださるなら、瀬良の組を御取り立てくださいませ」

「あの女頭にこだわるのう。よかろう。百人に人数を増やす。これで満足か」

小鼓は無言で頭を垂れた。

義教と満済の望みは良兼を捕らえること。小鼓は父がなぜ幕府に反抗するのか、まだ理由を聞いていない。それを聞いて良兼を捕らえるか、逃がすか決めたいと思った。

明日の大野城攻めが、決断のときだ。

日暮れまでに大内方は、岩屋城本曲輪と二の曲輪を制圧した。

夜半、いつもの陣屋のなかで目を覚ます。外では梟の鳴き声と、篝火の爆《は》ぜる音が聞こえている。手足に痺れは残るものの、急激な空腹がきたので大丈夫だと思う。

低い声が暗がりから飛んだ。

「起きたかよ」

長刀を抱えて枕元に大宝が座りこんでいる。小鼓を守っているのだろうか。いつもの鉄笠ではなく、昼間金獅子から奪った金兜を被っていた。

「心配して居てくれたの」

問うと大宝はふいと顔を背けてしまった。

「明日は親父の死体を見るだろうからよ」

「ちょうどよかった。そのことで気づいたことがある。盛見さまがお父ちゃんを『弔え』と言ったのは、恐らく目を瞑るゆえ捕まえろ、という意味だと思う」

　ふたたび大宝がこちらを向いた。興味をそそられたらしい。

「どういうことだ？」

「今日は良兼を殺そうとしたけど、それは城攻めに邪魔だったから。なにもわざわざ幕命に背こうとは盛見さまも思わないよ。盛見さまは義教さまをとても買っているもの」

「じゃあどうして弔えなんて言ったんだ」

「兵の手前、示しがつかないでしょう。それに目的はあくまで城攻め。お父ちゃんのような流れ者のことは気にしていない」

　なるほど、と大宝は納得したようだった。

「とは言え、良兼を捕らえられるかは運しだい。見つけたのが親父の死体でも、泣くんじゃねえぞ」

「わかってる」

　とにかく、良兼を生きて見つけ出さねばならない。それには味方よりもさきに城に攻め入る必要がある。

　大宝は長刀を脇に置いて横になった。

「腕を斬ったおれが言えた義理じゃあねえが、お前はまあ、片腕でよくやってると思うぜ。ときどきびっくりするほど周りが見えないこともあるけどよ。親父なんていなくたって、じゅうぶん生きていけるだろ。おれなんて両親の顔すら知らねえが、こうしてぴんぴんしてる」

小鼓は下げ袋から絵付けの徳利を取り出して、薄闇のなか目をこらした。なかの薬酒は香春岳城を攻めるときにみなで回し飲んでしまったので空である。丸く可愛らしい姿の鶯は、やはりどこかで見覚えがある。これをどこで手に入れたのか、聞いてみたいと思った。

この徳利が形見にならないことを祈るばかりだ。

「明日。とにかく頑張ってみるよ」

眠ってはいないだろうが、もう大宝は返事をしなかった。

翌朝早くから大内勢は、岩屋城の北にある本城、大野城に攻勢をかけた。岩屋城からつづく緩やかな登り坂を五町半（約六百メートル）進めば大野城の南端にたどり着く。途中の水の手口、大宰府口という防衛拠点を、大内勢はわずか一日で突破した。あと三町（約三百三十メートル）さきにある大宰府口の大手門を破れば、大野城の城域に入る。大野城攻略へ王手をかけた。

小鼓の入る益田勢と波多野勢五千は、大野城の北側にある宇美口へ回りこみ、二重の石垣の城壁を乗り越え、宇美口から山頂へ雪崩れこんだ。ぐるりと山を囲む稜線の上に立って南を見れば、大宰府口からも陥落を告げる狼煙《のろし》があがっている。

落城の時は来た。

うろこ雲の流れる高い空に、小鼓と大宝は瀬良の隣に並んだ。

小鼓の離間の策で、瀬良はいよいよ組頭の一つ上、足軽組頭になった。その上が侍大将、すなわち「将」と呼べる存在だ。まだ疲労は残っていたが、泣き言を言っている暇はない。小鼓は借り物の馬上鑓を杖がわりにしてなんとか立った。三十人から百人へと増えた兵のなかには副頭として与四郎、あらたに十人の組頭になった源三郎や戌白の姿もあった。

瀬良は男たちのあいだを大股で歩いた。

「この隊は足弱《あしよわ》を殺すこと罷《まか》りならん。女を犯すのも許さん。許可なき乱取りもだ」

百対の目がこちらを注視している。

戦場では当たり前に乱取りを行い、糧食を得ている現実がある。長期間女を断ち、陣中を回ってくる遊女も買えない男たちは、乱取りのついでに女を犯す。禁じれば、手をつけられない男たちも出てくるかもしれない。

それでも、瀬良は認めないと決めた。

「乱取りを凌ぐ抜群の武功を、お前たちに与えてやる」

獰猛な百対の目が、こちらを見ている。瀬良はおおきく息を吸いこんだ。

「大野城をこれより陥とす」

荒ぶる鬨の声が湧きおこり、小鼓の皮膚を震わせる。

「進め」

宇美口の内側には高さが三間半（約六メートル）、長さ百間にもなる最後の石垣があり、これを越えれば本曲輪である。梯子をかけて登る大内方に対し、敵も最後の防塁と必死で投石を繰りかえす。木盾で防ぎ、わずかな隙を縫って源三郎が梯子を駆け登っていく。益田隊とともに攻める波多野隊には東狗たちから成る百人組がひとつあり、胴丸もろくにつけない薄汚い男たちが、獣のように涎を垂らして、石垣に組みついて登ろうとする。そこへ大石が投げ込まれ、東狗の数人があっというまに下敷きになった。

「おおおおっ」

坂東の男たちは味方の死を嘆くこともなく、それどころか胸を叩いて雄叫びをあげ、石を足掛かりに石垣をのぼってゆく。大宝が顔を顰めて、蔑むような顔をした。

「うへえ、ああはなりたくねえ」

東狗たちが石垣の一角を破って、情勢がこちらに傾いてきた。源三郎が石垣の上で長鑓を振るって敵を追い散らしていく。

「登れ、登れ！」

二刻後に百間石垣は陥落し、大内兵は大野城本丸に雪崩れこんだ。

本丸内に点在する陣屋に火がかけられ、少弐方の将が引き立てられ連れられていく。小鼓と大宝は、源三郎の組の力を借りて、煙の立ちこめるひろい城域を、闇雲に走りまわった。あちこちで乱取りが起こり、殺戮が繰りひろげられていく。

「考えろ。鳥の目で見ろ」

高く空から城の様子を見る。大内兵が攻めこんだのは北の宇美口。南の岩屋城は昨日落ちた。残るは西か東だ。

「東へ行こう」

大宝が訝しげに問う。

「東は急な崖場で、道はほとんどないぞ」

小鼓は走りだしていた。父が逃げるなら急峻な、敵がすくないほうを選ぶはずだ。

「だから行く」

城の東側は切りたった六丈半（約二十メートル）の崖がつづいており、逃げようもないと大内方の手がまだ回っていなかった。しかしいま縄梯子がかけられ、東狗が殺到していた。高い石垣の上に良兼と金獅子の姿を見たとき、安堵で声をあげそうになった。

「追い討つつもりはない。そこの戦坊主《いくさぼうず》と話がしたい」

こちらを睨みつける東狗を宥め、良兼はゆったりとした足どりで石垣の上を歩いてきた。小鼓は油断なく懐刀をいつでも抜けるようにしながら、問うた。

「満済さまからお父ちゃんが幕府を狙っていると聞きました。どうしてなの。満済さまの言ったことは本当なの」

良兼が話に応じたのは、東狗たちを逃がす時間を稼ぐためのようだった。

「満済の言うことを信じるな。義教は危うい男やぞ。お前や、そこの小僧なんぞ、すぐにとりこんでまう」

「義教さまはわたしたちを養ってくれている。危うい人ではないよ」

小鼓が必死で訴えると、良兼はそらみろ、とばかりに肩を竦めた。

「それがもう、懐柔されてるいうことや。幕府はそうやって人を駒のように使い、生かさず殺さず、飼いならす。けったくそ悪い。小鼓、もっとひろい世界を見い」

良兼は自分が幕府の「外」にいるかのように話す。それはどこなのだろう、と小鼓は気にかかった。

「お父ちゃんは『どこ』にいるの。誰に御仕えしているの。東狗を率いているということは、東国の人なの」

顎に生えた無精ひげを撫で、良兼はにやりと笑ったように見えた。

「誰に御仕え、か。ええ問いや。さてどこの誰やろ」

良兼は大人しく捕まる気はないらしい。捕まえるか、逃がすか。いまここで決断しなくてはならない。

なかなか進まぬ問答に苛ついた大宝に背を小突かれた。捕まえるぞという意味だろう。

「良兼、覚悟」

大宝が走りだしたのを見て、良兼は懐に手を入れた。鳥の子紙に包まれた丸薬《がんやく》を取りだし、こちらに向けて投げつける。唐辛子の粉らしき赤茶けた煙があたりに広がる。

「大宝！」

真正面から粉を浴びた大宝が、石垣から転がり落ち、顔を掻きむしって暴れる。小鼓も、煙を吸って咳と涙が止まらなくなった。なんとか大宝を引きずって煙幕から逃れると、父の声が聞こえた。

「小鼓、わてと一緒に来い」

心が揺さぶられる。

後ろから弱々しい声がした。

「行くな。小鼓」

仰向けに横になり、両手で目を押さえ、涙と鼻水を流し、唇を震わせる大宝の、まだ少年の細さが残る体が目の前にある。自分はどうなってもいいが、大宝や十郎、坊門殿が小鼓の裏切りのせいで御咎めを受けることになるのは、耐えられないと思った。

大宝や十郎は、もう一人の自分だ。

自分は世間のあちこちで見捨てられ、孤独に生きる子供たちの一人だ。瀬良の妹分のように無残に死なせてはいけない。見捨ててはいけない。

「お父ちゃんを捕まえて京に戻る。お父ちゃんとはこれまでだ」

懐刀を抜いて、小鼓は石垣を駆けあがった。良兼は片眉をあげ、太刀を抜き払う。剣の柄を滑らせ良兼に打ちかかる。刃と刃があわさる衝撃があった。だが片腕に唐辛子を浴びた状態で、敵うはずがなかった。押しかえされ、腹を蹴飛ばされて石垣の縁になんとか摑まった。

良兼はぽつりと言った。

「親子の縁もこれまで、か。ときに小鼓、わてが残した徳利持っとるか」

なぜ徳利の話をするのか訝しんだ。徳利は下げ袋にいまも入っている。

「お前が生きて京へ帰れたらな、満済に伝えろ。もう一つの盃は足利持氏《もちうじ》さまに献上したと」

知らぬ名である。

「盃、足利持氏……？」

良兼はゆっくりと石垣を降りてゆき、梯子を摑んだ。

「義教に会うことあれば、坂東《ばんどう》に取りかえしに来いと言いな。戦さ支度《じたく》をしてこいと」

坂東――。

京からはるか東の、富士の山を越えたところにあるという辺境の国。かつて鎌倉幕府があったという国。西国と東国はおなじ日の本であれど、まったく別の国のようなものであると、小鼓はほかならぬ父から聞いていた。足利持氏というのは、坂東の人であろうか。それが良兼の仕える主なのだろうか。

「坂東はわての故郷や。こんな嘘の京言葉使《つこ》うとるけどな」

東狗の故郷、坂東。それが、父の故郷だと聞かされ、頭を殴られたような衝撃が走った。おなじ人間だとは思えぬ東狗の血が、自分にも流れている。ぞっと全身の毛が逆立った。

「鎌倉にある名越《なごえ》の切通《きりどお》しに住んどるさかい。いつでもおいでな」

そう言い残し、良兼は崖からひらりと身を翻した。蹴られた腹の痛みで立ちあがるのがやっとだった。追って来られぬと理解した伴門も、崖の向こうに降りて行った。

東狗たちが落ちゆくのを虚しく見送ったあと、小鼓は大宝の目鼻を洗い流し、ゆっくりと歩きだした。肩を貸してやると大宝が呻く。

「馬鹿、良兼を追え」

「あんたの命のほうが大事だよ」

大野城本丸からあがる黒煙を、地侍《じざむらい》たちはもれなく眺めているだろう。少弐に与しなかった者たちも、このままでは己の土地が大内に呑まれると悟るかもしれない。これから、大内方は少弐のみならず、数多の土豪をも相手にしなければならない。

大宝が悔しげに呟いた。

「京へ戻れるのは、まださきになりそうだな」

父と決別した。だが肩にかかる大宝の腕の重みを感じ、自分は間違っていないのだと言い聞かせる。坂東になど行きたくない。自分の力で生きていく。

本陣に戻ると、盛見は小鼓たちのなりを見て結果を悟ったようだった。

「父の弔いは済んだか」

小鼓は、胸に空洞があいているような気がした。

「はい。盛見さまも、兄上を亡くしたとき、こんな気持ちでしたか」

盛見は三十年ほど前、応永の乱で足利義満に兄の義弘を討たれていた。

「大内の家を守るために必死だったわ。あの日から修羅道におる故、人並みの情はわからぬ」

外周二里にわたる大野城の城域は広く、すべての砦、曲輪を陥としきるのにさらに二週間を費やし、冬がやってきた。その年は温暖な北九州にも雪が降る厳しい冬で、周防本国からの兵糧運びが滞る事態となった。盛見は三万のうち一万五千を本国へ送り還し、残る一万五千で少弐の残党討伐にあたることとなった。

小鼓は、帰れなかった。良兼を逃しておめおめ帰れるはずもなく、また瀬良たちの組を置いては帰れない。大宝ははやく京に帰りたいとばかり文句を言い、隊に重くのしかかる疲労感は、拭いようもなかった。

冬のあいだ戦線の膠着はつづき、春になって大内方は海に面した立花山城《たちばなやま》へと兵を向けた。ここには少弐氏の配下である立花氏が入り、抵抗を続けていた。二か月の攻防の末、立花山城を陥とした時には五月となっていた。

立花山城の落城と同時に、豊後の大友氏が挙兵したとの報が飛びこんできた。手はじめに大友勢は豊前の馬ヶ岳城を陥とし、破竹の勢いで筑前に迫ってくる。周防との結節点であった馬ヶ岳城を陥とされ、正面衝突は避けられないと、連日軍議は紛糾した。北九州に上陸して一年半が経ち、兵の士気も落ちている。博多から周防にいったん帰国して、態勢を整えてから大友と雌雄を決すべきとする将と、大友が目前に迫ってから撤退したのでは大友を恐れたとの風聞がたち、日の本の笑い者になる。いま決戦すべしとする将で、軍議はまっぷたつに割れた。

盛見は軍議で宣した。

「かくなるうえは神籤《しんせん》を引いて、神仏に御決めいただく」

大宰府天満宮に詣でて大友打倒の誓いを立てて籤を引けば、大友と決戦すべしと出た。撤退派は納得はしなかったが、総意は主戦と決まった。

義教が将軍に選ばれたのも籤であった、と小鼓は思いかえす。口の悪い京の人々は義教のことを「籤引き将軍」と揶揄したが、あれも最初から誰が選ばれるかは決まっていたのでは、と思った。おそらく京の人々も感じていたのだろう。ちかごろは京のことばかり思いだされる。葵祭や、山鉾祭を見物に行きたい。坊門殿の十郎はどうしているだろう。暇さえあれば空想に耽《ふけ》ってしまう。

長引く梅雨のころ、源三郎が青い顔をして出先から戻ってきた。手負いで、雨に濡れた腕から血が滴っている。驚いて問い詰めると瀬良とあんたに相談がある、と声を潜めた。

源三郎は、地元の土豪の与力《よりき》を頼みに出ていった。土豪たちは一年半にわたりこの地を蹂躙してきた大内勢への憤りを隠さず、大友に馳せ参じると宣言したらしい。激高した仲間が土豪の首魁を殺し、斬りあいのなかを辛くも逃れてきたらしい。

「すまねえ。筑前の地侍は反大内に転じるかもしれねえ」

青ざめた源三郎の肩へ、瀬良は手を置いた。

「お前のせいじゃない。地侍たちは大内に加わるのをもともとよしと思っていなかった」瀬良は小鼓を見た。「本陣へ報せてくれるか」

本陣に急ぎ報せると、参謀役の内藤智得は渋い顔をした。

「困ったことになるやもしれんな」

大友勢は三日ののちに大野城に布陣する大内勢に襲いかかった。前触れのない夜襲だった。いまだ馬ヶ岳城に布陣しているとの報を信じていた大内の陣は大混乱に陥った。大友に与する地侍たちが虚報を流したのだとしれた。

人馬が逃げ惑うところへ火矢を射かけ、あちこちで火の手があがる。

大宝が陣屋へ飛びこんできた。

「いったん退くぞ、小鼓」

いままでの一年半におよぶ負け知らずの快進撃は、大友という九州の大勢力が動かなかったゆえだ。

「本陣へ行かないと」

駆けだそうとすると大宝に腕を摑まれた。凄まじい力で握りしめられ、小鼓は顔を顰めた。

「本陣はもう四散した。おれは、お前を守るのも役目だ」

背を焔に照らされ、大宝の顔は暗くなってよく見えない。いつも被っている鉄笠だけが炎を受けて鈍く光を放っている。

「大宝……」

早く逃げろ、と瀬良が飛びこんできて、手が離れた。陣屋を急いで出れば、流れ矢が頬をかすめて飛んでくる。陣屋にも火が回った。疾駆する敵の騎兵が火矢を射かけ、あたりは轟々たる火の海に変じていた。

逃げる兵をまとめ、自陣の外側を囲む敵兵を破ろうと、瀬良について小鼓と大宝は火に追いたてられるように走った。途中で源三郎と与四郎と合流したが、背後から敵兵が怒濤の勢いで疾駆してくる。

このままでは追いつかれ、鑓の餌食となる。

源三郎が兵を率いて踵をかえす。小鼓は声をかぎりに叫んだ。

「源三郎さん、留まっちゃだめ」

地侍の調略の失敗の責任を取ろうとしていることは容易にしれる。

赤々と照らしだされ、源三郎が振りかえる。

「大宝。お前はかならず小鼓を守れ。約束だ」

大宝も声を嗄らした。

「源三郎の兄貴！」

考えもなく駆け戻ろうとしたところ、瀬良に腕を摑まれた。

「瀬良さん、離して。源三郎さんを見捨てられない」

瀬良は無言で首を振った。

「源三郎はわたしたちを生かすために残った。無駄にしてやるな」

地響きがこちらに迫ってくる。荷車が弾けて業火が雨のように火の粉を散らすなかを、小鼓は瀬良に引かれて走った。

まろびながら振りかえればひときわおおきな馬蹄の音、押し太鼓の音がし、横一列に並んで長鑓を掲げた源三郎の組が、敵の馬列に飲みこまれてゆく。

「ああっ……」

逃げる小鼓たちの前にも、敵の騎兵が躍り出てきた。

瀬良が太刀を抜いて騎兵の馬の脚を斬り、どうと倒れた馬のあいだを縫って、あるいは飛び越え、必死で走り抜ける。小鼓も懐刀を抜いて、追い縋る兵の喉首を掻き切った。なまあたたかい血が腕にかかり、またたくまに夜風に晒され冷えていった。

囲みを抜ければ、散開していた自隊の兵がばらばらと道を走っている。小鼓たちはひとかたまりの追い立てられる牛馬のように、暗がりを走っていった。丘ひとつ向こうには大内菱の戦旗が翻り、どこかの隊が突破を図っているのが見えた。

それぞれ死力を尽くし、夜襲から逃れようともがいている。

額から血を流した戍白が、自組を率いて駆け寄ってきた。

「本陣は半里後方へ退きました。そこまで抜ければなんとかなりまさ」

「盛見さまは御無事だろうか」

戍白は険しい顔をして、流れる汗をぬぐった。

「あっしが見たかぎりでは御大将の馬印は見えなかったです」

丘向こうを走る隊と合流すれば、隊を率いるのは益田兼理だった。益田も手負いで、馬に乗っているのがやっとのようだった。小鼓を見ると、馬の首に縋りついて問うた。

「御屋形さまはいかがした」

「本陣は半里後方に。馬印は見えなかったと」

益田のうつろな目が、自隊の壊滅状況を告げていた。

「御屋形さまが討たれれば、すべてが水泡《すいほう》に帰すぞ」

「益田さまが頼りです。まずは半里さきで、本陣と合流しましょう」

走りながら草履の鼻緒が千切れて、草履を投げ捨てた。後方に迫る敵の鬨の声と、焼き殺される味方の叫喚が夜空に満ちている。半里さきの本陣へなんとかたどり着くと、どうじに盛見も逃れてきた。腹に矢を受け負傷していた。

老将は現れた小鼓を見て、木盾を担架とした上に横たわり、濁った眼を薄く見開いた。腹から流れる血は止まらず、松明に照らされて青白い顔色が見て取れた。

盛見は唸り声をあげて起きあがった。

「諦めてなるか。抜け駆けを許したのも、我の最後の戦さという覚悟があったから。これは大内の家運を賭けた戦さぞ」

小鼓、と手招いて囁く。

「お主は大内の者ではない。いますぐ戦場を離れても咎めぬ」

小鼓は歯を食いしばった。源三郎を失って、隊の者たちを見捨てて逃げられようか。

「逃げませぬ」

盛見の顔がいっそう険しくなる。

「足手まといだと言うておるのだ。京へ帰れ」

これは盛見なりの気遣いなのだと、大内の家臣ではない小鼓たちを助けようとしているのだと、ようやく気づいた。

「足手まといにはなりませぬ。それを証明してみせまする」

荒い息をついて、目を閉じる。眉間が熱く燃え、釈迦眼が動くのがわかった。炎が広がるように攻めたてる敵の勢力と、逃げる味方の図を、頭に叩きこんだ周辺の城々と重ねあわせる。どうじに各城の縄張図を並べ、どの城がちかく、また籠城に適しているか、照合する。

一つの城が小鼓の目の裏に浮かんでくる。

「怡土《いと》城」

ここから二里半、海ぞいのちいさいけれども堅固な山城である。二里半なら、なんとか逃げきれるか。盛見の体も持つか。小鼓は踵をかえして盛見のもとへ駆けこんだ。

「ここより二里半。怡土城という山城があります。そこは如何《いかん》」

盛見だけでなく、諸将がざわめく。彼らの目には、小鼓がまるで神仏の天啓を受けたように映っただろう。

「そんな城があったのか。なぜわかった」

いま釈迦眼のことを説明している暇はない。

「二里半、なんとか逃げきれる距離にある城は怡土城しかありません」

盛見は頷き、ふらつきながら身を起こす。兵法の一節を引きながら声をあげた。

「『進みて名を求めず、退きて罪を避けず』。お主らの命、一時わしに預けてくれ。怡土城という山城が二里半さきにある。そこへ入れば必ずお主らの命を助けよう」

屋形が行橋の合戦で「我の前に首を据えよ」と声をあげたときのように、力強い声だった。

応、と後ろから声がかえる。

見れば瀬良や大宝、与四郎が太刀を掲げ、あるいは鑓の尻で地面を叩いて音を出している。その音は、しだいにおおきく、広がっていった。

小鼓は、無数の兵たちが立てる音に呼びかけた。

「生きているものは叫べ。傷ついたものは、元気な者が担げ。一人も失わず、怡土城に入りましょう」

兵の進みが各段に早くなった。小鼓は戌白に先導させ、怡土城への道をたどっていった。夜が明け、平地に翻る大内の旗を見て、散った兵たちが集まってくる。隊が合流するたび、盛見は身を起こし呼びかけた。

「わしのために、忝《かたじけな》い」

昼頃、ようやく海ぞいの怡土城へ大内盛見本隊は入城した。兵の数は一万五千から三千ほどに減っていた。

「三千あれば、まだ戦える」

益田はそう言ったが、兵は疲労困憊の様相をていしていた。即席の陣幕を張った本陣に、梅雨のあいまの強い日差しに喘ぎ声を漏らし諸将が集まる。無傷の者はおらず、みな焦燥の色が濃かった。

戌白の偵察によれば、あたりの地侍たちは北上してきた大友勢と合流し、怡土城を目指して進んでいるという。その数二万とも。いま戌白が海ぞいの地侍と交渉をもって、盛見を逃がす船を調達している。

軍議の最初、盛見は諸将に頭をさげた。屋形が家臣に頭をさげることに、諸将は狼狽した。頭をおあげください、と懇願する。

首を垂れたまま、盛見は声を絞りだした。

「わしが大友を見誤ったばかりに、かような有様。すまぬ」

みなが洟《はな》を啜る音がする。益田が目を真っ赤にして言った。

「御屋形さまさえ御無事ならば、我らはいくたびでも立ちあがりまする」

みなが頷く。徹底的に抗戦し、屋形の盾となるという意味だ。総大将さえ逃がせば壊滅しようとも構わない、と口に出さずともみなが思っているらしい。

熱があるのか、朦朧としてしばらく口もきけない盛見を、みなが待った。

ちいさな声がする。

「小鼓どの。策はあるか」

寝ずに考えつづけた。疲労困憊の三千の兵で二万を超す敵を退ける、起死回生の策を。

策は、思いつかなかった。

どれほど頭の中で戦わせてみても、補給路を断たれた遠征軍は、来ぬ援軍を待って怡土城に籠るか、討って出て殲滅させられるかしかなかった。

小鼓は前に進みでて膝をついた。項垂《うなだ》れて、言葉がでなかった。

盛見の乾いた笑い声がする。

「打つ手なし、か。わしは退かぬ。みなとともに討って出る覚悟」

小鼓は顔をあげた。

「なりませぬ。益田さまの仰るとおり将は生きねば。北の浜に船を用意してございます。御屋形さまはかならず周防へ御帰りなさるように」

振り絞るような盛見の声がする。

「戦わせろ」

すべての将が無言で盛見の前に膝をつき、頭《こうべ》を垂れた。家臣を代表し、参謀役の内藤智得が涙をはらはら流し、盛見に請うた。

「なにとぞ御退きを」

長い沈黙ののち、盛見は言った。

「わかった。退く」小鼓へ盛見は囁く。「お主もこの戦場を離れろ。将軍さまの客人を死なせるわけにはいかぬ」

小鼓は迷ったが、大宝を死なせてはならぬと思い、頷いた。

「承知つかまつりました」

盛見は小鼓と目をあわせた。白濁した目が細められた。

「出航のときはただの小娘であったが、『つわもの』の目をしておるわ」

兵《つわもの》、は古い言葉で元寇のころは盛んに使われたが、いま盛見の口から聞くと、大鎧に弓をひっさげた鎌倉武士を思い起こさせた。

「わたしはいまも小娘でございます。この戦さの結末に惑い、怖れております。そして悔しいです」

「つわものとは、武勇の多寡ではない。恐れ、惑いながらも、生きる途《みち》を探す者のことよ」

たしかに行橋合戦のころは逃げることだけを考えていた。香春岳城、岩屋城、大野城を経て戦って生きる、という姿勢に変わってきた。それが「つわもの」になったかどうかは、わからない。

「兵《つわもの》に、なりとうございまする」

盛見は眉根に深く皺を刻んで言った。

「かならず戻って来るぞ、この戦場に」

全員が深く頭を垂れ、陣を出てゆく盛見に最後の別れを告げる。

「御武運を」

みなが死を覚悟しているのに、どこか誇らしげに笑みを浮かべ主君を見送った。屋形さえ生き延びれば敗けではない、という気概があった。この者のうち何人が生き残れるのだろうかと思うと、離脱を許された安堵とどうじに、喉の奥が詰まるような苦しさがあった。

小鼓は陣幕を出ると、瀬良組のもとへ赴いた。死んだように横たわる体の列を数えると、百いた組は、三十人ほどしかいなくなっていた。

益田兼理の采配で、残った兵にはありたけの糧食と酒が振舞われ、組は突如として宴のような喧噪に包まれた。最後の戦さが避けがたいものなのだ、と感じた。

小鼓は怡土城の南の出丸へ赴き、陽が傾いて山の麓の平野部が茜色から紅色へ、そして群青に染まって闇のなかに沈んでゆくのを見ていた。平野のあちこちにぽつぽつと人の塊があって、こちら目指して進んでいる。地侍たちだろう。そのうち大友と少弐の連合軍も旗印が見えてくるはずだ。

うだるような暑さがひき、涼風が顔を撫でてゆく。背後からは男たちの笑い声が聞こえて心地よい。

明日の朝、敵は山城攻めをはじめるだろう。盛見を逃がした者どもは、死ぬのみである。いま笑い声をあげてつかのまの夢を見ている男たちを残して、去っていいのだろうか、と小鼓は男たちの輪のなかに入れずにいた。

「しけた面、しやがって」

千鳥足で瀬良がやってきて、酒を呷る。盃を干すと、勢いつけて土塁の外へ盃を放り投げた。

「あんたは生きなよ。こんなところで死ぬ必要はない」

声が詰まって返事ができない。命を削るようにして戦場を駆ける瀬良を恐れ、魅入られた。女が将になるという夢を見た。一人だけその夢から覚めてしまっていいのだろうか、と思う。

瀬良が頭を抱き寄せて、髪を撫でる。

「わたしは男のなかで男より武功を挙げて認められようとしてきたけど、そのやりかたは間違いだった。お前は女だが女らしくないと言われるだけだった。だが、百人を率いて略奪をしない軍を一時だが作れた。満足さ」

はじめて聞く瀬良の柔らかい声だ。

胸元を摑んで声を殺す。ここで泣くのは卑怯だと思った。

「兵法なんて、なんの役にも立たなかった」

「わたしが生き長らえてきた意味がようやくわかったよ。妹分を、わたしは助けたかったんだ。かわりにあんたが生きてくれ。さあ大宝とお行き」

後ろで大宝が酔いの回っていない顔で待っている。

小鼓は瀬良の背に手を回し、ありたけの想いをこめて強く抱いた。瀬良が小鼓の肩を押して体を離す。

「みなには挨拶しないで行きな。みなあんたが帰るのはうすうす気づいている。気づいてあんたのために知らぬふりをしている。莫迦な男たちの気持ちを汲んでおくれ」

最後は武士の別れ言葉を口にした。

「御武運を祈っておりまする」

「わたしが間違った方法でない、いい方法を探しておくれ。それが願いだ」

大宝に促され、急速に忍び寄る暗闇に紛れて小鼓は怡土城を出る道を走った。荒い二つの息ばかりがしじまに聞こえている。

東の水平線に白々と光を投げかける月を見ながら、小鼓と大宝は怡土城から半里さきの入江へと走った。道の途中で戌白が待っていて、顎をしゃくる。

「瀬良の組頭から案内《あない》を頼まれていまさあ」

小鼓は戌白にも頭をさげた。

「戌白。あなたもただの百姓だったのに、わたしが巻きこんでしまった。ごめんなさい」

驚いて目を見開き戌白は笑う。

「なにを言います。命の恩人ですぜ。小鼓さんが取り立ててくれなかったら、いまごろ行橋の森の中で野犬に食われていまさあ」

入江には船が二艘浮かんで、さきについた盛見が乗りこむところだった。

大宝が屋形を見てほっと息をつく。

「ほんとうに、生きて帰れるんだな」

そのときだった。船に乗りこもうとした盛見の頭上で太刀が光った。道案内をする地侍が、太刀を抜いたのだった。裏切りだ、と小鼓は飛びだそうとしたところを、大宝に腕を引き戻された。叫び声を出さぬよう大宝に口を塞がれ、小鼓は岩陰に引っ張りこまれた。

戌白がかすかに呟く。

「ちっ、そういうことですかい」

岩場に打ち寄せる波音にまじって、暴れる鈍い物音がし、やがてごとりとなにかが船底に落ちた。周りにいた大内兵たちはつぎつぎ討ち取られ、船の真ん中に立ちあがった男が、丸い塊を掲げた。

丸い月が入江の波に反射して「それ」を銀色に浮かびあがらせる。青ざめて、目をかっと見開いた首の輪郭が露わになる。

「周防守護、大内盛見討ち取ったり」

——嘘だ。こんなことがあってたまるか。

叫びとともに小鼓は意識が遠のくのを感じ、音もなく暗闇に引きずりこまれていった。

大内盛見は最期の言葉も辞世もなかった。

薄闇にぶらさがる塊となって、波だけが彼の無念を語るかのように鳴っている。

七　富士への遊覧

永享三年（一四三一）、六月二十八日。

周防守護大内盛見は怡土城下で討たれた。

怡土城は大友、少弐連合軍に攻められて落城、岩見国人益田兼理以下、大内勢三千は半数以上が地に骸となって横たわったという。内藤智得、杉重綱らが残党をまとめ、大内勢はほうほうのていで退いた。

小鼓は、盛見が討たれる現場に居合わせ、首を掲げた地侍たちが揚々と引き揚げたあと、残った船を大宝と戎白が奪って生き延び、内藤智得らの残党と合流した。

いま、小鼓の目には摂津《せっつ》淀川《よどがわ》の流れが映っている。たゆたい流れ去る水面のさざめきは、小鼓の目には怡土城下の入江の波音と重なって、いまだに筑前にいるかのような心地がした。

隣で大宝と戎白の闊達な声が聞こえる。

「京の仏塔が見えてきた。戌白、あれが京だぞ」

「ひゃあ、あんなでっかい建物見たことありませんぜ。どれだけの人が住んでるんだ」

小鼓はぼんやりと頭をあげた。甍《いらか》を連ね三方を山に囲まれた狭い盆地が見えている。夏の終りにもかかわらず、むっと蒸した空気で息が詰まりそうだ。

淀川から陸地にあがって、あたりを見渡せば、あちこちの田畑を潰して屋敷が立ち並び、幕府の権勢をうかがわせる。忙しく行き交う馬借、商人、そして物売りの女たち。聞きなれた京訛りがよそよそしく聞こえる。北九州での戦さなど知らぬ、というふうで穏やかな日常がそこにある。

小鼓の耳にはいまだに、戦場の叫喚が響いている。その声のなかには瀬良や源三郎、与四郎の声も混じっている。

大宝に背中を叩かれ、我にかえる。

「おい、嬉しそうにしろよ。京だぞ、帰ってきたんだぞ」

「そうだね、帰ってきたね……」

なにも成さず、良兼を取り逃がし、大内盛見を死なせて戻ってきた。

喪服がわりの黒い墨染の衣に身を包んだ内藤智得が、小鼓を呼んだ。盛見が討たれたと知った智得の狼狽ぶりはすさまじかった。吼え声をあげて、大の男がこれほど泣くのか、と思うほど泣き暮れた。いまも目の下には濃い隈が刻まれ、頬はこけている。

「小鼓どの、御所にお主を連れて来いとのことだ。わしについて参られよ」

内藤智得はぼんやりと、お主はほんとうに御所さまの縁者だったのだな、と言った。小鼓は、良兼を捕らえられなかった御叱りを受けるのだろう、と思った。もしかしたら首を刎《は》ねられるのかもしれない。それを思っても、小鼓の心にはなんの波風も立たないのだった。

「わかりました、参ります」

将軍義教の住む御所は大野城と比べると狭く、そのわりに従者や小姓が行き来して、押しつぶされそうに思えてくる。

人の半分ほどの高さの如来像をおいた薄暗い持仏堂《じぶつどう》が、義教の執務室がわりであった。如来像を背にして四畳半の書院造りの間に義教と満済が座り、つづきの六畳間に内藤智得が入った。小鼓はさらに外の濡れ縁に座した。

開け放った障子に、庭園の池に反射した陽が揺れている。内藤智得とともに小鼓は義教の前に平伏した。

怡土城で盛見が命を落としたときの話がひととおり済んだあと、義教は小鼓に声をかけた。厳《おごそ》かな声が響く。

「北九州では城一つを陥としたというお前の武功、盛見が事細かに伝えてきた。お前が千里を見通すような智慧の持ち主だと、嬉しそうに書き記しておった」

義教の声がそこで途切れる。わずかに目をあげて約二年ぶりに義教の顔を見た。池の照りかえしが眩しいかのように目を眇《すが》める義教の面差しは、髭が生えそろって二年前より立派に見えた。義教がいまどんな感情なのか、小鼓にはわからなかった。

「戦さはいかであった。申せ、小鼓」

御所では、許されて小鼓はようやく言葉を述べることができる。

「いまだに兵の叫喚が耳にこびりついておりまする」

そこで言葉が途切れた。盛見が死んだのは、起死回生の策を考えつけなかった自分のせいだと思えてならなかった。

「大内周防守さまが亡くなったは、わたしのせいにござりまする。船で怡土城を脱出する計画をわたしが立てました。しかし船を手配した地元の地侍はすでに少弐側についており、盛見さまは、船に乗る直前で……」

前に座った内藤智得の肩が震えているのが見えた。あのとき、地侍から身を挺して盛見を守るべきだったのだ、と小鼓は思う。

外の池で鴫だろうか、羽ばたきながら、くわ、くわ、と鳴く声が聞こえてくる。

「お前ごときが戦さの趨勢を左右できるはずがない」義教の声は責めるふうではなく、静かだった。「周防守が死したは、大友への備えを怠ったこと。ひるがえせば周防守に出陣を命じたわしの落度である」

はっと顔をあげると、義教の険しい眼差しが小鼓を捉える。この人は大内盛見の死をほんとうに自らの責任だと思っているのだ、と小鼓は悟った。

「お主をなぜ北九州に遣ったかは忘れておらぬな」

義教の問いに小鼓は頷いた。

「大野城にて我が父良兼と遭いました。父は、仕える御方がいると申しており、そのために少弐方についたようでございまする。その御方は坂東《ばんどう》にいるようにございました」

返事はなく、義教の横に侍した満済が扇を閉じた。

「さがりなはれ。沙汰は追って伝えるさかい」

そういえば良兼が言っていた「盃」のことは、口にしなかった。足利持氏という者が持っているという盃のことは、まず自分が足利持氏がどんな者か調べてから報告したほうがよいだろうと思ったのだ。義教の機嫌を損ねかねない。まず満済の意見を聞いたほうがいいだろう。

「は」

その日はそれで仕舞となり、小鼓は二年ぶりに坊門殿へ戻った。

戍白が、坊門殿の佇まいを見て驚く。

「宮殿に住む御姫さまと公達《きんだち》なんだ、小鼓と大宝は」

「そんなものじゃねえよ」

渡り廊下を駆けて十郎がやってくる。十七となった十郎は、小鼓よりずっとおおきくなり、体つきもしっかりして、小鼓と大宝を抱き寄せて洟を啜った。

「ああ、もう生きて戻って来ぬかと思うとったえ」

大宝が鬱陶しいと、身を離してあたりを見回した。

坊門殿に残っているのは、子供三人と十郎だけだった。昨年より義教から坊門殿への金払いがいくどとなく滞り、子供たちを養うのが厳しい状況なのだという。おそらく義教が北九州の戦線へ金を注ぎこんだからだろう、ということだった。大内も坊門殿へ出資していたが、いまの御家の状況では、銭などほかに回す余裕はない。ほかの大名、たとえば山名や細川は、大内が退いたあとの北九州征伐を命じられて、軍備に金を回しているという。

十郎は小鼓たちに白湯を出して、歎息した。

「これでは稚児舞はもう無理や。去年までは細川さまの御屋敷にはなんとか呼んでもろたけれども、大人になったらわては世阿弥の弟子ということで、みな御所さまを恐れて呼んでもらえんなった」

義教の訪問は丸一年なく、ほかの子供たちは里親を探すか、大名家の下働きとして奉公に出ているという。

「人気《ひとけ》がないな」

その夜、小鼓と大宝、戌白は暗い部屋で車座《くるまざ》になって話をした。

「なんだか、苦しそうだね」

小鼓の知っている坊門殿は、日ごろから龍笛《りゅうてき》や鼓の音が満ち、舞や和歌の稽古に励む、ある意味浮世離れしたところであった。潤沢な銭があったからこそ小鼓や大宝のようなはみだし者も置かれていた。しかし夕飯はしなびた菜っ葉が浮いた粥のみで、北九州の

「帰ってきたのが、陣中飯と大差がない。心苦しくならあな」

大宝が嘆息するのを聞いて、戎白が背中を丸めて言う。

「あっしは畑を借りようと思いまさ。洛外にちかいところは畑があるようだったし、まずは、なんとかして自分たちの食い扶持だけでも稼がねえと」

戦さから生き延びて帰ってきたとしても、営々と日々に生きねばならぬのは、変わりがない。戎白の逞しさに、目が覚める思いで小鼓は首肯した。

「そうだね。わたしも働くよ」

翌日から鴨川にちかい三条富小路の畑を借り、大宝と戎白は大根や蕪菜《かぶらな》などを育てはじめた。朝早くに採ったそれを売り歩くのが小鼓の役目である。夜はちかくの寺の文書の写しなどを手伝うことにした。しかしいつも仕事があるわけではないから、手っ取りばやく銭になる仕事を戎白と考えた。それが販女《ひさめ》、すなわち行商であった。

脚絆に裾をたくしあげた大原女《おおはらめ》の格好をして籠を背負い、笊《ざる》に載せた野菜を売り歩けば、すぐに年長の大原女たちに囲まれた。

「あんた見いひん顔やけど、どこの者《もん》や」

吊りあがった目の鋭さは、北九州で遭った少弐や大友兵よりも険しく思えた。

「あの、今日から売りに出たので……」

別の販女が頓狂な声を出した。

「あらいやや、この子片腕がないで」

周囲を行き交う人々が、怪訝な眼差しを注いでゆく。戦場ではこんなことはなかった。片腕のない男などそこらじゅうにいたからだ。

販女が蕪菜を取りあげて顔を顰める。

「汚いねえ。食ったら病になるんじゃないかね」

「なにをする、かえしてください!」

足をひっかけられそうになり、戦場の習いで小鼓は反射的に飛びすさった。頭の芯がかっと熱くなり、睨みつける。全身に血が巡るのがわかる。

耳の奥で、敵の叫び声が聞こえる気がした。

販女たちは一瞬怯んだが、塊になって笑い声を浴びせてきた。

「言葉遣いも汚いし、いやな子だよ」

菜物を投げつけられ、販女たちは笑いあい去っていった。地面に落ちた菜っ葉を拾いあげる。大宝と戌白が陽も登らぬうちから摘んだ菜を投げ捨てられ、申し訳ない気持ちになった。

「あんな人たちに、こっちの苦労がわかるもんか」

町を往く販女たちの頭には、炭や漬物、鮎など、さまざまなものが載せられ、ときには小唄を口ずさみながら、京童をあしらいつつ、つぎつぎと売り物を捌いてゆく。小鼓が歩くと横目でちらりと見られ、道をあからさまに避けられることも一度や二度ではない。

　その日は一つも品物が売れず、坊門殿へ帰った。大宝はこのへちゃむくれ、と小鼓を罵ったが、戍白は穏やかに言った。

「まあ初日じゃ、そういうもんでさ。明日頑張りゃあいい」

　翌日も陽が登るとどうじに京の町を歩いたが、まったく声をかけられもしない。販女どうしが小鼓を見てなにやら陰口を言っているのを聞いたし、ほかの販女が客に「あの子は盗賊だから、金を掏《す》られないよう気をつけろ」と言っているのも聞いた。

　今日こそ空手で帰る訳にはいかないと、道行く人に声を掛けつづけたが、どうやら噂は風のごとく広まったらしく、まったく相手にされない。

「戍白になんて言おう」

　帰る足どりが重くなり、坊門殿とは反対側の鴨川に足が向いた。

　鴨川の河原では、乞食たちの人だかりができていた。坊主が乞食に説法をしているのだろうかとぼんやり見つめると、どっと笑いが起きた。破裂するような笑い声は、小鼓の皮膚を粟だてて過ぎていった。

　輪の中心にいる坊主の、おどけた早口が聞こえてくる。抑揚をつけ、拍子木で調子をとりながら、宇治拾遺物語の滑稽話をしているのだった。

「これは昔の話だがある御坊さんが人を訪ねて行った。主が肴に今年一番の氷魚《ひお》（鮎の稚魚）を出して中座したそうな。御坊さんはじゅるりと唾液が出てもうて、堪えきれず氷魚をちょっぴり食べてしまった。主が戻って来て『おや、氷魚がすくなくなっておりますな』と言ったとき……ぶえっくしょん！」

坊主は体を折ってくしゃみをした。顔をあげると、鼻から、こよりをずるりと引き出した。

「食った氷魚が鼻から出てきてしまった！」

小鼓はおもわず口を押えた。乞食たちも手を叩いて笑っている。

「坊主はなんて言い訳したか？『ちかごろの氷魚は目鼻から降ってくるものなのですよ』」

チョンチョン、と拍子木が鳴った。

坊主の口上は小気味よく、一つの話が終われば、あいだを置かず次の話に移る。そのなかにはむかし父から聞かされた袴垂《はかまだれ》という大盗賊の話や、舌切り雀、瘤《こぶ》とり爺さんの話もあった。

気づけばあたりは真っ暗になり、坊主の声が聞こえた。

「さあ今日は仕舞だ。粥を食ってけえれ」

ほかの坊主たちが粥の入った大なべを持って現れ、乞食たちはひび割れた椀を手に行儀よく並んで粥を受けとり、寝床へ笑いながら帰ってゆく。こういう施しの場では奪いあいが常だというのに、平和な光景を小鼓は不思議な思いで見つめていた。

「お姉さんも粥が入り用かな」

声をかけて来たのはさきほど滑稽話をしていた痩せ坊主だった。改良衣《かいりょうえ》に手巾《しゅきん》帯を締め、裾はたくしあげて細い毛脛が突きだしている。坊主は小鼓の脇に置いてあった野菜を目ざとく見つけ、透歯を見せて問うて来た。

「それ、捨ててまうのか。な？　おくれ」

京言葉とは微妙にちがう、摂津か播磨《はりま》の荒くれた響きがある。不躾《ぶしつけ》に手を出され、笊を抱えて小鼓は抗弁した。

「捨てるんじゃありません、売り物です」

「なあんや。しかししなびた菜っ葉やな、売れやせん」

「放っておいてください」

やっぱり捨てるんやないか、と坊主は懐を探り、びた銭を投げてくる。代金としては足りないが、空手で帰るよりましだと、大事に懐にしまった。

「売れなかったらびた銭で買うたるさかい、持って来《こ》るとええで。困った衆生《しゅじょう》を救うのはわての趣味みたいなもんやさかい。わては季瓊《きけい》。播州佐用《ばんしゅうさよう》郡の生まれ」

そう言って季瓊は合掌した。播州すなわち、播磨国。ちゃきちゃきと威勢のいい喋り口は向こうの国の言葉なのだろう。そういえば、五条大橋で出会った赤松満祐の本拠地が播磨であったと思いだした。

「小鼓と言います」

「ほな小鼓ちゃん、さいなら」

季瓊という坊主は、仲間の坊主と連れだって荷車を押して上京へ帰ってゆく。その日二束三文の銭を持って帰れば、またも大宝に安く売っておたんこなす、とどやされたが、戍白は苦笑いして、こう言った。

「これで粥が食えらあな。明日も銭があれば飯が食えらあな」

それですこし救われた気がして、小鼓はほっとした。

翌日も小鼓は辻に立ったが、やはり野菜は売れず、日暮れのころまた鴨川に足を向けた。季瓊にすこしでも会って滑稽話を聞きたいと思ったのだ。だが、鴨川には悲鳴があがっていた。

武士の身なりをした数人の男が乞食たちを追いまわし、笑いながら後ろから斬りつけている。人々は遠巻きに顔を顰めるだけで、助けようとする者はいなかった。

「新しい太刀の試し斬りをしてるんやて。畠山の御家中らしいわ」

潜めた声にまじって囃したてる声もある。

「おお、あっちに乞食が逃げおったぞ、追いかけろ」

背後から石を投げられ、乞食の一人が河原に転がる。命乞いをする乞食を取り囲んで、武士たちがどっと笑い、太刀を振りかぶった。

販女にどつかれたときに頭に血がのぼったように、景色が鮮明になる。遠くで敵の叫喚が聞こえ、馬蹄の響きを足の裏に感じた。勝手に手足が熱くなる。小鼓に古の兵法家が耳うちしてくるような気がした。

——ここは戦場ぞ。戦え。

口が勝手に動いて、おおきな声が河原に響いた。

「どの御家中かは知らねど、おやめなさい」

戦場の殺しあいとは違う。ここは京だ。人が暮らすところだ。

男の一人が唾を飛ばして手を振った。

「やかまし。小娘退《ど》いてろ。それとも自分で斬れ味を試してみるか」

小鼓も唾を吐き、男たちを睨みつけた。

「太刀を納めなさい。人を斬るな」

「人？　こやつらは人か」武士が蹲った男を蹴る。「蛆虫《うじむし》ではないか」

小鼓はどきりとした。そういえば自分も坂東者を「狗」と呼んで蔑んでいたのを、鏡に映して見せられるような心地がした。こんなに醜いことをしていたのか、と思った。

「足をどけなさい」

「やかましいな、斬るか。片腕が斬って欲しそうにぶらさがってやがる」

太刀が向けられ、小鼓は懐刀に手を伸ばした。男は四人。一瞬後悔が頭をかすめたが、怒りが勝った。一人斬れば、驚いて退くだろう。一人ならなんとかならぬこともない。

懐刀を抜いたとき、土手の上から走ってくる男がいた。

「あかん、あかん。御士《さむらい》さまも、小鼓ちゃんもおやめなされ。わては相国寺《しょうこくじ》の季瓊と申します。わての顔に免じてなんとか」

走ってきたのは季瓊だった。土手を転がり落ちるように河原へ降りたち、男たちの前に土下座をした。相国寺は、京五山でも第二位にあたる名刹である。士たちが相国寺の名を聞き、すこし顔を曇らせた。

「御武家さまの御腹立ちごもっともなれど、片腕の女子やさかい、残った腕まで斬られては難儀や。御寛恕を」

足にとり縋り、涙を流さんばかりに請う季瓊の姿に、気勢をそがれ、男たちは顎をしゃくりあって、河原から離れていった。小鼓は用心深く懐刀を構えたまま、男たちを見送った。

男たちが去ってしまってから、片手で器用に懐剣を鞘に納める小鼓を、驚いたように見て、季瓊がため息をついた。

「驚いたわ。小鼓ちゃん、剣を使うんか。目の鋭い子やなと思っとったけど」

小鼓は足元で震える河原者を抱えて立たせた。むっとすえた臭いがしたが、戦場で嗅ぎなれたものだった。懐かしささえ覚えた。

季瓊は引いてきた荷車の粥を乞食たちに振舞うと、小鼓を河原に座らせた。暮れゆく空を二人で眺め、ぽつぽつと小鼓は語りだした。

「わたしは二月前まで筑前にいたのです」

「大内さまが戦さをしはったところか」

「戦さから戻って、どうしたらいいのかわからないのです。夜中になんども夜襲の気配がして目が覚めてしまいます」

「戦さに行った者からよく聞くなあ……辛かろう」

片腕をなくして坊門殿へ来た当初のふりだしに戻ったのだ、と思った。舞もできぬ、和歌も詠めぬ、身を鬻《ひさ》ぐしかないと思い詰めたあのころに。父を探すという目的も潰え、あのころよりも悪いのかもしれない。

茫洋と鴨川の流れを見遣る小鼓へ、季瓊はこんなことを言いだした。

「あんた、わての話芸の見習いにならへんか。わても最初河原で炊き出しやったら河原者から石投げられるわ、酷い目に遭《お》うてな、そんで苦し紛れに滑稽噺を演《や》りはじめたんや。みんな小鼓ちゃんの目ェが怖いんやと思うわ」

みな小鼓の片腕が怖いのだと思っていたので、季瓊の言葉は意外に感じられた。言われてみれば、戦場にいるうちに知らぬ者は疑いの目で見る「癖」のようなものがついていたのかもしれない。販女たちに忌まれたのも、この目のせいだったのかもしれぬ。

「目、ですか」

季瓊は真っ黒いちいさな瞳をこちらにあわせた。小鼓はなんどもまばたきをしてみる。

「せやせや。笑うたら、怖いちゅうこともなくなるわ。菜っ葉もばんばん売れるわ」

小鼓は身を乗りだした。文書の写しの仕事は銭になるが、いつも仕事がもらえるわけでもない。

いまは銭を稼げるならなんでもしようと思った。

ないのです」

「売れますか、菜っ葉。売りたいです。銭を稼がなきゃ、坊門殿のみんなが食べていけ

そやったら決まりやな、と季瓊は手を打った。

「話芸はまずは摑みや。たんと面白い話、教えたる。坊主はべしゃりが命やさかい」

その日、「瘤取りじいさん」の話を聞いて帳面に書き取り、小鼓は坊門殿に帰ってい

った。季瓊は小鼓が字を書けることにたいそう驚いていた。

次の日の朝、小鼓は人でごったがえす下京・四条烏丸通《からすまどおり》の角に立った。販女の女たち

が歩きながら口に登らせる口上が高らかに流れるなか、小鼓は辻に立ち尽くして帳面を

開いた。

心臓が喉で鳴っているくらいに感じられ、なにを馬鹿なことをしようとしているのだ

ろう、と思う。朝日が昇らないうちから大宝と戌白が穫った蕪菜が笊のなかで露をたた

えて輝いているのを見れば、これを売って旨いものを食いたいと、腹が鳴った。今朝は

白湯だけですましているのだ。

香春岳城攻めとおなじくらい緊張するものだ、と小鼓は思った。あのときは瀬良も源

三郎もいた。

だがいまは一人で戦わなくてはならない。

おおきく息を吸いこんだ。

「これも昔のことだが、顔の右側におおきな瘤のあるおじいさんがいました。瘤は蜜柑《みかん》

ほどもあったのです。そのために働くことも、人と友達になることもできず、引きこもって薪を取って生計を立てていました……」

誰も足を止める人はいない。

季瓊は「決して噺を止めるな、笑顔でまず自分が楽しそうにしろ」と言った。

この「瘤取りじいさん」の話は、なんだか他人事とは思えない。

顔におおきな瘤のあるおじいさんが、山に来た鬼の前で見事な踊りを披露し、とんちを利かせて瘤を取ってもらう。それを知った隣のおじいさんがおなじく自分の顔にある瘤を取ってもらおうと、山に向かい下手な踊りを披露して、機嫌を損ねた鬼たちから、前のおじいさんの瘤まで逆にくっつけられてしまう。欲をかいてはいけない、という教訓譚である。

おじいさんが瘤を取ってもらうところで、小鼓はちょっと嬉しくなる。自分だったら腕をつけてもらいたいな、と思う。もちろんそんなことは叶うはずもないのだが、夢をみるような、なんとも愉しい気持ちになるのである。

「鬼は言いました。この爺いの瘤を取ってやろう。瘤は福のものというから、取ったら爺さんもまた戻ってくるだろう、と。爺さんは機転を利かせて『取らないでくださいまし』と懇願しましたが、鬼はいっそう面白がって瘤に手を伸ばしました……」

まだここに至っても、足を止めて聞く人はいない。みな、ちらっと小鼓を横目で見て通りすぎるだけである。対岸の角で、先日因縁をつけてきた販女の二人が指を指して笑っているのが見えた。

小鼓は片腕で懐刀を抜いた。片腕で持つと長さで詰まって抜けないから、途中で逆手に持ち替えて鞘から抜く。これを一挙動で行う。北九州で瀬良とともに考え出した抜刀法だった。

道行くちいさな男童が母の衣の裾を引いて、こちらを見た。

「おかあちゃん、なんか曲芸をやってるよ」

母親は急ぎ足で去ってしまう。置いていかれた童が輝く眼差しでこちらを見ている。

小鼓は八の字に剣を振るって空中へ一回転投げ、柄を掴んだ。これも北九州の陣中で暇つぶしにやっていたことで、わけない。しぜんと最後に男童の目を見て笑みが漏れた。

男童はわっと歓声をあげ、手を叩く。

「ねえちゃん、格好ええ」

片唇をあげてにやりと笑って見せる。

「そうでしょう」

遠くから母親が男童を呼ぶ。手を振ってちいさな手足を動かし、男童は駆けて行った。

その日は観客と言えるのはこの男童だけだったが、戻る足どりは軽かった。明日はもっとうまくやれると思った。

翌朝おなじ辻へゆけば、男童がほかの童を連れて待っている。

「昨日のつづきやってよ」

「いいよ」

子供に向けてだと思うと、気が軽い。剣を振りまわし、足を高くあげて奇妙な踊りを目いっぱい踊り、瘤とり爺さんの話を最後まで演った。十月だというのに汗だくになって、小鼓は肩で息をしながら話を終えた。

「チョンチョン、おしまい」

手を叩いてげらげら笑う男童たちに、小鼓は声をかけた。今日は蕪菜だけではなく、焼栗がある。

「坊主たち、たくさん笑って喉がかわいたでしょう。ただ聴きはいけないねえ。焼栗を買《こ》うていけ」

童たちは片眉をあげて、笑った。

「ねえちゃん、まあまあ面白かったから買うてやる。ただし全員でひと包みな。おこづかいがないさかい」

子供でもいっぱしの口を利く。京童は日の本一口がたつというのは、よく言われることである。

「しょうがないなあ、まいど」

焼栗を齧りながら、童たちは口々に言った。

「ねえちゃん、必死すぎてちょっと引くわ」

「滑稽噺を演《や》りたいなら、もっと余裕をださないと」

それはそうだ、と思う。演っている最中も童たちが途中で去ってしまわないかと緊張しながら喋っていた。季瓊は立板に水を流すごとく喋っていたし、そういえば言葉合戦が得意な益田兼理も、相手を嘲笑するような態度だった。

「ほんとうだ。気をつけるわ」

焼栗を食い終わった童たちは、手を振って町角へと去ってゆく。

「手伝いせんと叱られるわ」

「じゃあな、ねえちゃん」

小鼓も手を振って童を見送った。その日の午後は、戦さで娘を失ったという老婆が話を聴いて蕪菜を買ってくれた。老婆は涙ながらに片手を握って小鼓を励ました。

「片腕でもなんでもできるさかい。しっかりおやり」

「おばちゃん、そないに泣かないで。明日も買うてくれたら嬉しいわ」

老婆の泣き顔に笑みが零れた。

「いやや、しっかりした子やで」

すこしばかりの銭を握りしめて坊門殿へ帰ると、戎白と十郎が飛びあがらんばかりに喜んでくれた。

「小鼓ちゃん偉いで。米買うて、たらふく食べよ」

その日食った雑穀は、行橋合戦で大宝と半分こして食べた握り飯とおなじくらい美味かった。

翌日、翌々日と人が一人、二人増えていった。こっそり声をかけてくれる販女も数人いた。季瓊にそのことを報告し礼を言うと、鼻の下を掻いて季瓊は照れた。

「小鼓ちゃんや家族まで河原に来たら大変と思うただけや。あんた、身の内にいろいろ抱えはっても、それを表にだす術を知らなそうやったから。困ってる、助けて言うたら、助けてくれる人は世にまだまだおるがな」

「人に言えないことは、たくさんあります」

たとえば北九州で良兼が言った「盃」のことを、満済や義教に言いだせないままだ。

季瓊は鼻くそをほじって鴨川に向けて弾いた。

「言うたらええ。人生は失敗つづき。わてなんか夜中に思いだして、かいまきのなかでじたばたするのはしょっちゅうや。大事なもんはどう逃げるか。言うなれば『尻のまくりかた』やな」

季瓊が衣の裾をまくって尻を見せてくるので、小鼓は噴きだしてしまった。

「では季瓊さまに御聞きします」

なんや改まって、と季瓊が問う。小鼓は顔を引き締めた。

相国寺は臨済宗の五つの名刹、京都五山の一寺で、鹿苑《ろくおん》院に属している季瓊は、身なりこそ粗末だが、かなりの高僧であることを小鼓は調べた。臨済宗は東国でも勢力の強い寺院で、つまり幕府が東国十か国を治めるために設置した鎌倉府でも、重要な地位にある。

「鎌倉公方《くぼう》・足利持氏さまについて、知っていることを教えてください」

その年の暮れのことである、木枯らしの吹くようになった辻で大根や里芋を売って坊門殿へ帰ると、十郎が泣きながら飛びだしてきた。

「御所さまの御使いがきはって、来月には坊門殿を閉じると決めはったそうや。銭がないらしい。わてらは追いだされる」

「なんですって」

小鼓は絶句した。いま坊門殿から追いだされたら、みな路頭に迷うことになる。小鼓の売る野菜で今日食うぶんの飯代はなんとか稼いでいるが、明日食うぶん、なにより住むところを賄《まかな》える銭はない。ちかごろは季瓊に頼んで経典の筆写などもやらせてもらっているが、それとて十分ではない。

十郎はしゃくりあげながら、ちいさな声で言った。

「わては大名さまのところへ御伽《おとぎ》へ参ろうと思う。前から口説かれているかたがおるんや。それでなんとか……」

伽とはすなわち寝所に侍《はべ》ることである。頭が殴られたように揺れ、小鼓は首を振った。

「だっ、だめだよ。絶対だめ」

十郎は細い指で涙を拭った。日に焼けた小鼓の太い指と比べ、白くて長い、女子のような指であった。

「でも、そうでもせんかったら、生きていかれへん。御所さまはもう御渡りが一年もない。わてらは見捨てられたんや」

めまぐるしく頭を動かし、小鼓は頭の片隅に常に置いてあった最後のよりどころ、すなわち満済に縋ることにした。自分の足で立つためできるだけ満済を頼らないようにしてきたが、これは小鼓一人の努力でどうなるものでもない。

「明日満済さまのところへ行ってくる」

あくる日、満済が京で滞在する寺院・法身院へ小鼓は向かった。

相変わらず部屋は書物や巻物で埋め尽くされ、文机で満済は書き物をしている。筆を動かす手を止めない。

いつものとおりだから、小鼓はこちらから話を切りだした。

「坊門殿御取り潰しの旨、聞きました」

返事はない。この件に関し、満済はなにか言える立場ではない、と睨んで話頭を転じた。

「最近は烏丸通《からすまどおり》で販女をしています。この三か月でようやく売れるようになったんです。昨日なんか姫飯《ひめいい》が混じったお米を食べました」

満済は筆を動かしながら鼻で笑った。

「あんた、意外につまらん娘やったな。文字の読み書きができるなら販女などにもならんで済んだろうに」

胸の辺りに刺さるものがあり、小鼓は思わず顔を顰めた。手放しで喜んでくれるとは思っていなかったが、なんとか日々の食いものを自力で手に入れ、生きていること。これにようやく自信がもてたところだった。反発心がつい言葉に出た。

「相国寺の季瓊真蘂和尚《しんずいおしよう》のところで、経典の筆写の御手伝いもはじめました」

「へえ、季瓊はなかなかできた男と聞いておる」

小鼓は師匠を振り向かせようと、頭を探った。

「明との貿易を再開されるようですね」

「ふうん知ってはったか。明銭が入って来れば、大名は潤い、商人が潤い、やがてその潤いは民草におよぶ。義持公は父君に反発して日明貿易を取りやめてしまわれた。義教さまの御明断で、わてが義満公に仕えておったころからの悲願がようやくひとつ実を結ぶ。せやけどそれはあんたに関係ない。よそ見をせず兵法だけ勉強しとったらええんや」

相変わらず文机に目を落としてこちらを見ない。

やはりこれを出さぬわけにはいかないらしい、と小鼓は観念して、話を切り出した。

「良兼は盃をひとつ、持っていると言っておりました」

盃、と呟き満済は思案顔でいたが、やがてはっと顔を強張《こわば》らせた。

「阿呆、はよう言わんか。ほかにこのことを知っておる者がおるんか」

「ほかに知っているのは……」躊躇ったが隠してもいずればれると観念した。「大宝です」

満済は舌打ちをして呟いた。

「大宝もか。お前、隠しておったな」

「隠していたのではございません。時機を見計らっておりました。足利持氏さまとの間柄を測っておりましたゆえ。良兼は足利持氏さまに仕えていると思われまする」

「お前……屁理屈がうまくなったな」

禿頭をしばらく撫でさすり満済は唸った。

「……大内周防守どのが討死しはって、潮目が変わった」

大内盛見のことである。小鼓は唾を飲みこんだ。

「大内周防守が北九州を平定したあと、御所さまは周防守を呼び戻すつもりだった。実際、鎌倉の公方さまが上洛を企てているという噂があったときも、御所さまは周防守を都へ上洛させた」

公方というのは、鎌倉公方、足利持氏のことである。

鎌倉府の長《おさ》、すなわち鎌倉公方、足利持氏。季瓊から教えてもらった足利持氏についての事柄は次のようなものである。

室町幕府が成ったとき、かつての鎌倉幕府の勢力域すなわち相模、武蔵、安房、上総、下総、常陸、上野、下野、伊豆、甲斐の関東十国を治める行政府として鎌倉府が置かれ、足利尊氏の四男の基氏《もとうじ》からわかれた傍流が関東管領《かんれい》・鎌倉公方として治めることとなった。いまの鎌倉公方、足利持氏は初代基氏から数えて四代目にあたり、鎌倉に居を構えている。

その足利持氏こそが、良兼が仕える主と思われる東国の主《あるじ》だ。そして「盃」の持ち主であると思われる。

「北九州で東狗という東国の兵を見ました。荒々しい者たちでした」

西国、東国という呼び方のとおり、東国は日の本のなかにあって、まったく別の国のように見える。北九州で見た東狗のように、気質も違って獰猛勇敢、人によっては東《あずま》夷《えびす》といって蔑む者もすくなくない。

満済も侮蔑を隠そうとしなかった。

「持氏さまも坂東武者《ばんどうむしゃ》の血に当てられたんやろ。愚かなことや」

その関東管領・鎌倉公方である足利持氏が上洛を企てていたというのを、小鼓ははじめて知った。大内盛見は足利持氏に対する防波堤の役割を担っていた。だが、その大内盛見はいまおらず、大内家は跡継ぎ問題で大もめにもめている。大内の後ろ盾は頼めない状態だった。

おのずと東国の勢いは強くなる。

「鎌倉公方さまが義教さまを敵視なさる理由はなんですか」

決まっておろう、と満済は吐き捨てるように言った。

「将軍の位が欲しいに決まっておる」

「大それたことを御考えになる御方なのですね」

満済は小鼓の返答が気に入ったようで、わずかに笑った。

「大それた、ほんまにな」

鎌倉公方の持氏からすれば、自分も幕府の開祖である足利尊氏の子孫であるのに、将軍になれぬという鬱憤がある。しかもいまの将軍義教は籤で選ばれた。

季瓊から聞いたことだが、籤引きと前後して、持氏にはさかんに上洛の噂があったとのことだった。さきごろ鎌倉府の要人が都に来て、誓詞《せいし》を交わしたとのことだ。誓詞とは和睦にちかい。和睦するなら、対立があるのだろう。

小鼓が考えたのは、足利持氏は室町幕府打倒のために南朝方の残党と手を組んだのではないかということだ。そして南朝方に与《くみ》していた良兼と知りあった。北朝である室町幕府打倒、という点では南朝方の残党も東国の持氏も手を組む利点はありそうだ。

「盃、というのはなんなのですか」

満済は大仰に顔を歪めて見せた。

「伝来ははっきりせんが、初代尊氏公の御遺物《いぶつ》と伝わるもので、唐の景徳鎮《けいとくちん》の絵付けの酒壺と盃二脚からなる品や。白磁の地に青で花鳥が絵付けしてある。将軍になる前の晩、これを先代の将軍から受け継ぎ、酒を注いで賜るというのが習わしやった」

あっ、と小鼓は思いあたることがあった。北九州に行く前、坊門殿に来た義教が持参していた、鶯の描かれた高台付きの盃ではなかろうか。小鼓が特徴を言うと、それや、と満済は頷いた。

「いま御所さまが持ってはるのは盃の一脚だけや。比叡山に保管されておったが、義教さまがまだ義圓であられたころ、酒壺ともう一つの盃は盗まれた。良兼めが言うておるのはその盗まれた盃のことやろう」

小鼓のいた坂本の町は比叡山の御膝元である。考えたくはないが、父が比叡山に忍びこみ、その伝来の酒壺なるものと盃をひとつ、盗みだしたのだろう。そして義教の手には盃の片方のみが残った。

「義教さまは御先代さまから、酒壺と盃の片方を受けとっていない……」

鋭く満済がこちらを睨みつける。身構えていた小鼓が、思わず怯んでしまうほど、目は血走っていた。

「言うたな。御所さまの正統を疑う言葉やぞ」

身を竦めながら、小鼓は必死に考えた。

「その盃を取り戻せば、酒壺と盃のうち、盃の二つは揃うことになります。取りかえしてはいかがでしょう」

しかしな、と満済は口ごもった。

「こう言うてはなんやが、たかが盃や。たしかに尊氏公伝来の品を失ったのは痛いが、それで良兼はなにを強請《ゆす》ろうとしとる？　せいぜいわずかな銭をふんだくれるくらいやろ。こっちにとっては痛くも痒《かゆ》くもあらへん」

たしかにその通りである。とにかく義教にこのことを諮《はか》ってみる、と言われて小鼓は法身院をあとにした。放っておけ、とでもなるのだろうか、と思っていた翌日、急ぎ御所に参内するようにと呼ばれ、小鼓は販女の小袖に脚絆、手拭を被ったまま御所に向かった。

恐る恐る義教の御座所の外の縁側に額ずくと、義教の鋭い声が飛んだ。

「なぜそれをはやく言わぬ。隠しておったのか」

昨日の満済の鷹揚さとかけ離れていて、小鼓はおろおろと義教の横に座した満済に縋るような目を送ることしかできない。満済は眉根を寄せて、目を伏せたまま小鼓と目をあわせようとせず、義教の反応は予想外のことであるらしかった。

義教は白い貌《かお》に青筋を立てて、吊り目がいっそう険しさを増し、坊門殿で見せた修羅のような形相をしていた。満済にさがれ、と命ずる。

小鼓の願いもむなしく満済がなにか言いたげな視線を残してさがり、義教と二人きりになると、義教はこんなことを言いだした。

「物売りをしていると聞いておる。そんなみすぼらしい身なりをして嘆かわしいばかりだ。わしがお主を坊門殿で庇護したは、物乞いにするためではないぞ」

販女はりっぱな生業《なりわい》で、物乞いとは違う、と言いたかったがいっそう義教の機嫌がより悪くなるかもわからず、小鼓はともかく頭を垂れた。

「面目ない次第にて」

それは話のついでだったらしく、義教はすぐに話頭を転じた。

「物売りということは、京童の噂もよく耳に入ってきておろう。どうだ。みなわしをいんちきの籤で将軍に選ばれた愚か者と嗤《わろ》うておるか」

ぞくりと背中が粟立ち、嫌な汗が脇を流れた。

口さがない京童たちのあいだでは、義教は籤引きのさいに籤にすべて自分の名を書かせ、自分が将軍に選ばれるようにしたのだ、と囁かれそれがほとんど事実のようにされている。籤引きのとき、義教はその場にいなかったのにだ。

義教が答えを急かす。

「怒らぬから、正直に答えい。え、どうなのだ」

ここでおべんちゃらなど言おうものなら、余計に怒りを買いかねない。義教が実直で嘘を嫌う性質なのは、数年坊門殿にいた小鼓にはわかっているし、誉めそやして有頂天になるような愚かな人物ではない。

だから、からからに乾いた口を動かした。

「籤は……」

その後はどうしても言えなかった。深いため息だけがかえり、沈黙が小鼓の肩にのしかかる。長い時間が経って、呻くような声がした。

「もう頭をあげよ。わし自身、いかさまだと思うておる」

驚いて顔をあげると、片眉をさげ苦笑いする義教の顔があった。怒りはもうどこかに消えていた。

「満済に訊いても白状するわけがない。真実は闇のなかよ。神仏だけが御存知だ」

籤に携わった満済はじめ、五人の重臣のみが真実を知って、墓まで持っていく覚悟であろう。わずかに顔をひくつかせ、悲しむような自嘲するような笑みに、小鼓は胸が痛んだ。

「だからわしは、盗まれた盃を揃えたい。あれは御初代さまの残した足利嫡流の証ということは聞いておるか」

「はい」

「わしがちいさいときに父の義満公にはじめて見せてもらった酒壺と盃二脚。いつかあれで酒を酌み交わそうというのが、父上との約束だった。しかしそれは成らぬまま父上は逝かれた。手元には盃ひとつ。いつか将軍の座を継ぐかもしれぬわしの息子へ、盃へ酒壺で酒を注いでやることが夢なのだ」

遠い眼差しで窓の外を眺める義教の思いが、小鼓にはなんとなくわかる。販女として町角に立って嘲笑われた心細さ、悔しさは一生心に残るだろう。日の本を背負う将軍という職にある義教が、人々から認められないというのは、どんな口惜しさだろう。

誰に聞かせるでもない呟きが、小鼓の心を締めつける。

「手元に酒壺と盃が揃わぬと、わしはどうも、己が欠けている気になるのだ」そして小鼓の腕に義教は眼差しを注ぐ。「腕が欠けているように」

このときはじめて小鼓は思った。自分と義教は似ていると。欠けたものを追い求め、自分が十全であることを周りに認められたがっている。腕など無くとも、籤がいかさまであっても、人としてしっかり立っているのだ、と知らしめたい。ときおり見せる激高した姿は、満ちぬことへたいしての憤怒なのかもしれない。

「いくらかかってもよい。わし自ら良兼から盃を買い戻したい。他の者は盃のひとつなど捨ておけ、と言ってとりあってくれぬ。満済のようにな。だからお主に頼むのだ。うまく買い戻せたなら坊門殿を存続させるよう取り計らう」

小鼓は身を乗りだして問うた。

「誠にございまするか」

盃を良兼から買い戻せば、坊門殿は取り潰しを免れ、十郎が身売りすることもなく、また困った子供たちを養うことができる。義教もまたやってきて舞に手を叩いたり、和歌を詠んだりすることができるだろう。

すべてがよい方向に進むと思え、小鼓の胸は躍った。

「じつは東国へ遊覧する計画がある。そのときにわしが良兼と接触する。幕府をつけ狙う良兼とは、いちどきちんと話してみたいと思っていた。満済と相談し、買い取る段取りをつけよ」

「承知してございます」

急に明るい道が拓け、小鼓は心安い気持ちで御座所を辞した。すぐに満済に呼びとめられ離れの一室で話をした。ところが満済は額を手で覆い、呻き声をあげた。

「御所さまは籤の不正を疑っておるんか。道理で籤に関わったわしや山名、畠山、細川どのを責めるわけや」

満済によれば、籤に関わった五人の重臣のなかでも最長老、播磨の大名である山名常熙の跡継ぎ問題に、義教が介入しているのだという。

山名常熙の跡取りは、次男の持熙《もちひろ》とされていた。それが、酒宴の席でのちょっとした無作法を理由に義教は出仕を禁じた。事実上の廃嫡となり、父常熙によって持熙は京から離れた国許へ帰らされたという。もう六十をこえた常熙の跡継ぎは順当に行けば三男の持豊《もちとよ》（のちの山名宗全《そうぜん》）となる予定だが、いまのところ宙に浮いた状態だという。

この山名の御家騒動に、つぎは自分だと籤に関わった畠山や細川といった大名は震えているという。

「ですが、盃を取り戻せば御所さまの御心も安らかになるのではありませぬか」

精一杯小鼓が励ますと、満済は鼻を鳴らした。

「あんたは小娘やさかい、幕政のことがわかっておへん。これは盃を皮切りに東国へ干渉を深めようという御所さまの一手や。あんたはただ駒に使われとるだけや。盃のひとつなんぞで、御所さまの心が静謐《せいひつ》になるかいな」

またた。満済は苛立つと、小鼓が女子であるゆえの侮蔑を隠そうとしなくなる。小鼓も眉をあげて抗弁した。

「わたしの片腕がないように、御所さまの心も欠けているのです。不正をなして籤で選ばれたという悪評は今後もついて回ります」

小鼓の言葉を聞いた満済は、かっと怒鳴り声をあげた。

「籤はいかさまやあらへん!」

「……」

なんとなく、小鼓にはわかってしまった。籤はきっと不正に行われたのだろうと。

可哀想な御所さま、と小鼓は唇を嚙んだ。満済の狼狽ぶりから察するに、面と向かって籤の不正について問いただした者はいなかったのだろう。義教も問いたくても聞けなかったであろう。ついて回る嘲笑を身に浴びつつ、口を閉ざす義教の気持ちを思えば、目が眩むような心地がする。

怒鳴り声を恥じたように満済は咳ばらいをした。

「とにかく御所さまの御意向や。盃は買い戻す。手筈はわてが整えるさかい、良兼から買い戻して参れ」

あの盃がそないに御所さまの大事であったとは、と呟きながら満済は去っていった。九条袈裟をさげた背中は、いつもと違って背骨が浮きだしそうなほど丸められて、肩はさがっていた。

満済は小鼓のことを「駒にすぎぬ」と言ったが、満済自身も義教からしたら駒なのかもしれない、そんなことを思って小鼓は御所を辞去した。すっかり陽が暮れ、曇り空に冷たい風が吹いて人通りのすくない大路は、物陰から物の怪が飛びだしてきてもおかしくないようなうすら寒さがある。

盃が二つ揃ったとき、義教は今後生まれるはずの男子と酒を酌み交わすのだろうか。それには良兼に奪われたらしい、酒壺のほうも揃えねばならないだろう。鶯の絵付けの、白磁の徳利を。

小鼓は足を止めた。

「まさか……」

なぜ気づかなかったのか、と走って坊門殿へ帰り、自分の荷物をまとめて投げこんである櫃《ひつ》をひっくりかえす。小鼓用に軽く作った太刀、胴丸、北九州での日記の帳面などを取りだした奥に、それはあった。

下げ袋に入れて北九州へ持っていった、瓢型の徳利。どうせ二束三文であろうと疑いもしなかったそれは、筑前の泥がこびりついて絵柄が見えず、小袖の袖で磨きあげると枝にとまった鶯が見えてきた。義教も満済もただ「酒壺」としか言わなかったから気づくのが遅れた、というのは言い訳だろうか。

「御所さまのものだ……」

丸々と肥った愛らしい鶯がこちらを見あげて、さえずりが聞こえた気がした。

すこし前から、将軍義教が駿河の富士を見にいく、という話はあった。

しかし公家たちが義教に「春の富士は霞んでしまうから秋がいい」と余計な助言をし

たことから、永享四年(一四三二)の九月に日延べとなった。

表向きの目的は富士を見にいくためであるが、それが名目であることは周知の事実であった。本当の目的は義教の将軍としての威光をあまねく日の本に知らしめるとどうじに、東国の盟主たる足利持氏を牽制することである。義教はついに東国という「もう一つの日の本」制圧に着手した。

そのあいだに、満済は良兼とやりとりを重ねた。偽物を摑まされてはならぬからと盃の絵付けを写させたものを取り寄せ、たしかに比叡山から盗まれた盃のひとつであると確認した。

会いにいくたび、肥えていた満済がしだいに痩せてゆき、苛立ちを隠さないようになっていく。聞けば、「御意に背いた」として幕府の奉公人や公家が所領を召しあげられたりし、満済や周囲の重臣たちの諫めもまったく聞き入れられないのだという。

小鼓には言わないが、季瓊からの噂も勘案するにどうやら満済は遠ざけられ、義教をほとんど制御できなくなっているらしかった。

永享四年の年明け、使いの者がやってきて、坊門殿を存続するという幕府の決定を告げられ、十郎たちは喜びに沸いた。いくばくかの銭もふたたび支払われるようになり、十郎は大名のもとへ伽に行かずに済んだ。

盃と対になる酒壺、すなわち徳利が自分の手元にあることを満済に告げると、禿頭を搔きむしって満済は唸り声をあげた。

「なんたること……いまさら見つかりましたいうて出せるかいな。御叱りを受けるのがあんただけならええが、これ以上心証を悪くしては、わてすら見放されるかもしれん。いま御所さまに御戻しするのはやめや。機を見てそっと渡すしかあるまい」

見つけた以上、すぐにかえしたほうがいいと小鼓は思ったが、一度は決まった坊門殿の存続が取り消しになるかもしれない。それに師匠である満済に逆らうことはできない。籤の不正に対する自責の念からか、満済は義教の機嫌のわずかな揺れにも神経質に反応するようになり、小鼓もたびたび叱られた。正直満済と話をするのは疲れる。

「義教さまは、わたしと話すときはとても御優しいです。御師匠さまが考えすぎでは」

小鼓がとりなそうとすると、満済は文机を叩いて金切り声をあげた。

「片腕のない女子と、醍醐寺を預かるわてと、一緒にすな。お前は鳥の雛を可愛がるように扱われているだけや」

そのように突っぱねられては、取りつく島もない。辞去するさい、満済がぽつりと漏らした言葉が印象に残った。

「わてすらも、義教さまにとって駒のひとつにすぎぬ」

永享四年、九月十日。

ついに義教の一行は京を発った。

飛鳥井《あすかい》雅世《まさよ》、高倉《たかくら》永藤《ながふじ》、永豊《ながとよ》親子、正親町《おおぎまち》三条《さんじょう》実雅《さねまさ》といった公家に、常光院《じょうこういん》尭孝《ぎょうこう》という歌人、あまたの大名、奉公人、行列は二里にも及んだ。途中の無聊《ぶりょう》を慰めるために舞や囃の楽人も連れており、十郎も舞手として加わっていた。小鼓と大宝は十郎の付き人という名目で東国行きの列にもぐりこんだ。

満済は山科《やましな》の四宮河原《しのみやがわら》まで義教の輿についてきてそこで別れた。行列の後方に従う小鼓と大宝のところにも満済はわざわざやって来て、厳しい目つきで言い含めた。

「例のこと、宜しく頼むぞ」

満済はひそかに鎌倉府の重臣と折衝をかさね、大金で盃を買い取ることを了承させた。引き渡し場所が、義教の今回の旅の目的地である駿河清見寺《せいけんじ》である。駿河守護の今川範《のり》政《まさ》が富士御覧の宴を用意しているというが、そこで小鼓は足利持氏からの使者とひそかに接触し、一千貫文と引き換えに盃を引き取る予定だった。

引き渡しにあたり熊野牛王符《ごおうふ》を取り寄せ、持氏方は一千貫文で盃を引き渡すことを熊野権現に誓っていた。誓いを破れば地獄へ落ちるという理屈である。代金となる一千貫文は函《はこ》に納めて、荷馬に引かせている。

このことを知るのは小鼓と大宝、満済、そして義教のみである。

荷馬を曳く大宝は呑気に、御幸の先頭に立つ義教を見た、と嬉しそうにした。

「御所さまの御姿を見たのは何年ぶりだろう。立派だった。御所さまはその持氏って東国の大将を叩きたいんだろう？　さっさと戦さをすりゃあいいのに」

物騒なことを言いだす大宝に小鼓は問うた。

「大宝はまた戦さに行きたいの？」

「筑前の戦さはたしかに酷い戦さだった。だけれども、おれはやりのこしたことがある。大将を討つという源三郎兄貴との約束だ。東国で大将首を挙げれば、御所さまの御傍に侍ることができるかもしれない」

大宝にとって戦さは、見捨てられた自分と坊門殿をふたたび義教に認めてもらう手段であるようだ。お前はどうなんだよ、と大宝に問われ小鼓は空を見あげた。

「戦さはいやだよ」

晴れた空には波打ちぎわに寄せる白波のような秋雲が、長く東へとつづいている。

「大事な人が死ぬのはもう見たくない」

北九州では盛見を死なせ、逃げ帰ってきた。将になりたかった瀬良の願いも潰《つい》えた。そうしてのうのうと生きている。兵法で万の敵を倒せるなどと思っていた自分の愚かしさは、日が経つほどに身に食いこんでくる。

「わたしはもう戦さには行かないよ」

その日は瀬田の唐橋を渡り、十三里進んで琵琶湖のほとりの武佐《むさ》に宿泊した。

翌朝早く目覚めて見れば、外は暗く、奉公人たちが朝餉《あさげ》の支度であわただしく走りまわっている気配がする。そっと大宝の体を越えて外に出れば、琵琶湖の水路にすでに漁師たちが戻って来ていて、伊吹山の向こうの空は白みはじめていた。

琵琶湖より東に行くのは、小鼓にとってははじめてのことだ。東国には戦場で見た東狗たちの跋扈する国だという思いがある。気が重いことだ。

まだ暗いうちから宿を出て、不破関《ふわのせき》（関が原）を越え美濃に入る。かつて鈴鹿関《すずかのせき》、愛《あら》発関《ちのせき》とともに天下の三関と謳われた不破関の土塁は崩れ、石垣は苔むして人もいなかった。

「おい行列が進まないぞ、なにやってんだ」

不破関の手前の山道で、半刻ばかりも小鼓は待ちぼうけを食わされた。奉公人に聞いたところによると、義教や公家たちは苔むした不破関を題にとり、和歌を詠んでいるのだという。

大宝が宿で作ってもらったおはぎを二つに割って食んでいると、十郎が走ってきた。

「三条実雅さまから御銭をいただいた。小鼓ちゃん、大宝、踊るで」

急きたてられて、大宝は緋色の笠を持ち、小鼓は紙吹雪を散らして行列の先頭のほうへ急いだ。輿に乗った貴人を見つけるとその前で立ち止まり、坊門殿の三人が笛と鼓を演《や》り舞を舞う。九月の晩秋の澄み渡った空に、十郎の浅葱色の水干の裾が舞い、陽の光が注いだ。

ひと舞ごとに銭を貰って、十郎が呼ばれた三条実雅の輿の前では今様《いまよう》を披露した。

やがて行列は進みだし、十郎は舞を仕舞にした。日銭が稼げた、と喜ぶ大宝に手を振って言う。

「日銭稼ぎやおへん。この御幸で太客を捕まえるんやよ。もう貧乏はいやや」

十郎はこの御幸を自分を売りこむ好機ととらえていた。目を遣ると、三条実雅のはるかさきには金の飾りが眩しい輿が並んで揺れて、それが将軍・義教の輿だと知れた。義教が坊門殿を訪ねて来たころは気づかなかったが、地下《じげ》の者である小鼓たちが将軍に拝謁することはおいそれとはできぬ。

焦がれるような声を大宝も漏らした。

「だいぶ遠くなっちまったな、御所さまとは。御姿を拝むことすらかなわねえ」

十郎が意気ごんで言った。

「弱気など大宝らしくない。駿河までになんとしても御所さまの御目にかかる。そうして御所さまにふたたび気に入ってもらうんや」

一行は熱田神宮に詣でたあと、矢作《やはぎ》の鳴海《なるみ》干潟、今橋《いまはし》を越え、遠州灘《なだ》を右手に見ながら浜名湖を渡った。浜名湖でも船を浮かべ、十郎たちが今様を謡い舞ったが、義教の姿は見えなかった。いくつかの公家や歌人から都へ戻ってからの興行を約束されたが、十郎の狙いはあくまで将軍であった。

京を出て八日目の九月十七日。一行は遠江藤枝の鬼岩寺《きがんじ》に入った。寺にすべての者は入れないから周囲の村落に分散して寝起きするが、奉公人が小鼓のもとへやってきて今夜は鬼岩寺に入れ、と告げた。

十郎が飛びあがって奉公人へ問う。

「わても御呼びではございませんでしたか」

「知らぬ。小鼓という娘だけ御呼びである」

ふくれ面で十郎は小鼓に頼みこんでくる。

「御所さまには、坊門殿のことよろしく頼むえ」

自分だけが呼ばれたのは恐らく盃の受け渡しについてだろうと考え、小鼓は京からひそかに携えてきた徳利を下げ袋に入れて寺へ向かった。良兼から渡された徳利を満済はいまはまだ義教にかえすなと言ったが、心苦しさのほうが勝った。御咎めを受けるようなら坊門殿は見逃してもらい、自分のみとするよう頼んでみようと思った。

寺にたどり着くと警邏《けいら》の兵が隙間もないほど立っていて、義教は本堂にいた。明日も早く出立するためかすでに寝支度を整え、本尊のまえに胡坐をかいて読経《どきょう》していた。

「小鼓参上つかまつりました」

来年で四十になるその人は、灯明に照らされた後ろ姿を向けて、数珠を繰る音だけが響いている。ふだんは額ずいてまじまじと見ることはすくない義教の後頭部には、白い筋が通っていた。

軽い咳払いがし、掠れた声がした。

「不破関で十郎の声を聞いた。息災でやっておるようだな。将軍宣下を賜って以来、そちらに向かうこともすくなく、恥ずかしいことに幕政も苦しく銭もかけられぬ。苦労をかける」

どうやら今日は機嫌がよいようだと安堵に口が緩んで、早口で述べたてた。

「そんな。わたしたちはもう十八になりました。みな一人前です」

「十八か。お主と会うたときは、まだ童だった。早いものだな」

言葉が途切れて縁側にただ座っていると、たてつづけにくしゃみが出た。

義教の肩が揺れた。笑ったらしかった。

「入れ」

恐る恐る小鼓は部屋に踏み入った。もう寝るところなのだろう、本尊の前には畳が置かれかいまきが広げられていた。小鼓は膝を進めて部屋の隅に入った。後ろ姿の手だけが動いてちかくに寄れとさし招く。小鼓はそっと隣に座って四十になる男を見あげた。薄く目を閉じる目の端にわずかに皺が寄っている。

「明日の盃の受け渡し、お主にも本物を見せておかねばと思うてな」

たしかに本物を知らねば、良兼から受けとるそれの見定めもできない。義教の手が動き、己のまえに置かれた桐の箱を開けた。白く輝く高台つきの盃が現れる。

「北九州へ行く前、この盃を御所さまは持っていらっしゃいましたね」

「良兼め、一つだけ盗まず残していきおった。慈悲ゆえか皮肉か。これを持っていると、しっかりせねばと思うのだ」

坊門殿で見たことがあるそれを、義教が手にして回し見せてくれる。霞がかった雲が流れ、梅の枝に鶯が止まっている。

――やはり、徳利と対になっているものだ。

もう隠してはおけない。小鼓は震える手で下げ袋から徳利を取りだした。

義教が息を呑む気配があった。

「これを……どこで」

「父が残した品にありました。比叡山から盗まれたもの、左様に大事なものとは知らず、いままで持っておりました。御叱りはなにとぞわたしのみに。坊門殿には……」

義教は無言で徳利を取りあげ、水ですすぐと、そのなかに酒を満たせと命じてふたたび小鼓の横に座った。

「父上がむかし、戯れにあの徳利に茶を入れておったのを思いだした。わしはその茶が欲しくてねだったが、一顧だにされなかった」

ちかごろ義教の口から父上という言葉がしばしば漏れる。父上というのは三代前の将軍である足利義満公のことだ。花の御所と呼ばれた壮麗な御所を築造し、自ら強権を握って明との貿易へ乗りだしたりし、幕府は隆盛を極めた。

いつ義教の怒りがくだるか、そればかりが気になって肩を竦めていると、おおきな手が小鼓の肩を摑んだ。

「怒りはせぬ。盗んだのは良兼であるし、お主は価値を知らなかっただけだ。正直に申し出たことで許す」

思いがけない言葉に驚いて目を見張ると、小姓が徳利を持ってきた。持てと差しだされて徳利を受けとると、吸いつくようなひやりとした感覚とともに、丸みをおびた徳利

　灯明《とうみょう》が手の内に収まる。

　向かいあった義教が盃を持って差しだす。小鼓は盃のなかへ濁った酒を注いだ。灯明が水面に揺れ、どれくらい注いでいいかわからず、ほんのすこしだけにした。

　義教の目には、穏やかな光が宿っている。

「兄上が明との交易を断って以来、わが国は貧するばかり。これからは違う。わしは父上の栄華を取り戻すのだ。明から金や反物、茶やこういった磁器を買いつける。そうすれば坊門殿にもふたたび銭を回せる」

　酒を呷り、義教は盃の底に目を落とす。

「一つではつまらぬな。はやくもう一つ揃えたいものだ」

「父に代わって御詫び申しあげます」

　すると右肩に手が回された。義教の手に身を引かれ、思わず体が傾ぐ。心臓が跳ね、頬が熱くなるのを感じた。だが、声が出なかった。

「片腕にしたことを、ずっとわしは後悔している。今晩はそれで呼んだ。そなた、わしの側女《そばめ》になれ」

　声が出せないまま、義教を見あげた。穏やかな光をたたえた目がこちらを見かえしてくる。それは小鼓がよく知る義教の目だ。肩を抱く手に力が入り、もう一方の手が膝を撫でた。

「さきほど十八と言うたな。身の立てかたを考えねばならん歳だ。大宝には剣技があり、十郎には能楽がある。お主はどうだ。いつまでも大原女のようなことをしていてよいのか」

小鼓は口ごもった。十郎や大宝ほど、誇って話せることはなにもない。

満済から兵法を学んできた。だが。

学んで「なに」になる。

北九州にいたころなら、兵法者になるのだと答えたろう。しかし、瀬良を見捨て、大内盛見を死なせた自分が兵法者を名乗ることは、もはやおこがましい。

押し殺したような義教の口説きが耳に入ってくる。

「腕がなくとも、不自由ない暮らしをさせてやれる。どうだ」

顔がちかづけられ、顎を取って唇が押し当てられた。体が石のように固まり、動かすことができない。唇が離れたときに、ようやく震える声が出た。

「いけません」

間髪入れずに義教の問いが追ってくる。

「なぜだ？　お主にはなにもない。哀れに思うのだ。わしとお主は似ている。お主には片腕がない。わしには盃の一脚しかない。わしの子を産め。それが男児であったならどこぞの高僧にしてやり、お主もよい暮らしができる」

訴える声は、あくまで言い聞かせるようであった。震えが波のように襲ってきて、小鼓は右腕をついて後ずさり、頭をさげた。たしかに小鼓も義教に自分とちかしいものを感じる。なにかを失い、それを克服しようともがいている。

だからこそ、縋ってしまってはいけない。

無理やり押し倒されたほうがずっとよかった、と思った。

「御所さまは、将軍であるためだけに生きているのではありませぬ。わたしは子を産むことでしか、御所さまのお役に立つ術はないのでしょうか。あまりに虚しいではありませんか。わたしたちは空虚な器ではございませぬ」

かつて満済は兵法家として御所さまの側に侍れ、と言った。義教自身はそんなことを露ほども考えていなかったのだろうか。

片腕がなくとも、人として在《あ》りたいと思う。それすらも許されぬのか。

「………」

義教の体から発する気配が苛立ちを含んだものになるのが、頭をさげていてもわかる。よかれと思ってかけた情けが拒まれるのだ。小鼓も本心ではそんなことはしたくない。

「わたしは、人という器をなにで満たすかが大事と考えます」

「器は器でも、お前は欠けた器だ」

片腕がないことを揶揄されているのは、明らかだった。小鼓は語気を強めた。

「それでも器を満たしたく思います。義教さまもかつてそう仰いました」

坊門殿で酒を注ぎ、零した小鼓に対し、義教は「器に収まらぬ才覚があるということにしておこう」と笑って言った。荒く息を吐く気配があり、背を向けられる。

「おれとともに歩む気はないということだな。よい、さがれ」

「御心遣い嬉しゅうございました」

はっきりと怒りを含んだ声が飛んだ。

「さがれ」

小鼓は決して義教の顔を見ないようにして、鬼岩寺を辞した。ぬかるんだ道を宿場に戻ろうと歩いていると、膝が笑ってしまって満足に歩けない。その場に蹲《うずくま》り、膝を右腕で抱いた。抱かれた右の上腕が、痺れるように熱い。払いたかったが、払うべき左手はないのだ。

「う、うう……」

抱かれれば、よかったのか。十郎や、大宝に楽な暮らしをさせられたかもしれない。今晩拒んだことで、義教の小鼓へのそして坊門殿への心象は悪くなっただろう。報復として坊門殿が取り潰されたらどうしようと考えると、吐き気がせりあがってくる。

遠くから呼ぶ声が聞こえて、足音が目の前で止まる。大宝だった。珍しく動転して声がうわずっている。

「おい伽はどうした。御所さまに、か、可愛がってもらったんじゃないのか」

大宝は背中をさすってくれ、小鼓は膝頭を抱えて座りこんだ。

「ごめん。なにもなかったよ」

背中をさする大宝の手が温かい。大宝の手が右肩に動き、右肩の熱くいやな部分をさすってくれる。

「そ、そうか。そりゃ残念だったな」

大宝の声はなぜか安堵したようで、小鼓は落ち着きが戻ってきた。

「徳利を御かえしした。御所さまに嫌われたと思う」

「御かえししたのはえらいことだ。それで御咎めがあっても仕方ねえ。お前はいいことをしたぞ。正直者だ」

妙に優しい大宝がおかしくて、小鼓は土を払って立ちあがった。草叢から鈴虫が鳴いて、顔をあげれば、欠けた月が小鼓と大宝を見おろしている。

翌日駿河の富士のふもとの御覧の亭というところで、小鼓と大宝は良兼を待った。遠くの丘には駿河の守護、今川氏が建てた邸があり、そこで義教は富士を見て歌会を開いている。歌会のあと、義教は席を抜けだして来るということであった。

白く霞みがかり雄大に広がる富士は、遠くで見るよりずっと威圧感があり、のしかかられるような感じがする。南は葦の原がひろがる湿地帯で、なまあたたかい南風に乗って、白鷺がわたってゆくのが見えた。

傍に立っていた大宝が呟いた。

「良兼が来やがった。金獅子の野郎も一緒だ」

離れた松の木の下から、編笠に裳付衣《もつけえ》、巻き袈裟姿の遊行僧の格好をした良兼が現れる。

良兼は笠をちょっとあげて見せた。よく知った父の面差しがこちらを見て頷く。後ろには笈を背負った行商人姿の背の高い男、筑紫伴門が良兼を守るように立っている。

小鼓は用心深くあたりに目を配りながら、良兼と伴門にちかづいていった。事前の取り決めを守って兵は連れてきていないようだ。

大宝は一千貫の入った函を積んだ馬を曳いてゆく。小鼓は声を張った。

「良兼どの。約束の一千貫をもってきました」

良兼が口元のみ動かして、笑ったように見えた。

「他人行儀やなあ。大野城を落ちてから、北九州の有様を聞くに、お前はもう死んだかと思うとった。また会えてよかったなあ。どや、元気か」

「いまは世間話をする気はありません」

北側の亭からこちらへ歩いてくる人影が、小鼓の横目に映った。緋色の色直衣《のうし》に身を包んだ義教だった。

良兼が笠をあげて、義教を睨みつける。

「おうおう、面と向かって会うのははじめてやな。うちの小鼓の腕を落とした御礼もせんと」

義教も良兼を睨んで、十歩ほど間をあけて立った。すかさず大宝が長刀を抜いて義教の脇に立つ。

「河内の楠木残党蜂起、さらには東国の上杉禅秀《ぜんしゅう》の乱、お主はつねに百ばかりの兵を率いて幕府方を邪魔しおったな。ぶんぶんと煩い虻《あぶ》のような男よ。なぜいま盃をかえす気になった」

良兼は唇を舐め、懐から剝きだしの盃を取りだした。

「幕府との戦さがいよいよ起きそうやからな。銭が欲しい。それだけよ。強《し》いていうなら、あんたの盃に対する執着を嘲笑《あざわら》いたくなったからかな。ほうれ、父上の大事な魂やぞ」

小鼓は注意深く良兼にちかより、盃を受けとった。大宝が一千貫の入った函を押して良兼に渡す。絵付けの柄は昨日まぢかに見たものとおなじである。小走りで義教に渡すと、義教は懐から剝きだしのもう一つの盃を取りだし、二つを両手に揃えて不敵に笑った。

「父上の魂か。良兼、お主の読みは正しい。わしは盃を受け、正統な将軍に成ることが夢であった。だがお主のせいで欠けた器となった。わしは昨夜寝ずに考えた。もともとわしは欠けた器であった、と」

ゆっくりと義教の両手が高く差しあげられる。

「わしは満済の操り人形であった」

「御所さま、なにをなさるのです」

義教の手から二つの盃が投げ出され、石に当たって砕ける。

「執着があるから、苦しい。ならば壊してしまえ」

白く粉々に砕けた二つの盃の破片が地面に散るさまを、小鼓は呆然と見つめた。

「良兼を捕らえよ。その娘もだ。娘は徳利のほうを隠し持っていた。捕らえて首を刎《は》ねよ」

茂みに隠れた兵が十数人、勢いよく飛びだした。

昨日誘いを断ったことが、義教を怒らせたのだと悟った。

大宝が慌てて義教に言い縋る。

「小鼓は、徳利をかえそうとしたんです。親父の片棒を担いでいたんじゃない」

義教に強く頬を張られ、大宝は後ずさった。

「煩《うるさ》い。お前も死ぬか」

周りを兵に取り囲まれ、白刃が小鼓の頭上で煌めいた。体が竦んで動けない。そのとき大宝が体当たりして腕を引いた。

「ぼさっとするな、逃げるぞ」

「でも！」

追い縋る兵へ、大宝が長刀の峰を叩きこんで唸り声をあげた。

「なんでお前を助けるのか、わからねえ。でもお前が死ぬのを見たくねえんだよ」

縺《もつ》れる足を動かして手を引かれて小鼓は走った。振りかえればじっとこちらを見つめる義教と目があう。交渉決裂と見て良兼と伴門は銭の入った函をうち捨て、すでに数間さきで馬を走らせはじめている。

「お前はもうすこしできるかと思ったが、がっかりだ。片腕のない女子など何者にも成れぬ」

義教のこの言葉は、小鼓の体を硬直させた。吼《ほ》え声が聞こえる。

「これは復讐よ。もはや誰も信じぬ。わし自身の力で強い国を作ってみせる」

大宝に手を引かれて、小鼓は縺れる足を懸命に動かした。

「大宝は御所さまのところへ戻って」

「戻らねえぞ、くそっ」

湿地帯へ足を踏み入れ、腰まで浸かった二人の頭上を、白い鷺だろうか、長い頸《くび》を伸ばして飛び去ってゆくのが見えていた。

――わたしのような片腕の女子は、何者にも成れないのだろうか。

「……どうしたらいいの」

呟きが沼地へ落ちてゆく。

義教は覚悟を決めて、踏み越えれば戻れない一線を踏み越えたものと思われた。もう義教のところへは戻りたくとも戻れない。捕らえられたら大宝もろとも首を刎ねられるだろう。

「何者かに成りたくても、兵法なんてなんの役にも立たなかった」

小鼓は心の中に棲まう兵法家たちを、より深い奥底へ閉じこめ、蓋をした。

兵法家たちの声は聞こえなくなった。

悲しさとやるせなさが口をついて出そうになり、小鼓は大宝と肩を並べ、震えながら泥水を掻いて進んでゆく。

八　坂東の地で

小鼓と大宝は義教から逃れ、東へ逃げた。逃げるさきは行くあてなどなかった。しかし追手が来るだろうと考えられ、逃げるさきは義教の権義教の権力が及ばない東国におのずと限られていた。箱根の関所を越えれば、幕府の者は簡単には入れない。鎌倉府への手だしとなるからだ。

西国と東国は、おなじ日の本にあって、別々の国であると見なされていた。駿河国の東端である三島から箱根へ登る山道の茶店で、良兼は茶を啜って待ちかまえていた。

「おおごとになったのう。もう京へは戻れへんな。着の身着のままでは箱根の関は越えられへん。わてらについて来れば手形も用意する。坂東にくるか」

小鼓は怒りのままに父に摑みかかった。

「だ、誰のせいでこんなことになったと思ってるの。お父ちゃんのせいだ」

良兼は涼しい顔のまま湯呑を傾ける。

「ほんまにわてのせいか？　こっちも一千貫が御釈迦《おしやか》になったんや。お前が義教を怒らせたんやないか」

やはり誘いを拒んだのがいけなかったのだろう。決定的に違えてしまったという思いで小鼓は項垂《うなだ》れた。助けに入った大宝まで巻きこんでしまった。

欠けた器なら、執着もろともに壊してしまえと義教は盃を投げ割った。決して小鼓の考えとは相容れぬと、背を向けられた気がした。

これから義教はどんな道を辿るのだろう。

「落ち着け小鼓。ぜんぶ親父のせいにするな。徳利を持っていたことは事実だし、その、前の晩にやっぱりなにかあったんだろ」

察して詳しくは言わない大宝の優しさが苦しかった。どうして助けてくれたのか、という言葉を飲みこむ。自分だって大宝や十郎が殺されるとわかったら、命がけで助けるだろう。

大宝は前に進みでて頭をさげた。

「おれたちを東国に入らせてください。御所さまの追手に捕まったらおれたちはきっと殺される。東国に入ればひとまずは、手出しはできないと思う。箱根の関を越えたいです」

伴門が薄笑いを浮かべて息を吐く。

「坊主、冷静やな」良兼は茶を飲み干し、立ちあがった。「ほな行こか」

薄暗い杉木立をのぼり、芦ノ湖《あしのこ》を横目に厳重な箱根の関を越える。関には人だかりができて、追いかえされる者や、無理に通ろうとして棒叩きの刑に遭っている者もいた。大宝はそういった人々を横目に見ながら言った。

「おれたちも、ああなっていたかもしれないな」

うすら寒く思いながら、小鼓も頷かざるを得なかった。

「……………」

西国と東国の境ははっきりとはしていない。漠然と不破関より東は東国という者もいる。おおくは箱根関を越えると東国と見なされていた。鎌倉府が治めるのは関八州《かんはっしゅう》といわれる相模、武蔵、安房、上総、下総、常陸、上野、下野の八国に伊豆、甲斐を足した十国、これが坂東の地である。

峠の向こうに煌めく海と城下町が見える。あれが小田原の町だ、と伴門が言う。良兼が誇らしげに己の手を広げて言った。

「さあここからは京の者どもが辺境と揶揄する東国のはじまりや。誠に蛮党の跋扈する土地か、お前たちの目でしかと見るがええ」

大宝は小鼓に小声で囁いてくる。

「北九州で見た東狗らがそこらじゅうにいるんだろ。おっかねえな」

東国というと、荒れ果てた村々に山賊ともつかぬ武士の党が群雄割拠し、つねに戦乱の絶えない国、という印象があった。しかし、箱根関を越えた街道路はこれまで辿った東海道の美濃、遠江といった国の街道ぞいの町や村と変わらなく見える。

「まずは東国の都、鎌倉へ行こう、大宝」

鎌倉は東国の政治の中心であると聞いている。都であるなら、小鼓や大宝のような根なし草でも住むところがあるかもしれない。大宝も異論はないようだった。

「良兼どのは鎌倉に戻られるのですか」

良兼はにやにや笑って言う。

「なんや、また他人行儀に戻ったな。わてはどうせ娘を置いて二度も逃げたさかい」

「そのことを恨んではいません」

「わてや伴門は足利持氏さまを補佐する海老名《えびな》氏の家臣ということになっとるさかい、いちど鎌倉へ戻ってこたびのことを報告せなあかん」

良兼が東国の領主の家臣というのは、坂本の足軽としての姿を知っている小鼓には奇妙なことに聞こえたが、それが良兼の本来の姿らしかった。

小鼓はもう二日、小田原から海沿いに鎌倉までの道を良兼たちとともにした。道すがら、良兼はさまざまなことを話した。

「わては元来、東国の海老名郷の武士の四男の生まれや」

北九州で東狗らを率いていたことなどからうすうす感じていたが、京言葉を話す父が東国の生まれと知って思わず顔を顰めてしまった。良兼は顔を覗きこんで冷やかした。

「京の奴ばらが嘲笑《わら》う東言葉《あずま》で喋ってみんべえか？」

途端に父が父の皮を被った下卑た男に見えてきた。やめてください、と良兼を振り切って早足で海辺の松林のなかを歩いてゆく。波濤にまじって良兼の声がうしろから追いかけてくる。

「鎌倉五山のひとつ、円覚寺《えんがくじ》で坊主になって、たいそう優秀やから京都の臨済宗大本山である東福寺に修行に出された。せやけど京はがっかりやった。とくに寺は堕落が激しかった。わてのだした公案問答もろくに答えられへんで、坂東の田舎僧と馬鹿にするばかりでな。寺にはほとんど寄りつかず、荒れ果てた洛外の町に出て、屍《しかばね》を弔って過ごした」

小鼓の知らぬ父の姿がつぎつぎと明らかになって、驚いて父の横顔を見る。固く唇を引き結んだ顔にきりりと眉頭が寄った凜々しい顔だちは、別人のように感じられる。

長らく問うてみたかったことを、小鼓は聞いた。

「良兼どのが南朝、反幕府方についたのはなぜですか」

良兼は無精ひげの生えた顎をさすって、相模の海を見遣る。

「日の本を統べる都たる京が荒れ果て、衆生を救えぬさまにがっかりしたとき、河内へゆき楠木党の残党に会うたんや。負けつづけでもういい加減幕府に降参したらどないやと京童にも思われてたが、すこし聞きかじった兵法をわてが教えてやったら、連戦連勝でな、面白うなった」

「仏法から兵法に乗り換えたということですか」

「うまいことを言う。関東に飛んで帰って持氏さまにふたたび御会いして、このかたこそ天下を統べる御方やと確信した。この人のために戦《たたこ》うたろと思うた」

もっと長大な理由があるのかと思ったら、肩透かしを食らう気持ちで小鼓はため息をついた。満済がかつて「良兼は破滅的なところがあった」と評したが、正しいように思われる。

良兼は小鼓の落胆を見抜いたのか、こんなことを言った。

「持氏さまの御威光は坂東にあまねく届いておる。京の者どもが狗とさげすむ坂東が、どれほどのものかしっかり見るがええ」

やはり小鼓には理解できなかった。京にいると息が詰まるのはたしかだが、東国が、京より豊かであるとは考えがたい。

龍神さまの住むという浜から四町半（約五百メートル）ばかりさきにぽっかり浮かんだ江の島を越え、鎌倉まであと一里と迫った稲村が崎という浜に至ったとき、伴門が波に濡れる岩場を差して言った。

「あれが、新田義貞《にったよしさだ》公が海神へ太刀を捧げたと言われる場所だ」

波が打ち寄せる平たい岩場の中央に岩の祠《ほこら》があって、注連《しめ》縄が掛けられている。あの中に御神刀がいまも祀られているのだという。茶屋で鎌倉に入るまえの腹ごしらえをしながら、大宝が不思議そうに言った。

「爺さんの昔話によく聞く新田義貞公って、ほんとうにいたんだな。幕府をひらいた尊氏公も義貞公も考えてみれば、坂東の生まれだよな。ほんとうに坂東者が狗なら、尊氏公も狗っころってことになっちまう」

おだやかな波の音を聞きながら、牛を曳き、あるいは行李《こうり》を背負って行き交う人々を眺めていると、琵琶湖の街道筋かと思い違いしそうになる。

「坂東じゃ泥水を啜る、とか聞くけど、この湯漬けも美味しいよね」

両側に岩が迫った極楽寺の切通しに設けられた関所を越えると、幾重にも重なる瓦葺きの屋根が見えてきた。鎌倉に入ったのだ。道行く武士はみな馬に乗り、さっそうと街道を駆けてゆく。道々には干し柿や菓子、粥などを売る茶店や、土産物を売る店なども並んで、どこか京の洛外の趣を感じさせた。

海口から山へ向かって一直線につづく鎌倉一の大通り、若宮大路の南端に立って、良兼は小鼓と大宝に片手を挙げた。

「わてらは重臣の大庭《おおば》さまへ報告に行くさかい、しばらく鎌倉を見物しとったらええ。相州には西国より流れてきた腕のええ刀鍛冶や鋳物師がぎょうさんおるさかい、小僧の長刀を打ちなおしてもらうとええ。ほなな」

良兼たちが行ってしまうと小鼓は心細くなって、やれやれと伸びをする大宝を見遣った。見知らぬ地でまごつく小鼓とは対照的に、大宝は楽しそうですらあった。

「大宝、今からでも駿河に戻って義教さまに申し開きをしたら、赦してもらえないかな」

大宝は大仰に目を見開いて、手を振った。

「なに馬鹿なことを言ってるんだ。御所さまがああやって御怒りになるときは、どうにもならねえって知っているだろ。もう一生京へは戻れねえよ」

「そんな……こんな田舎で死にたくない」

大宝の言うことはなるほど正しいが、かといって東国に骨を埋める気にもなれない。俯く小鼓を手招いて、大宝は大路を歩きだした。

「せっかく鎌倉に来たんだ。大仏と八幡さまに詣でていこうぜ」

大路の左右に並ぶ土産物屋を冷やかし、大宝は言った。

「まず働き口を探さなきゃいけねえよ。お前の親父はどれくらい助けてくれるのかわからねえし。小鼓、お前京の噺をして販女をしたら物珍しさで売れねえかな」

義教や満済らに販女などしているのかと揶揄されたことが、胸に痛みを呼び起こす。

「あんまり販女はやりたくないよ。御寺で筆写とかのほうがいい」

急に背中を強く叩かれ、咽せながら大宝を見ると、真剣な眼差しがこちらを見つめている。

「我儘言うな。御所さまのことはいったん忘れろ。明日の飯の心配をしろ」

文句ばかりを垂れる小鼓に苛立っているのだ。小鼓は肩を落とした。

「うん……」

若宮大路を北へ行ききったところには鎌倉幕府の中枢として源頼朝《みなもとのよりとも》と縁の深い広大

な八幡宮がある。静御前《しずかごぜん》が舞ったという舞殿、公暁《くぎょう》が源実朝《さねとも》を討ったと伝わる大銀杏を横目に、二人が長い石段を登りきると、おおきな本堂の前で人々が真剣な顔をして手をあわせていた。

小鼓は右手をあげ、八幡神に心の中で祈った。

——小鼓と申します。これからどうすればよいでしょう。東国で生きて行かねばならないのでしょうか。

応えのように本堂の奥から鳴る鈴の音が、小鼓の耳へと染み入ってくる。京へ戻れば捕まって首を刎ねられるであろう。山積みになる後悔はあれど、それを抱えて生きて行かねばならぬのだ、と言い聞かせられた気がした。

本堂から戻って石段をおりると鎌倉の町並みが眼下に広がって、果てには海が見える。腹が空いてしくしくと鳴っていた。まずは明日の飯の心配をしなければならない。

「まだ決心はつかないけど。頑張ってみよう」

その意気だ、と大宝は胸を張った。

「いちど駄目でも、なんどでも挑めばいいさ」

小鼓と大宝は鎌倉から五里ばかり内陸へ入った海老名郷に、良兼の仲介を経てちいさな小屋と畑を借りた。

海老名郷は相模川の東岸にある海老名氏が治める地で、古くは「有鹿荘《あるか》」という広大な荘園だったらしい。海老名氏の居館に住む尾張入道という棟梁に挨拶に行った小鼓は、庇からさがる庵に二つ木瓜の家紋を見て、あ、と思った。筑前で良兼が率いる東狗たちが掲げていた旗の家紋とおなじものであった。

「尾張入道さまが東狗の親分だったのか」

その入道は鉄紺《てっこん》の直垂を着て、折り目正しく、西国の武人となんら変わりない思慮深い人物であった。

海老名は相模国のちょうど真ん中にあり、良兼が言っていた腕のいい刀鍛冶や鋳物師ら、職人が西国から集団で移住して郷村を形成していた。北から北西にかけて丹沢《たんざわ》の山塊が折り重なり、箱根の駒《こま》が岳《たけ》のこんもりした山影や、天気のよい日には富士の頂きさえ見渡せる、開けた土地である。

丹沢山塊のなかでも南端にあるひときわおおきな峰が、古来より霊山としてあがめられる、大山《おおやま》である。相模川の土手を歩きながら、大宝が楽しそうに言う。

「ちかいうち大山詣でに行こうぜ。湯豆腐が美味いらしい」

「誰に聞いたの」

「さっきすれ違ったおっさんに越して来たと立ち話したら、教えてくれた」

小鼓はまだ乱暴な東言葉がおっかなくて、話すときも目が泳いでしまう。だがここまでで、冷ややかな言葉をかけられたり、嘲笑われたことなどはなかった。海老名郷が移民の郷だからであろうか。

海老名氏に挨拶がすんだら、つぎは直接世話になる庄屋への挨拶である。鍛冶職人の槌音を聞きながら、郷の鎮守である有鹿神社の裏手にあるおおきな庄屋へ行くと、女主人が目を丸くした。

「あれずいぶん若い夫婦《めおと》だよ。あんたは片腕がないのかい。戦さかね」

「そんなところです。あの、まずいでしょうか」

腕がないことを理由に貸し家を断られるのではないかと緊張が走ったが、女主人はきょとんとした。

「まずいことなんてねえよ。あたしの弟も片足がねえ。猪俣《いのまた》党との戦さでうけた矢傷が腐っちまったから、もいだんだ」

そう言って女主人は豪快に笑い飛ばす。「党」というのは聞き馴染みがなかったが、地侍の集団であろうと思った。東狗は徒党を組み、あちこちを荒らしているのであろうか。

もっと肥《こ》えねえと、丈夫な子が産めねえよ、と女主人は小鼓の腰や胸を見て言う。大宝が慌ててとりなした。

「おかみさん、おれとこいつは夫婦じゃねえんだ」

「兄妹かね?」

卑下するでもなく、大宝は誇らしげに答える。

「相棒みたいなもんだ」

夫婦だと答えたほうが説明が簡単だし、奇矯な目で見られることもない。だが、小鼓と大宝は恋仲ではない。大宝自身も小鼓の腕を斬った負い目は消えないだろう。大宝の言った「相棒」という言葉は、二人の間柄をもっとも的確に表現しているように思えた。

へえ、面白いねと女主人は笑う。

「あたしもここに嫁に行かされる前、そういう男が居たんだ。まぐわったこともなかったけど、一緒に居て一番具合がよかった。男どもは煩く言うだろうが、あたしはあんたたちの味方をしてやるよ」

女主人は小鼓と大宝を気に入ったらしく、古道具などを譲ってくれ、馬も一頭貸してくれた。小鼓は恐縮してなんども頭をさげた。

「おかみさん。こんなに親切にしていただいて、すみません」

気にするな、と女主人は豪快に笑い飛ばし、言い添えた。

「腕のことだがね。ここから川上にのぼった小高い丘上の庵へゆくといい。海老名の御当主の弟なんだが、変わり者の絡繰《からくり》師だよ。うちの弟も義足を作ってもらったんだ。あんたの腕も作ってくれるかもしれないよ」

そういえば、先刻尾張入道に会ったとき、弟の上総介《かずさのすけ》は武家の務めも果たさず、庵に籠ってなにやら作っている、と嘆くのを聞いた。

大宝は大乗り気で、すぐに行けと言ってくれた。

「お前の腕ができたらこんないいことはねえ。話を聞いてこいよ」

それよりもまずは暮らしを安定させるべきだと、小鼓は尻ごみした。

「きっと銭がたくさん要《い》るよ。片腕がないのにはもう慣れているし、急ぐ必要はないよ」

庄屋に借りた家は、海老名氏の居館や有鹿神社のある相模川の河原から東に半里ほどいった丘陵部にあり、二畳の土間に四畳半の板間の古びた小屋だった。木を伐り屋根を葺き替えるのに必要な男手も女主人が手配してくれ、冬支度を整えているうちに年が明けた。

　年が明けた永享五年の春。

　女主人の紹介状と、わずかな銭を携えて小鼓は絡繰師を訪ねた。小鼓の小屋から川上にのぼった竹林の生える丘に建つ庵の戸を叩くと、髭面の痩せた男が出てきて、ははあ、と意味ありげに笑った。

「戦さで腕をなくしたか。男はだいぶおるが、女子は珍しい」

　この男が上総介だろう。中を覗きこむと、大小さまざまなおおきさの歯車や、なにに使うか見当もつかない細工物がところ狭しと並べられ、窓は閉まって薄暗かった。机の上に鼠が走っているのを見つけ顔を歪めると、上総介はあれは細工張り子だ、と笑った。

「鼠の張り子？　でも動いていますよ」

「勝手に動きつづける絡繰が中に入っておる。細く伸ばした鉄の帯を巻き取って、戻る力で動かしているのだ」

　仕かけのことは小鼓にはわからなかったが、動く鼠人形を作れるなら、動く腕も作れるのではないか。

「木偶《でく》の腕を作ってもらえると聞いたのですが、誠ですか」

問うと、上総介は薄い唇を持ちあげ乾いた笑い声をだした。

「ただ動かぬ腕をぶらさげるだけなら、安いが。その腕でなにがしたいね」

「物を持ったりできますか。たとえば……椀とか」

「そんなの簡単だ。もっと難しいこともできる。例えば手綱を握って馬を操ったり、剣を握ったり」

上総介は長櫃《ながびつ》を漁って、絵図を取りだしてきた。腕を分解した絡繰図らしかった。見慣れぬ骨のような支柱やちいさな部品が何十と書きこまれている。

「これはまだおれの頭のなかの設計図で、実際に作ったことはないが、指を動かし物が持てる腕だ」

「そんな精巧な絡繰ができるとは思えないです。京で見た傀儡子《くぐつし》の絡繰は人が動かしていました」

上総介は大口を開けて笑った。

「おれならばできる。おれの頭のなかには、あと五百年経ってもできぬほどの絡繰の設計図があるし、もう試作にとりかかっている」

上総介が嘘をついているようには見えなかった。

小鼓はずっと考えている。義教に啖呵を切った。欠けた器でもなにかに成れると言った。でもそれは幻かもしれない。結局小鼓はこうして東国へ流れてきている。

「腕を見せてみろ」

「あまり気持ちのよいものではありませんが……」

「構わん」

小鼓は小袖の袖をたくしあげて、左腕の断面を見せた。誰にも見せたことがないし、自分でもあまり見たいとは思わない。さきのない腕は皮膚が捩じれて引きつりを起こして塞がっている。ときおりぴりぴりと痛むことがある。それを上総介に見せた。

綺麗な斬り口だ、相手は相当の手練れだったんだろうな、と傷口を確かめながら上総介は言う。

「これは？　剣の握りだこだな」

左腕と反対の右手を取って上総介が問う。北九州では瀬良と片手で剣を扱う稽古を毎日して、そのときのたこは掌に塊となって残っている。

小鼓は思い切って打ち明けてみた。

「九州へ渡って城をひとつ陥とした、と言ったら信じますか」

無言で覗きこんでくる上総介の目を、小鼓は逸らさずに見かえした。

「さあわからんな。だが、修羅場を潜ってきたであろうことは想像がつく。目が兵《つわもの》の目をしている」

「つわもの？」

大内盛見にも言われた、武士を意味する古い言葉であった。その言葉にふたたび会ったいま、頭の中で閃きのようなものが一瞬輝きを放って、消えた。小鼓は追いかけようと手を伸ばしたい衝動にかられたが、正体は量《はか》りかねた。

「武士とおなじ意味だ。だが武士とは違う」

上総介は小鼓の手を離した。庵の外で子供たちが牛を追う軽やかな声が聞こえている。

「それで、東国でも城を陥落させたいかね。横山党に入るか」

党、それは庄屋の女主人からも聞いた言葉である。

「横山党って、なんですか」

上総介はこう説明した。東国では、まず武士は自らを武士とは言わない。兵《もののふ》あるいは兵《つわもの》と称する。相模国や隣国の武蔵国には兵《つわもの》たちの郷村が点在し「党」を形づくっていた。

「党とは、山賊とかそういう意味ではないのですか」

全然違う、と上総介は首を振る。

「そんな不埒な輩じゃない。とはいえ、大名とも違うな……説明が難しい」

西国なら大内家、あるいは大内氏という守護職に任じられた「大名」がおり、武士は大名の家臣や被官となって上下関係が生じる。だが、「党」には縦の序列がほとんどない。惣領家という名目上の当主はいるが、姓がちがう兵《つわもの》たちが「党」を形づくり、「寄合《よりえー》」という合議制でことを決める。

「そういえば東国では大名という言葉をあまり聞きませんね」

「大名というのがいないかわりに、党が治めてるんだ」

たとえば小鼓たちの暮らす海老名は海老名氏が治める地である。さらに丹沢の山のほうへ行くと愛甲《あいこう》氏が治めている。海老名氏も愛甲氏も「横山党」の一員で、月に一度、横山党の本拠地である多摩郡で開かれる寄合へ出席していた。

相模から武蔵にかけて、三浦氏や大庭氏といった有力武士はいたが、横山党、児玉《こだま》党、猪俣党、野与《のよ》党といった「武蔵七党」という党が治めており、基本的にこの「党」がすべての武士の単位だった。

驚くことに、この「寄合」には武士以外の百姓総代も、参加することがあった。そもそも関東では武士と百姓の境目が希薄だ。どの家にも弓矢と太刀があり、馬を飼って、党のもめごとがあると、すぐ馬に乗って駆けつける「参集《さんしゅー》」という慣習があった。古くは「いざ鎌倉」とも言われた、大事な決まりごとであった。

どうやら関東は西国と武士の仕組みが違うようだ。

西国では大名を頂点に縦に序列があるが、東国では横並びになっているらしい。

「さて。おれもこの絡繰義手を作るのははじめてだから、時間がかかる。細工を作るのに腕のいい職人を使うから銭がいる。十貫。お前さんに払うあてはあるかね」

十貫は百姓が一年に稼ぐ銭より多い。二年働いてようやく、という額である。思わず上半身が後ろに傾いて小鼓は手をついた。

「一年働いてもそんな大金は払えません」

「だろうな。お前さんにうってつけの仕事がある。手伝うなら支払いを半分にしてやってもいい」

しかしいきなり半分になるとは、いい話すぎると小鼓は訝しんだ。

「危ない話はいやです」

「人それぞれだ。逃げだす者もあまたおる。まあついてこい」

小鼓は上総介の庵からさらに郷のはずれの鎮守の森へと連れていかれた。鎮守の祠の裏手に粗末な小屋があり、上総介は小屋へ入ってゆく。大宝から鎮守の森へはちかづくな、と言われていたから、理由を知らない小鼓は戸惑った。

「早く入れ。それとも怖いか」

「怖くはありません」

立ち竦んでいても義手はできぬ、と意を決し、小鼓は小屋に入った。途端、肉の腐ったような臭いと、饐《す》えた臭いが鼻を突く。空気が淀んだ薄暗い八畳の小屋に目を走らすと、四人ばかり、顔や手足に包帯を巻いた人の形をしたものが横たわっている。はじめは死体かと思ったが、呻き声がして生きている人だとわかった。

横たわる人のあいだを腰が曲がった老婆が縫って歩き、手足の包帯を取り換えている。

「ここは……」

横たわる人の頭部には毛髪がない。癩《らい》病（ハンセン病）だとぴんときた。手足にひどい痛みがあらわれ、毛髪が脱落して、ひどくなれば顔が崩れ、足に穴が開く病気と聞いている。京の鴨川の河原でも、手が痛むために手に下駄を履き、膝をついて這い歩く者がいて、柿色の衣を着せられ、京童たちが石を投げるのをなんども目にしたことがある。

「シャン婆、人手が欲しいと言うてたろう。片腕の女子を連れてきたぞ」

老婆にちかよってゆく上総介と反対に、足が自然と後ずさった。病がうつったら、鴨川の河原者とおなじように下駄を手に履いて這いずることになる。

考えを読まれたかのように、老婆の声がした。

「この病は健康な人間にはまずうつらない。ここには癩病以外にも疱瘡《ほうそう》で捨てられた者、戦さで両脚を失った者、色々ある」

問う声が思わず震えたのを、小鼓は恥ずかしく思った。

「ここは、なんなのですか。この御婆さんは何者なんです」

上総介が振りかえって言う。

「シャン婆はおれの師匠だ。義満公の御代の遣明船に乗って明で医術を学んできたと嘯《うそぶ》いているが、まあ真《まこと》かどうかはわからぬ。二十年ばかり前に海老名に流れつき、おれがこの小屋を作った。銭は取らぬ。あらゆる病を診るところだ」

シャン婆はこちらによちよちと歩いてきた。乱れた白髪のあいだから濁った黒目が上から下まで小鼓を眺めて、口を開くと歯はだいぶ抜け落ちているのが見えた。

「あんた、手伝《てつど》うてくれるんか」

「待ってください。手伝うとは」

言葉を遮って、シャン婆は小鼓の左腕を指差した。

「あんたは片腕と言われて嘲《あざけ》られたのに、そのあんたが別の者をわけ隔てるのか」

「それは」

「こやつらも人じゃ。人らしく生きてなにが悪い？」

胸が重く、鈍く痛んだ。京の辻で幾度嗤われただろう。片腕の菜っ葉が食えるか、その菜っ葉も片葉じゃねえのか、と品物を投げ捨てられたこともある。そのたびになぜ片腕がないことで十全な人として扱ってもらえないのかと悔し涙がこみあげた。

ここで逃げ帰ったら、自分を嗤った人とおなじになる。

それは厭だ、と小鼓は一歩踏みだし小屋の敷居を跨いだ。

「……手伝います」

上総介は満足げに頷き、シャン婆が笑った。

足早に家に戻ってシャン婆の庵のことを話すと、案の定大宝はものすごい剣幕で反対してきた。

「駄目だ、駄目だ！　銭が欲しさに病がうつったらどうする」

「シャン婆はうつらないって」

食いかけの椀を叩きつけ、口から米粒を飛ばして大宝は怒鳴りちらす。ここまで怒りをあらわにするのは珍しいことだった。

「お前、片腕だからってそこまで落ちることはねえだろう」

かっと頭に血がのぼり、小鼓も怒鳴りかえした。

「片腕にしたのはあんたなのに、『そこまで』落ちるってどういうこと」

右手で大宝の襟を捩じりあげ押し倒すと、勢いに押されて大宝は目を泳がせ、馬乗りになってくる小鼓の目を見た。頬が熱を持って熱く、目頭に涙が滲んだ。

「何処《どこ》へ落ちるっていうのさ、言ってみな。落ちてわたしはなにになるんだ」

「それは」

言いたいことはこうだ、腕がないという枷がありながら、業病に関われば地獄へ落ちる。

なぜ腕を失っただけで、病にかかっただけで地獄に落ちねばならない。神仏の罰を受ける病などあるものか。健康な者も病人もひとしく人だ。

大宝の横っ面を渾身の力でひっ叩き、小鼓は大股で小屋を出て行った。月明りを頼りに半里ばかり駆けて鎮守の庵に息せき切って飛びこんでも、怒りは収まらなかった。

熱を吐きだすように、小鼓は言い放った。

「わたしを置いてください。なんでもします」

歯の抜けた口をおおきく開け、シャン婆が笑う。

「おおかた旦那に反対されたんだろ。まあ仲直りするまでおるがええ」

「旦那でもなんでもありません。ただの腐れ縁だっただけです」

小鼓は庵で寝起きしはじめた。やるからには手伝いなどではなく、徹底的にやろうと決めた。まず包帯を茹でるところからはじまり、患者の膿を拭いて包帯を替え、薬湯を飲ませる。

驚いたことに四人のうち、一人は小鼓とおなじくらいの女で、子供のときからここにいるのだという。鼻筋が落ち窪んで変形し、手も固く硬直していた。頭髪は抜け落ち、喉に膿がたまって声が掠れ、しばしばひどい熱を出した。

彼女は千早《ちはや》という名で、すぐに小鼓は仲よくなった。千早は滑稽噺より、小鼓の北九州の戦さのことを聞きたがった。いくらか脚色して大袈裟に話す戦さの様子を身もだえして怖ろしがる。山城を陥とす場面にさしかかると、千早は身を乗り出してきた。

「鬨の声を、わたしもあげてみたい」

いつも熱に浮かされ、全身の痛みに「はやく殺してくれ」と叫ぶ千早がそう言うとき、目は光を集めて輝き、ひとすじの生気が宿る。ほかの三人も老人かと思っていたが、みな二、三十代で、家に戻ることもできずにいるのだった。癩病が家にでたと知れれば、業病の家として兄弟も疎まれ、嫁を取ることもかなわないのだという。そういった者たちを庵で看病しているのだ。

「戦さはいいものではないよ」

卑下するつもりで小鼓が言うと、千早は首を振った。

「わたしは自分の力で抗いたいんだよ。小鼓ちゃん」

春先に、鎌倉でひとつ騒動が起きた。

義教方に呼応した一派が武装し館に立て籠ったのだ。海老名氏は惣領・尾張入道が兵を率いて鎌倉に馳せ参じ、立て籠った兵たちを粛清してことは落着した。しかし尾張入道に率いられて従軍した大宝が脛に矢傷を負い、帰って十日ほどして傷が化膿し、ひどい高熱を出した。破傷風の症状であった。庄屋の女主人の弟が足を切断したのよりひどく、全身に毒が回ったような状態で、ときに死に至る。

「体が朽ちるやつと一緒にいたら死んじまう。おれは家に帰る」

庵に担ぎこまれた大宝は、病がうつるから家に帰ると言い張った。しかし三日目に全身を痙攣させ意識がなくなった。小鼓は仰天してシャン婆を呼び、大宝の土気色をした頬をなんども叩いた。

「大宝、死んだら駄目だよ、起きて」

芍薬甘草《しゃくやくかんぞう》を煎じたものを飲ませながら、シャン婆はため息をついた。

「矢じりが錆びていたんだろう。釘を踏み抜いてよく大工がなる。生きるかどうかは、五分五分だね」

「そんな」

出会って六年、大宝がそばにいるのは当たり前のことになっていた。大宝がいなくなったら東国で一人、どうやって生きてゆけばいいのだろう。

薄目を閉じ、口を半開きにした死人のような大宝に、なんども呼びかける。

「あんたが死んだら、わたしもあとを追って死ぬ」

熱を出していた千早が呻きながら小鼓を罵った。

「ああ死ね。この庵でよくそんなたわ言が言えたもんだ」

顔をあげて小屋を見れば、包帯を茹でる釜からもうもうと湯気が立ちこめる薄暗い室内は、千早たちの耐え忍ぶ呻き声に満ちている。ここで働きだしてから一人が死んだけれども家族は姿を見せず、相模川の中州で焼いて郷村の墓にようやく入れた。そのとき千早はぽつりと言った。

「ようやく家の人と一緒になれた。よかったね」

聞けば墓に入れることも拒否され、骨をそのまま相模川に流すことも珍しくないのだという。大宝も、死んだら郷村の墓に入るのを許してもらえない限りは、相模川に流すことになるのだろう。

夜も寝ずに、小鼓は懸命に看病した。三日目になると大宝はぜいぜいと喘いでいた呼吸が穏やかになり、五日目にようやく目を覚ました。薄目を開けて、乾いた唇がわずかに動いた。

「う……」

囲炉裏端で古着を解いて包帯を作っていた小鼓は、大宝の微かな声に飛びあがって枕元に駆け寄った。

「大宝っ」

落ち窪んだ目玉が動いてこちらを見る。手を握ると、熱を持った指先が弱々しく握りかえしてきて、なんどか瞬きをした。

「川のこちらでお前が呼んでいたよ」

大宝の口元がかすかに動いて、夢の中の出来事を話す。冷たい井戸水で湿らせた手拭で額を拭いてやると、また意識を失った。死んでしまうのではないかと、小鼓はずっと手を握ってそばに座っていた。大宝は数刻してまた意識を取り戻した。

「お前が喧しく呼ぶから、戻ってきた」

「うん、うん」

隣で寝ていた千早へ、先日軽々しく死を口にしたことを詫びると、千早は寝がえりを打って背を向けた。

「なんのこと。知らないよ」

千早の肩が小刻みに揺れ、笑いを嚙み殺しているらしいのが見てとれる。彼女なりに大宝が生き延びたのを喜んでいるようで、小鼓はほっと息を吐く。ほとんど寝ていないので体が重く、大宝の手を握ったまままどろんだ。

その後、大宝は三か月を寝たきりで過ごしたが、しだいに食べる量は増え、三か月後にはふらつきながらも歩くことができるようになった。

「家に帰ろう、大宝」

大宝は痩せこけて腕や脛の肉は落ち、髪もばさばさだったが、目には生気が宿りはじめていた。小鼓は大宝の腕をとり、三か月ぶりに自らの家へと川の土手を歩いていった。季節はもう夏になって、相模川から水を引いた田んぼには強く陽の光が照りかえし、大宝は眩しそうに目を細めた。

「おれの負けだ。庵がなかったらおれは生きてなかった。小鼓、あの庵で働けよ」

「ふふ、勝ったね」

胸を反らせて勝ち誇ってはみたものの、気がかりがある。

シャン婆の庵は狭く、新たに順番待ちで入ってきた一人を加えた四人の病人を診るので手いっぱいだ。これから戦さが起きたり、病が流行ればあっというまに庵は人が溢れてしまう。庵に入れず命を失う者が出るだろう。事実、相模川の中州は焼き場になっていて、冬が来るたびに病や飢饉で死んだ者が焼かれていた。

あの庵だけでは足りない、と小鼓は思う。

「もっと庵をおおきく、たくさん建てたい」

それには銭がかかる。小鼓たちだけの力ではどうしようもない。海老名氏が属する横山党の寄合《よりえー》に諮《はか》る必要がある。

「お前、逞しくなったなあ」田畑を流れる用水路のせせらぎに大宝の声が混じる。「北九州でぴいぴい泣いていたときとは大違いだ」

小鼓は大宝の手を解いて道端の石を拾い、夕陽が照る茜色をした相模川の川面へ向かって投げる。左腕の支えがなくても、右腕だけで、高く弧を描いて石は長く飛んでいった。

義教に言った、何者かに成る道がおぼろげながら見えたような気がする。ふたたびあの声が蘇ってくる。

『片腕のない女子など何者にも成れぬ』

うるさい消えろ、と小鼓は頭を振ってその声を追い払う。

「わたしのやりかたで戦うよ。そのために庵を建てたいんだ」

ふいにむかし、父が教えてくれた孫子の一節がよみがえってきた。たしか、千里の道を往《ゆ》く者は、敵がいない道を往くがゆえに目的地に辿りつくのである、というような内容だった気がする。

古の兵法家たちも、孤独な道のりを千里歩いたのであろうか。

道なき道を、歩きたいと思う。

九　永享の乱と結城合戦

相模国に住みついて約三年が経つ、永享七年の五月。蒸し暑い夏のことであった。

小鼓の絡繰義手ができあがった。

予定よりはるかに時間をかけてできあがった義手は、樫の木の一見木の棒のようであったが、絡繰は驚くほど精巧にできていた。上腕と下腕を歯車で繋いだもので、手首のねじを巻けば手を握ることもできる。手綱を握ることはできるようになったが、剣はまだ持てない。椀を持つことができるようになったのが、小鼓はなにより嬉しかった。いままではどうしても顔を椀にちかづけて物を食うしかなく、大宝の前で飯を食うのがとても嫌だった。

田植えも終わり六月に入ったころ、京から一人の男がやってきた。

「探しましたぜ。といっても片腕のない女子というのは、探しやすかったんですが」

顔の半分に痘痕がある小男は戸口に立ち、笠の庇をあげてにやりと笑った。

「戍白！」

義教の富士遊覧について京を発ってから三年ぶりの再会に、小鼓が駆け寄ろうとすると、戍白は手を掲げて遮った。

「おっと、あっしはいま満済さまの寺人なんでさ。裏切り者のお二人と仲よくやってはまずい」

大宝が長刀に手を伸ばし問う。

「なにしに来た」

「あっしの腕じゃあ大宝さんの太刀にはかないません。太刀を置いてくだせえ」

戍白は板間に腰掛けて脚絆を脱ぎ、伸びをした。

「鎌倉府への密使の御供で来たんでさ。一日御暇を貰ってまいりました。満済さまからの言伝《ことづて》を伝えにね。もう幕府はあんたらのような小者を構うほど悠長なことをしてもいられなくなった」

盥《たらい》に水を汲んで戍白に差しだすと、戍白は顔を洗って気持ちよさそうに頭を振った。

「ふうっ、生きかえる。ありがとうございます。小鼓さん、左手はどうしたんです。東国じゃ腕が生えるんですか」

小鼓の義手を指して問うので、絡繰を見せてやると、戍白はひっくりかえるほど仰天した。

「東国の絡繰師はすごいんですな。あっしが見たところ東国というのは京人が思っているほどひどいものじゃない。いや、京を凌ぐこともあるやもしれません」

戌白は以前より難しい言葉遣いが増えた。寺の勤めをしているというのは本当らしい。文字の読み書きもできるようだ。

「京はどうなっているの。情報が入って来ないのだけど。坊門殿は、十郎はどうなったの」

十郎とは富士で別れたきりで、坊門殿がいまどうなっているかもわからない。小鼓と大宝という裏切り者を出したため、取り潰しになったやもしれぬ。小鼓が京に残した気がかりのひとつであった。

「京はいけませんな。まったくいかん」戌白は顔を顰めて怖い顔を作った。『恐怖の世』だそうです」

「恐怖の世？」

京都はいま、そう言われているらしい。薄氷を踏むような思い、とも。

発端は、昨年永享六年二月に生まれた義教の嫡男であった。

正室であった日野宗子《むねこ》はすでにすこし前に離別させられており、正親町三条家の尹子《ただこ》が新御台《みだい》となっていた。側室には宗子の妹である重子《しげこ》を入れており、男児はその重子が産んだ子であったが、尹子の猶子《ゆうし》となって嫡男・千也茶丸《せんやちゃまる》とされた。

子が産まれた重子の里内裏となる裏松（日野）義資《よしすけ》の邸宅に、祝いの人々が押しかけたことが義教の怒りに触れた。公家、武家のみならず僧俗におよぶまで六十余名もの人が所領を召しあげられたり、蟄居を申しつけられたりして、京は震えあがった。

「なぜ御祝いに行って障りがあるの」

まったく訳がわからない。戍白も言葉を濁した。

「まあ言いがかりだとみな噂しています。なんでも義資さまが将軍さまのもといた青蓮院に不忠の咎があり叱責を受けているのに、その最中に参賀するとは将軍さまへの不忠ではないか、ということらしく」

それだけで騒動は収まらなかった。四か月後の六月には騒動の中心人物である裏松義資の邸宅に賊が押し入り、義資が首を刎ねられるという信じがたい凶行が起きた。下手人は結局捕まらず、義教が賊を差し向けたのだと誰もが噂する。

裏松家は歴代の将軍家の御台を輩出した公家の名家で、それが賊に襲われ惣領が絶命するなど考えがたい。しかし、それを宮中で囁いた宰相入道高倉永藤が、九州に配流となった。

「御公家さまが賊に襲われて死ぬなんざ尋常じゃねえ。誰もが将軍さまが襲わせたのだと思いますわな」

とんでもないことである。

「それと関係あるかはわからんが、世阿弥さんも佐渡に流されました」

「十郎の御師匠さまが……」

戍白が語るところによれば、坊門殿は取り潰しになったという。小鼓、大宝という逐電者を出したから、当然の処置ではあった。

出された白湯を啜り、戌白は息を吐いた。

「まあ、居たのはあっしと十郎さんと、あと数人だったし。十郎さんは大名のお気に入りとなって、うまいことやっている。あっしは満済さまのところで使い走りのようなことをしてまさ。結構銭払いがよくて、坊門殿がなくたって難儀してませんぜ」

戌白はこうは言うが、十郎を思うと胸が痛む。以前ちらりと言っていた大名に、身売りのようなことをしたのだろう。小鼓が裏切ったばかりに身を落とさせてしまった。

「みんなにはすまないことをした……謝っても謝りきれない」

もともとの性格ゆえか、戌白は淡白に言いのけた。

「どうしようもねえでさ。こうなる因果だったんだと思いますぜ。さて。はるばるあっしが訪ねてきた理由は、ほかにある」

戌白は懐から袱紗《ふくさ》に包まれた書状を取りだした。書状を開けてみれば、見覚えのある右肩上がりの癖字に、寺印が押されている。

三方院満済、と差出人には書かれている。

「満済さまからの御文だ」

裏切りへの怨み言と断罪の文字が並んでいるだろうと恐る恐る読みはじめる。文字が読めない大宝が問うてきた。

「なんて書いてある」

裏切りについて責めることは、なにひとつ書かれていなかった。ほっと肩のこわばりが解ける。しかし文面は奇妙であった。宣徳要約《せんとくようやく》により日の本にもたらされる富は泡と消え、日の本は滅亡寸前である、と書きだしから知らぬ単語が並び、滅亡寸前という表現が目を引いた。

「これはなんの話だろう……」

「明との貿易、すなわち勘合貿易が数年前に再開したことは、小鼓さんも知っているでしょう」

小鼓は頷く。潤沢な明銭がもたらされたと満済も義教も喜んでいた。

「たしかに勘合貿易は再開した。だが今年になって明が発行した『宣徳要約』という条件が、問題だったんでさ」

戌白が説明することには、「宣徳要約」という条件、すなわち協定が不平等なものであったという。

明が要求した通商条件は、つぎのようであった。

「船の派遣は十年に一度」

大宝が首を傾げる。

「えっ、毎年じゃねえのかよ」

それだけじゃない、と戌白は首を振る。

「船の人員は三百人、船は三隻まで、積みこむ刀剣の数も限られました」

「三隻……あまりにすくないね」

通商のことは詳しくない小鼓でも十年に一度、三隻という縛りは厳しいものに思えた。恩恵を受けるのは一部の上流階級のみになろう。うまみは下へまではまわらない。

さらに、と戌白はつづけた。

「附帯条約が問題だ。こちらからの遣明船と明王朝の仲介業として牙行《がこう》という明の商人を指定した。これがなにを示すかというと、博多や周防、堺といった湊《みなと》に中国商人が入ってくる。貿易仲介手数料の名目で、日の本の銀や銅、絹織物が買いたたかれる、これは今年の五月に明から戻ってきた遣明船で判明しました」

よくわからない、と大宝が首を捻るので、戌白は焦れて唾を飛ばした。

「日の本が明に買われるようなもんでさ。戦さをせんで、銭で倒されるんです」

日の本が明の属国になる。そんなことがあるのだろうか、とふたたび満済の文を開いたが、日の本は滅亡寸前である、という文面がそれを表しているものと思えた。

この附帯条約につよく反対したのが、当然堺などの商人と、比叡山だった。比叡山は金融業を営んでいるから、堺の商人にも出資している。商人が打撃を受けるのは避けたいのだ。

しかし義教は反対に、比叡山への締めつけを厳しくしたのだという。

「いまの山門使節《さんもんしせつ》の誰ぞとは、将軍さまが僧だった時代にえらく対立していたらしい。そこへ銭がからんで、将軍さまにとって比叡山は二重にも、三重にも厄介な存在になった。ほんで潰してしまおうというわけですな」

「潰すって、比叡山を？」

それは、とんでもないことだと坂本生まれの小鼓にはわかる。比叡山延暦寺は南都の興福寺《こうふくじ》とならんで、日の本の仏教の中心地だ。

寝転がって話半分に聞いていた大宝も、跳び起きた。

「叡山？　御所さまも天台座主でいらっしゃったところだぞ。なぜそんなことになる」

事の起こりは、こうである。

延暦寺の僧である光聚院猷秀《こうじゅいんゆうしゅう》という僧が幕府近習《きんじゅう》赤松満政《みつまさ》、山門奉行の飯尾為種《いのおためたね》、貞連《さだつら》と結託して、ほかの衆徒や坂本の土倉《どそう》へ法外な金利で金貸しをしており、衆徒が猷秀の罷免や背後にいる幕府方の赤松、飯尾の処罰を求めた。義教はこれに対し形ばかりの蟄居や謹慎を言い渡し、衆徒たちの怒りは収まらなかった。

義教の処置は幕臣に甘く、比叡山の訴えを退けた形になった。

これに不服と、比叡山の僧兵や衆徒は武器を持って京へ押し寄せ、土倉を襲ったりした。比叡山の衆徒の横暴を問題視した義教は一昨年永享五年に幕府に強硬的な態度をとる円明坊兼宗という僧を隠居に追いこんだ。のみならず、二年経ったいまになって円明坊の件を持ちだし、義教は、京極《きょうごく》、一色《いっしき》、畠山といった諸大名の兵を動員し、比叡山全体を攻めることを決めた。

「細川持之《もちゆき》さまは『京の屋敷を焼きはらって、自領へ引き揚げる』とほとんど脅しのような諫言をしたそうだが、陣触れを撤回するには至りませんでした。坂本を焼き討ちし、満済さまがなんとか和睦をとりつけましたが、将軍さまは和睦の宴にやってきた叡山の学僧の首を刎ねた」

前代未聞の悪行である。幕府と比叡山の政争に、小鼓は言葉を失い、大宝は額を叩いた。

「御坊様の首を刎ねただって？　なんてこった」

「みんな震えあがりましたさ。抗議のため、学僧たちは根本中堂《こんぽんちゅうどう》に火をかけて、焼身自決なさいました。それが今年の二月のこと」

根本中堂は比叡山の中枢とされ、比叡山の開祖最澄《さいちょう》が灯したと伝わる「不滅の法灯《ほうとう》」が五百年以上にわたり灯されている。京でたとえるならば今上帝がおわす清涼殿のごとき堂宇《どうう》であった。それが焼け落ちたというのは、尋常ではない。

「義教さまがそんな恐ろしいことを……」

さらに戌白の言うことには、義教へ憤りを示した者も百人ほど、棒叩きに遭ったり、追放されたのだという。

それが本当ならばまさに「恐怖の世」だ。

駿河で二脚の盃を割った義教は一線を踏み越えたと思ったが、他人を力でねじ伏せる人と成り果てたのか、と小鼓は目を落として考えこんだ。

背中を押したのは、他ならぬ小鼓である。

満済の文の後半には、こう書かれている。

『滅びの四十七つの兆候を論じたこと、覚えておるか』

かつて満済にはじめて会ったとき、韓非子を引いて満済は言った。「王が強すぎて諫言を聞かず、政を顧みずに、よいことをしたと思いこんでいる国は亡びる」

まさに義教は強すぎる王であり、いまや満済の助言も耳に届かぬのであろう。

『もはや御所さまはわての手にはおえん。御所さまを駒と使うたわてへの因果応報と思うて、ただなすすべなく滅びを見届けるしかない。小鼓、京へ来ることがあらば、季瓊真蘂を訪ねよ。最後の策を授けてある』

鴨川の河原で乞食たちを相手に粥を振舞うひょろこい男の姿が蘇る。季瓊は臨済宗相国寺の僧で、満済は真言宗醍醐寺の僧である。なぜ弟子でもない他宗の僧の名が出てくるのか。その季瓊に授けたという最後の策とはなんなのか、わかりかねた。

大宝が小鼓の肩を摑んで揺さぶる。

「ぼうっとしてるんじゃねえ。比叡山は東への防波堤。これが潰されれば関東出兵を阻むものはなくなる」

ようやく手紙の前半部分、明との不平等条約と話が繫がった。

「すべてはひとつながりの話だったんだ」

明との不平等な通商で都の商人が滅びそうになれば、大名たちからの不平不満が噴出する。不平解消の一手として金貸し業で銭を蓄えている比叡山へ、義教は狙いをつけた。

比叡山の富を引き剝がし、分配することで諸大名の不満の沈静化をはかる。

比叡山を潰すことは、義教にとって別の利点があった。東への侵略を阻むものがなくなるのだ。もともと比叡山は鎌倉公方足利持氏への援助を行っているという噂があり、反幕府側の勢力であった。比叡山を除くことは、関東へ兵を向ける第一歩となる。

満済の文の最後はこう締めくくられていた。

『義教さまの東国攻めの野望を、打ち砕くべし。東国を守るべし』

義教の凶行を抑えきれなくなったであろう満済が、最後に弟子に願うこと。

「攻めるではなく、守る？　どうすれば……」

兵法は、敵を攻めるためのものだと考え、疑わなかった。しかし戦さは攻手もあれば、とうぜん守手もある。

守るために兵法を使うには、どうすればいい。

眉間が疼《うず》いた。北九州の戦線から長く使っていなかった釈迦眼が、遠くを見たいと訴えているかのようだ。

小鼓は目を閉じた。

東国十国を見渡す。

攻めてくる兵は駿河、遠江、三河、北からは信濃、越後。会津からも攻めてくるかもしれない。二方面、あるいは三方面から、何万もの兵が攻め入ってくるはずだ。それは北九州を併呑しようとして兵をおこした大内盛見の率いる何倍もの数にのぼるだろう。

いくら東国の兵《つわもの》が精強といえど防ぎきる手はない。

　これは負け戦さだ。

　負け戦さで、打てる手があるか。

「ある。『尻のまくり方だ』」

　河原で尻をまくる季瓊の姿を思いだした。

「ああ？　なんの話だよ」

「いかに負けるかという話だよ」

　できるだけ被害をすくなく、民草が死なぬ戦さをする。そのために兵法が必要になる。

　東国に逃れるとき、小鼓は心に棲まう兵法家の声から耳を塞いだ。それから兵法家たちも臍を曲げたように黙ったままだ。声が聞こえることは、もうないのかもしれない。

　小鼓は目を開いた。久々に釈迦眼を使ったので視界が回転し、くらくらした。

　戌白が問うてきた。

「満済さまの御文はあっしにはちんぷんかんぷんでしたが、小鼓さんには通じたようですな」

「戌白、遠い道のりをありがとう」

「満済さまのためですわ」戌白は眉根を寄せた。「ちかごろ満済さまは御所に呼ばれることもなくなって、醍醐寺でぽつねんとしていることが増えました。ただこの御文を書くときはえらい嬉しそうだった」

醍醐寺の居室に閉じこもった満済が、背を丸めて弟子の小鼓へ最後の命令をくだす文を綴る姿が見えるようだ。

満済は最後まで籤が不正だったと認めなかった。義教に見捨てられるのはある意味とうぜんの因果かもしれないが、うら寂しい丸い背中が目の奥に浮かんでくる。

小鼓自身も満済のよい弟子とは到底言えない。だからこそ師匠の最後の命は聞き届けたいと思う。

「東国を守れとの命、得心いたしました。不肖の弟子ゆえ御心配でしょうが、満済さまには心安く御過ごしくださいと伝えてください」

満済さまにいい報せができる、と戌白は肩の力を抜き、笠を手に立ちあがった。

「あっしの役目は仕舞でさ。満済さまの御容態も心配だし、京へ戻ります」

「よくないいんですか」

まあ、と戌白は口ごもった。

「御年ですからな」

小鼓と大宝は、北鎌倉の戌白の宿所ちかくまで送っていった。紫陽花が咲き乱れる北鎌倉の街道路を、戌白は手を振って去ってゆく。

「左様《さよう》なら。生きて二度と会うことはないでしょうけれど、どこかであんたらが京に戻ってくる気もするんでさ」

ちいさくなる戌白を見送って、小鼓は耳を澄ます。戦さの足音は遠くからかすかに聞こえてくる。ほんものの馬影が見えるまでに、打てる手を着実に打つと決めた。

「東国を守るだなんて大口叩いて、できるのかよ」

心配そうな大宝へ、小鼓は微笑んでみせた。道筋だけは見えている。どうやって行動に移すかだ。

「寄合に行こう。まずは庵をおおきくしなくてはいけない」

小鼓たちは多摩郡横山党の本拠へ向かった。病人を看護するための新たな庵を普請するための出資を求め、寄合に参加するのだ。

海老名は鎌倉から北に伸び、かつては新田義貞が進軍した「上《かみ》の道」(鎌倉街道)のちかくにあり、上の道を北へ辿ると、寄合の開かれる横山党本拠地、多摩郡の丘陵地帯に出る。

海老名から北上するにつれ平地が狭まり、相模川の岸にそって山が迫ってくる。山の中腹の段々畑のほどなかに杜《もり》に囲まれた稲荷神社があり、寄合場となっていた。すでに人々は「参集」していて、酒を酌み交わし、笑いあう声が聞こえている。

座に集まる人垣を大宝が見回して驚いた。

「女もいるぞ。ちょっと京じゃ考えられねえな」

女は舞を舞う遊女というわけではなく、れっきとした寄合の参加者だった。横山党に属する海老名、愛甲、成田、別府、王井、中条《ちゅうじょう》、平子《たいらこ》といった諸氏のうち、二人は女惣領だった。それに大店《おおだな》の女商人もいた。

「上総介の先生もいる」

輪の隅には盃を傾ける上総介がいた。今日は髭を整え、直垂に侍烏帽子をかぶって、太刀を佩《は》いていた。上総介は小鼓を見ると強引に座らせ、盃に濁酒《どぶろく》を注ぐ。

「今日は兄貴の名代でな。お前たちの便宜を図ったのはおれだぞ。みなが言っている、京の様子を聞かせろとな。気になっているのは、将軍は坂東に攻めてくるのか、ということよ。去年の鎌倉で起きた騒動で、みな西国のことを意識しはじめた」

三々五々、酒を飲んでいた人々の目が小鼓に注がれる。場がしん、と静まりかえった。

「海老名郷の小鼓と申します」

小鼓はみなへ向かって頭をさげた。今日は義手をつけてきているから両手で盃を持ち、一気に干す。喉が焼けるように熱くなった。

京都の情勢はあれから良兼が調べたのを聞いた。たいそう銭を使ったと良兼は嘆いていた。

「一昨年、南朝最後の抵抗場である大和が落ちました。将軍にとって怖いのは、もう鎌倉府の足利持氏さまだけです。持氏さま御自ら御上洛して頭を垂れないかぎり、攻めてくるとわたしは思います」

誰かが憤る声がする。

「鎌倉府は東国の統治を基氏さまの代から任されておる。どうして京へ頭をさげなきゃならん」

小鼓を責めるわけではないが、と断ってから上総介も同意した。

「過ちをしたなら、詫びるもわかるが。我らがなにを過ったのだ」

「……」

小鼓は黙った。京にいたときは、鎌倉は幕府に屈しない粗暴な者たちだと思っていた。北九州では彼らを狗と呼んだ。彼らを蔑み、おなじ人として見る気持ちはこれっぽっちもなかった。

だが、彼らがなにをしたのか改めて考えてみると、生まれた地にただ生きているだけだ。

彼らは自らを狗ではなく、兵《つわもの》と呼ぶ。

横山党の惣領が上座で巻物を開いて言う。

「あんたは兵法を納めたと上総介から聞いたぞ。相模と武蔵の絵図だ。これを見てどこが戦場になるか、教えてくれないか」

みな目を輝かせて、絵図の周りに集まる。そうして口々に「箱根の関を堅守すべきだ」とか、「河村城の守りを厚くすべきだ」などと熱っぽく語りだす。そうして小鼓に同意を求めてくる。

熱量に圧倒され、意を決して声を張った。

「みなさま、わたしは今日、病を治す庵を造る銭を出してほしくて参りました。みなさまの御助力なくては、できぬことです。戦さになれば人がおおぜい傷つきます。わたしのように腕をなくす者もでてきます」

小袖の袖をまくりあげ、小鼓は義手と腕の接合部を見せた。誰も恐れるような目を向けることはなく、じっと耳を傾けている。

「戦さで傷ついた人を見捨てては、畑を耕す者がいなくなり、土地は痩せこけます。そうなったら、年貢米が激減します。戦さに負けるのは、土地が死ぬのとおなじ。わたしはそうならぬよう、傷ついた人を見捨てず、土地を捨てることがないよう、守りたいのです」

これが小鼓の考えた、尻のまくりかたであった。

小鼓の意を汲んだように、上総介が一番に言った。

「お前さん、おれたちが敗れると思っている口ぶりだな」

「負けると思います。いかに負けるかが肝要と思います。種を撒くのです。芽が出るのは、十年、二十年さきだと思います」

男も女も渋面を作って黙りこくる。

東国の兵《つわもの》は、誇り高い者たちである。それが真正面から敗北の二字を突きつけられたら激高するかと思った。しかし、彼らはずっと冷静に物事を見ているらしい。

「いかに負けるかは、長い目で見れば、義教にいかに勝つかという話です。義教の治世は長く続かない。京の者は『恐怖の世』と呼んで恐れております。義教が死んだとき

――」

義教はいつか死ぬのだと口にすれば、わかっていても全身の皮膚が粟だった。

おおくの人が義教を怖れている。なかには死を願う者もいるだろう。

「義教が死んだとき、いかに東国が巻きかえすか。花を咲かせ実をつけるまで辛抱強く待つのです。そのときまでに人々を癒すために、庵が必要なのです」

誰かが呟く声が、闇夜にひとつ、灯明を灯すように残された。

「真に強い国を作る、か――」

誰とも知れぬ呟きにはっと小鼓は気づいた。駿河で逃げたときの、義教の吼え声が耳に蘇ってくる。

義教は己が力で強い国を作る、と言った。

小鼓と義教が目指すものはおなじ、強い国なのではないだろうか。

しかし方法が違う。義教は自らが辣腕を振るい、いわば上から力ずくで推し進めるものだ。小鼓のそれは、百姓が地べたに種を撒き、根気強く育てる。下から押しあげるものだ。

どちらが正しいか、いまはまだわからぬ。

「一人も死なぬ負け戦さをしとうございまする。なにとぞ」

小鼓はそう言って深々と頭を垂れた。

女領主が盃を傾けて言う。

「一人も死なぬ負け戦さとは、いいじゃないか。坂東の狗は負けず嫌いさ。死ぬのは怖くない。だが百姓を死なせるのは我慢がならん。妾《わたし》の名は愛甲依子《よりこ》。この小娘に銭を出すぞ」

ひとつ、ふたつ、と手が挙がり、最後には全員が手を挙げた。上総介が最後に手を掲げ、横目で小鼓を見て唇を持ちあげた。

「お前さんの戦さのはじまりだ」

小鼓は両手をついて深々と頭をさげた。北九州から時を経て、ようやくなにかが動きだしたという思いが、体じゅうに漲《みなぎ》ってゆく。義教が比叡山の僧侶の首を刎ね、人々を殺して国を作るなら、自分は誰一人殺さずに国を作ってみせよう、と思った。

──義教さま、勝負でございまする。

「十年、二十年。戦ってまいります。なにとぞよろしゅう御願いします」

小鼓が寄合に出ていたおなじ六月十三日。

京では黒衣の宰相、満済准后《じゅごう》が死んで、義教を止める者は誰一人としていなくなった。

三宝院の本堂に一礼し、編笠の男が通用門を出てゆく。形見分けにと貰った満済の念珠を懐にしまい、戌白は蒸した夏の空気を深く吸った。

「戦のはじまりですぜ、小鼓さん」

横山党の寄合で小鼓は横山党の領内にあと二つ、診療所を開くことを認められ、銭は横山党が等分に負担することが決められた。とくに愛甲依子は小鼓のことを気に入って、自分の領内に土地を提供してくれた。愛甲氏は海老名氏とは相模川を挟んで西側対岸を本拠とする氏族で、古くは源頼朝に仕えた弓矢に長じた一族であった。

愛甲氏の診療所は愛甲氏の居館のすぐ隣であった。

依子は言った。

「妾の兄者《あにじゃ》は、本当は愛甲の惣領になるべく生まれたのだが、もう三十になるが狐憑きであらせられる。父上はそんな兄者を奥座敷に閉じこめておった。妾はそれが悲しゅうて悔しゅうて」

なるほど、依子が一番に小鼓に賛同してくれたのは、そういう境遇の身内がいたためだったのか、と納得した。生まれつき虚弱な者や人より発達が遅れた者、心を病んだ者は狐憑きとされて納戸や倉に閉じこめられる、というのは残念ながらよくある話である。

新しくできた診療所を依子が訪ねると、人々は御前《ごぜん》さまと呼んで涙を流さんばかりに喜んだ。重い病にかかった者は庄屋に年貢を騙されて家も失い、一家で死ぬしかないと思っていたところ、ここに入れて冬を越せそうだ、と依子の手をとって泣いた。診療所には依子の兄者もいて、子供たちに絵を描いてやっていた。

依子は海老名郷のちかくまで小鼓を送ってくれた。

「小鼓、弱い者を助けるのは美しいが、生易しいことじゃないぞ。弱い者はすぐに食い物にされる」

海老名郷に戻った小鼓は、父の良兼に相談した。父は最近また酒浸りになり、伴門とともに間借りした家で昼間から高鼾をかいていた。

「わてに文字を教えろって?」

叩き起こされた良兼は、目を擦りながら問うた。

「そうです。俺に通ってくる百姓はみな文字が読めません。文字が読めれば商いができる。年貢をごまかされることがなくなる」

「お前は足利学校を開くつもりかいな」

足利学校とは、鎌倉で足利持氏に次ぐ第二の地位にある関東管領《かんれい》・上杉憲実《のりざね》の御膝元、下野国足利荘にある学校で、そこでは僧や武士の子弟に漢籍や国学を教えているのであった。

「足利学校に通えるのは武士か僧侶男子のみ。そうではなくて、百姓の学校を開いて欲しいのです」

依子の言う通り、弱い者は食い物にされる。彼らにいくらかの銭を与えても、すぐに巻きあげられるだけだ。ではどうすればいい。

弱い者が力をつけるしかない、と小鼓は考えた。力とは、知恵だ。

「寺子屋か。面倒や」

鎧の手入れをしていた伴門が冷ややかな目線を向ける。筑前の武人は、良兼の家人として海老名郷に住みついている。

「この親父ときたら、毎日酒をかっくらって寝てるばかりだ。働かせたほうがいい。娘を見ろ、小鼓は病人を助けているぞ」

おや、よく知っているなと小鼓は伴門を意外な思いで見た。この無口な武人は海老名氏に雇われ、あちこちを見回っているからそれで知ったのだろうか。

「そないないけず、いいなや」

嫌がる良兼を引っぱって、小鼓は横山党の本拠地である相模と武蔵の国境《くにざかい》へ連れていった。診療所の隣の寺に百姓を集め、文字の読み書きを教えさせるのである。最初は恐れてちか寄らなかった百姓たちだが、すこしずつ寺子屋に集まりはじめ、ついでに隣の診療所を覗いていくようになった。

喧《やかま》しく声をあげる子供たちにとり囲まれながら、良兼は訝しげに問うた。

「小鼓、お前のやろうとしていることは、なんだ。ええい喧しい静かにせえ」

「わたしは、国を守る戦さをしようと思っています」

長年幕府を倒すための戦さに身を投じていたから、守るということがぴんとこないらしい。良兼は鼻で笑った。

「攻めるではなく、守る戦さ？　そんな兵法あるんかいな」

「誰一人死なぬ負け戦さです」

「笑かすな、絵空事や」

戦さ自体は負けても、畑を焼かれず、民を殺されず、豊かになるための戦さである。十年後、二十年後、もしかしたら百年後かもしれないが、京や西国に負けない国を作るのだ。

「わたしは、北九州以来ずっと考えてきました。兵法は合戦場だけで使うものかと」

子供を肩車してやりながら、良兼が口を尖らせる。

「なにを訳のわからんことを。兵法は合戦のためのもんや」

小鼓は首を振った。秋風が髪を揺らす。

「違います。種を撒くのです。良兼どのが文字を教えるのもそのひとつです」

「種?」

小鼓は大山が見下ろす相模の平野部へ目を向けた。勉学が終わった子供たちは、牛を追い、田畑を耕す親の手伝いをしに駆けてゆく。蜻蛉が飛び交い、もうすぐ刈り入れどきで、郷村は忙しくなる。刈り入れが終わって手が空く冬のあいだが勝負であろうと、小鼓は見ていた。

「種とは、城。城をひとつ、建てます。ふたつみっつあればもっといい」

朝、シャン婆の庵にゆけば、庵の外にすでに人が並んで、診療がはじまるのを待っている。ちかごろは評判を聞きつけ、小田原や武蔵国からも訪ねてくるほどだ。足が痛むのを押して千早が竈《かまど》に立ち、粥を煮ていた。

「おはよう小鼓ちゃん。外で待っている人たちに粥を食わせてやろうと思って」

すこし前まで動く気力も起きず、はやく殺せと叫んでいた千早が、自主的にこういうことをするのに、小鼓は驚いた。落ちた毛髪は生えてはこないが、かさぶたのようになった顔は色つやがよくなっているようにも思える。

そう言えば良兼と行動を共にする伴門が、ときどき庵に姿を見せ、千早と話しこんでいることがある。もしやと水を向けてみると、千早の顔が見るまに赤くなった。

「そういうんじゃないよ。わたしみたいのが好《す》いたら、伴門さんも迷惑じゃろ」

ははあ、と笑うと千早は曲がった指を丸めて小鼓を軽く叩いてきた。

「本当に、違うったら」

「伴門さんはよくわからないところがあるけど、悪い人じゃないと思うよ」

「そうじゃね」千早は遠くを眺めた。「わたしにはもったいないよ」

秋の刈り入れが終わったあと、海老名郷の総鎮守である有鹿神社で宵祭りがあった。小鼓は千早を説得し、伴門と祭りに連れていった。

有鹿神社からほどちかい相模川の土手を、伴門と千早はそぞろ歩いてゆく。あたりにはもうできあがった男女が抱きあったり、接吻を交わしている者もいる。この日は一年の収穫を祝うとどうじに、年にいちどの無礼講のときでもあった。

千早は手拭で頭をすっぽりと覆い、まぐわいをはじめる男女たちのあいだを縫って、落ち着かなく目を彷徨わせている。

「なんだか、変なところへ来てしまったのう。伴門さん、戻ろうか」

踵をかえそうとする千早の腕を、伴門がやさしく摑むのが見えた。

「千早どの。聞いて欲しい。筑前で妻子を亡くし、某はもう人を好かぬつもりだった。だが、千早どのに会うて、気持ちが安らぐのを感じた」

川辺を吹く風が葦原を揺らし、提灯が揺らめいている。千早は驚いたように口を開け、ぽかんと伴門を見あげていた。

「筑前って京とどっちが遠いの？」

「筑前のほうが倍以上遠い」

「伴門さんは、えらい遠くから来たんじゃねえ」

などと脈絡のないことを呟く千早の肩を抱き、正面から顔を覗きこむ。

「某と夫婦《めおと》になってくれんか」

千早はかすかに笑ったように見えた。

「ありがとう伴門さん。でも、わたしみたいな病人は駄目じゃよ」

伴門のつよい声が聞こえる。

「そんなことあるものか。病などが怖くてこの伴門、想いが変わることはない」

急に大宝に袖を引かれ、小鼓は声を潜めて抗弁した。

「ここからがいいところじゃないか」

「馬鹿。野暮なことするな」

大股で歩きだした大宝のあとを、小鼓も小走りでついてゆく。大宝の持つ提灯が激しく揺れて、火が一瞬掻き消えたとき、彼方の山から顔を出した月に、大宝の後ろ姿が輝いた。

「大宝、あんたいい娘さんいないの」

小鼓と大宝は二十一になっていた。ときどき男たちに誘われて藤沢や鎌倉の女郎屋に行っているのは知っていたが、惚れた女の影は不思議と感じられない。

大宝は振りかえらずお前はどうなんだよ、と言ってきた。

「うーん。いま忙しいし。新しい城を作らなきゃいけない。そういうのはいいかな」

「あとで泣いても知らねえぞう」

不思議と小鼓には自分が誰かと夫婦になって、子供を授かるという考えが湧いてこない。千早にはおかしいと笑われたが、その気がないものはないのである。いつかちかいうちに大宝が嫁となる女を連れてきても、笑って送りだせるようにしたいと思う。

そんなことをぽつぽつと話しているうちに、自分たちの小屋が見えてきた。

「おかしいかな、わたし」

問うと、大宝は戸口を開け提灯の明かりを蠟燭に移しながら、言った。

「似たもん同士、うまくいくんだろうな。おれたちは」

もちろん、いいことばかりではない。小鼓が海老名氏や愛甲氏と協力して診療所を建ていくことについて、余所者《よそ》が勝手なことを、と陰口をたたく者もいた。そういう者でも子供が熱を出せばいてもたってもいられず、庵に駆けこんでくる。子供の熱がさがるとはじめは陰口を叩いていた者も米を持参して、すこしずつ診療所の評判は近隣の郷村に広まっていった。

ある日、老婆が七つ八つばかりの男児を連れてやって来て、取り乱したように請うた。

「春坊《はるぼう》さま、安坊《やすぼう》さまの頰が腫れて御熱がでておるんじゃ。急いで診なさい」

老婆に手をひかれた二人の子供は浅葱色の上等な絹の素襖《すおう》を着て、一目で武士の子だとわかった。それもかなり位の高い大身の武士である。しかし診療所はすでに長い行列となっていて、人々が白けた顔で老婆を見る。

「こんな者たちより、さきに診なさい」

金切り声で詰め寄る老婆へ、小鼓はきっぱりと首を振った。

「うちは銭を持っている、大身だからといってえこ贔屓《ひいき》はしません。一番うしろに並んで。順番に診ますから」

顔を真っ赤にして怒る老婆の袖を、春坊と安坊が引いた。

「みなといっしょに並びましょう、ばあや」

ほう、幼いのにしっかりした子供だ、と小鼓は感心した。彼らの順番が回ってくるころには昼はとっくにすぎていたが、身なりの粗末な百姓にまじって辛抱強く列に並んでいた。シャン婆が二人を診るなり言った。

「顎が腫れている。福来病《ふくらい》（おたふく風邪）だね。ほとんどが軽いがまれに重くなって高熱が出る。熱が出て何日だい」

大人しくシャン婆の前に正座した春坊が答える。並びっぱなしで疲れたろうに、ぴんと背筋を伸ばしていた。

「三日です。昨日よりすこしは楽です」

「ならそのままゆるゆると熱は下がるよ。熱さましと、滋養の薬を出してやるから煎じて飲むといいさ。心配することはない。あと三日四日で治る病だ」

それを聞いて感激した老婆が目頭を拭った。

「よかった。春坊さまと安坊さまの御父上もたいそう御心配なさって、評判のいいこちらで診てもらえ、とのことでしたので」

シャン婆はしばらく思案顔でいたが、ぼそりと二人に問うた。

「御父上はおやさしいかえ」

なぜ急にそんなことを聞くのだろう、と思った。

安坊がにっこりと笑って頷き、春坊は言葉を選びつつ答えた。

「父上は御多忙でいらっしゃいますが、ときどきわたしたちを御膝に乗せて御話をしてくださいます」

シャン婆は、それはよかったと満面の笑みを浮かべた。

春坊と安坊は丁寧に礼を言い、老婆とともに帰っていった。

それから半月ばかりののち、侍烏帽子に直垂をつけた立派な身なりの士《さむらい》がやってきて、小鼓に書状を渡した。開いてみると、鎌倉公方・足利持氏の花押《かおう》が据えられている。

「感状だ」

小鼓とシャン婆宛で、無償で診療をつづけることへの感謝の気持ちと、一年あたりいくばくかの銭を支給するということが書かれていた。まだ見ぬ東国の支配者の書いた流麗な花押《かおう》を見ていると、たしかにこの男が存在していて、自分たちの行いが耳に入ったのだと実感が湧いてきた。

「シャン婆、すごいよ。持氏さまがわたしたちのことを知ってる」

シャン婆は武士たちを早々に追いかえしてしまったが、背筋はしゃんと伸び、口元にはゆるい笑みを浮かべていた。

「春坊と安坊の御父上からかい」

「違うよ、公方さまからだってば」

あんたは抜けているねえ、とシャン婆に小突かれた。

「春坊、安坊の父上が、公方さまなんじゃよ、恐らくな」

小鼓は目を丸くした。たしかに身なりは立派で大身の武士の子であろうと思われたが、まさか鎌倉公方足利持氏の子であるとは。

シャン婆は手を振って感状を小鼓の手に押し戻した。

「こんなものは紙切れじゃて。銭の使い道はあんたに任せる」

この老婆は目の前の病んだ人々を診ることしか頭になく、小鼓が愛甲と横山党本拠の二つの診療所の指揮をとっていた。腕のいい薬師や医術の心得のある者を呼び、薬湯を買い揃えたいと話すと、シャン婆は好きにしな、と答える。

「わしは道楽でやってるようなもんだ。それをでかくしたのはあんたの腕だ」

鎌倉公方の感状が与えられたという噂はすぐに近隣の郷村に広まり、人々は前にもまして押しよせるようになった。人々でごったがえす庵に、大宝は手作りの不格好な握り飯を小鼓のために握って昼になるとやって来て、人々を見回して言った。

「持氏さまと関東管領上杉さまの仲が悪化しているという。上杉さまは幕府の手先だからな。いよいよ戦さになったとき、幕府軍はここらを焼き払うだろう。郷村は百年前に戻る。どう立て直すかが問題だな」

小鼓の戦さは、つぎの段階に足をかけたということになる。

「城を建てよう。生きるための城を」

永享八年が過ぎ、永享九年（一四三七）の夏。

関東の兵乱はついに火花を散らした。

幕府への対抗の色を隠さぬ鎌倉公方・足利持氏と、幕府への帰順を促す関東管領・上杉憲実との対立は激しさを増し、ついに上杉憲実は鎌倉を辞去して一里半西の藤沢へと退去。嫡子を所領の上野国に逃がしたという噂がたった。

本来なら持氏を補佐する立場の関東管領が公然と逆らったことに、足利持氏は激怒し兵を召集、海老名氏の属する横山党も鎌倉に参集した。

武蔵国の入間川《いるまがわ》では、すでに公方方と上杉憲実方のあいだで合戦におよんでいるという噂もあった。あと一歩で足利持氏が出陣するというところで、上杉憲実が折れた。このお人よしの関東管領がふたたび鎌倉に参内《さんだい》することで、混乱は一応の決着をみた。

しかし両者の溝は埋まらぬままで、来年の夏には必ず合戦になる、というのが坂東武者たちの見立てであった。

「戦さは待ってくれない。急がないと」

小鼓はそれ以前に寄合で、詰城普請を提案して容《い》れられていた。

詰めの城とは、敵が攻めてきたときにその地域の百姓たちが避難し、立て籠るための城である。

横山党の男たちは戦さを懼《おそ》れなかったが、自分たちが合戦に出ているあいだの妻子たちを案じ、妻子や百姓たちが避難する根城づくりに賛同した。

海老名は相模川ぞいの平地がほとんどであるから、籠城するような山城づくりには向かない。庄屋の女主人に馬を借りて、城に適したと思われる地を、何十も回って地取《じど》りした。

海老名と愛甲のちょうど中間部、木に馬を繋ぎ、茶店に寄ったとき小鼓は面白い地形をみつけた。

北西から流れる相模川が南へと湾曲する場所で、鳩川《はとがわ》という川との合流地点に、川に向けて張りだした段丘がある。三方を川に囲まれ、攻め手は街道に面した北東側のみ。ここに堀を作り土塁を盛れば、堅固な城になるのでは、と考えた。

「おかみさん、ここはなんという土地ですか」

蓬《よもぎ》団子と甘酒を持って来たほっかむり姿のおかみは、のんびりと言う。

「下溝《しもみぞ》の磯部《いそべ》さ、小鼓さん。あそこが相模川の渡しで、渡れば愛甲の土地だ」

「あの。御団子頼んでません。それにわたしのことを知ってるんですか」

柱に背を凭《もた》せ、おかみは笑った。

「あたしからのおまけだ。海老名であんたのことを知らぬ者はおらんよ。うちの坊やがひどい肺病になったとき、診て頂いた」

坊やは結局死んじまったけど、苦しいのがとれて眠るように死んだよ、とおかみは言った。小鼓がなにか言おうと言葉を探していると、おかみは口元を緩めた。

「だから、あの子は仏さまのところへ行ったんだなと思った。しんみりさせてすまないね。小鼓さん、今日はなんの用事で来たんだい」

小鼓は五丈（約十五メートル）せりあがった崖の上を指さした。

「詰城づくりに適した土地を探しているんです。あの上はどうなっていますか」

「へえ、またあんたは訳のわからんことをはじめるんだねえ」

おかみは奥からわざわざ臥せっていた老父を呼んできて、崖上のことを尋ねた。老父はあの上には古くは砦のようなちいさな城があったが、いまは畑になっていると言った。

「あの土地は有鹿神社さまの分社があって、いまは祀る人もおらんが、ええ土地じゃ」

祠があるということは地盤が硬く、水害でも流されない土地ということだ。

「おかみさん、おじいちゃん、ありがとうございます」

下溝磯部に城を作ると決めれば、つぎは城の設計図となる縄張づくりである。

どこに堀を掘り、土塁を盛り、曲輪はいくつ作るか。縄を張って測量をし、図面に落としこみ、北九州で岩屋城の補修に携わったという伴門に意見を聞きながら、縄張図を作っていった。北九州で見た香春岳城や岩屋城、大野城といった急峻な地に作られた山城の縄張を思いかえす。相模川と鳩川を背にして、水の手の心配はない。敵が来れば船を渡して対岸の愛甲の土地に逃げることも可能だ。北東側に張りだした台地を削って本曲輪、二の曲輪とし、二段構えとする。本曲輪には扇型に張りだした出曲輪を作ってまずはここで防ぐ。出曲輪が陥ちたら、本曲輪に籠城することができる。

いままではどう城を攻め落とすかを縄張図から考えてきた。反対の、どう守るかと考えるのは、攻める以上に難しいことだと気づかされる。

できあがった縄張図を広げ、大宝が寝入った板間で、灯りに翳してなんども確かめる。

今晩は愛甲依子と伴門も来て、薄暗いなかで頭を寄せてぼそぼそと囁きあう。

「依子どの、この城でどれくらい持つと考えますか」

胡坐をかいた依子は、縄張図に敵と味方にわけた碁石を点々と置いてゆく。

「すこし崖上にあるとはいえ平城のようなものだろ。長く守るのは難しいと思う。指揮する者の力量にもよるが一月《ひとつき》、もって三月《みつき》だと思う」

三月のあいだに東国と幕府の戦さが収まらなければ、死ぬかもしれないということだ。

「愛甲も詰城を普請しているが、もっと山奥に構えているぞ」

依子の言うように、山中に城を構えることは小鼓も考えた。そのほうが攻められにくく、守りやすい。だが足の悪い老人や、子供たちが逃げるのが難しくなる。

そう答えると、依子は顎を撫でて唸った。

「たしかに妾の兄者のような足弱《あしよわ》は、逃げ遅れるかもしれん。難しいな、城普請とは」

さっきから黙って腕組みをしている伴門の顔を見つめれば、厳めしかった面構えがちかごろは柔らかなものになっている。夫婦となった千早はあれから二度身ごもったが、二度とも子供が流れて、ひどく気落ちしていた。

伴門はぽつりとひとりごちる。

「戦さになれば、我ら男衆は鎌倉に駆けつけ御役目を果たさねばならん。城は我らのかわりなのだ。小鼓、どうか千早を守ってくれ。おれは、岩屋城で妻子を守り切れなかった」

小鼓は力強く頷いた。ただ城という容れ物だけで人は守れない。城将の才覚がものをいう。

「普請にとりかかりましょう」

城の普請は百姓たちみずからがやる。刈り入れが終わった農閑期から年が明けて春の田植えまでの時間しかない。

おそらく戦さが起きるのはつぎの夏。完成まで猶予はなかった。

刈り入れが終わった十月、まず荒れ果てた祠を本曲輪に移して地鎮祭を行い、普請がはじまった。相模川に張りだした大部分を本曲輪とし、北側を二の曲輪とする。本曲輪と街道に挟まれたあいだを半円状の出曲輪とした。曲輪の外周に堀を作り、掻きだした土砂を積みあげて土塁とし、曲輪を作るのである。

集められた三百ばかりの半農半士の男たちへ、はじめ小鼓はていねいに頼みこんだ。

「城は士《さむらい》のためではなく、百姓の命を守るためです。戦さが起きる噂はみな聞いていますね。そのときに籠るための城です」

男たちは眠たげな目をして聞き、普請は遅々として進まなかった。監督役の士が、鋤《すき》鍬《くわ》の鉄を盗み市へ横流ししていたことがわかると、舐められているのだな、と悟った小鼓は一計を案じた。

下手人を見つけて百叩きにすればいい、と憤る大宝に対し、小鼓は首を振った。

「西国ならそうすればいいかもしれない。でも坂東武者は体面を重んじる。衆目の中で百叩きにしたら、恨みを買いかねない。大宝あんたが汚れ役になって」

「ええ……嫌だなあ」

あくる日大宝を呼びだし、みなが土を運んでいる前で痛罵した。

「鋤鍬を盗んだ奴は誰だ。名を言え」

芝居とわかっていながらも小鼓の剣幕に、大宝は首を竦めた。

「お、おれはわからねえ。うちの組にはいねえ」

「絶対に見つけ出せ。でないとあんたを百叩きにする」

「わ、わかった……」

　下手人がわかればみなの前で裁かれ、村八分になる可能性がある。男たちがもっとも恐れるのは名誉に傷がつくことだった。翌日の朝には作業小屋の前に消え失せたはずの鉄が山と積まれていた。監督役の男と取り巻きたちが慌てて市から買い戻したらしい。その日から土を運ぶ男たちの動きもきびきびとしはじめ、不正はこっそりと小鼓の耳に届けられるようになった。

「坂東ではほかの大事を放って鎌倉に駆けつけるように、体面が命より大事だ。半士半農でも百姓でもおなじこと。これを潰しちゃだめなんだよ」

　百叩きを免れた大宝は、納得しつつも不思議そうな顔をしていた。

「でも盗んだことは盗んだんだろ。下手人をみなの前で裁くのが筋だと思うけどな」

「まあそうなんだけど。わたしは彼らの心を摑まなきゃいけない。郷に入っては郷に従ってみた」

　御前《ごぜん》どの、と男たちの声がして大宝がしばらく視線を彷徨わせたすえ、小鼓を肘で突いた。

「お前を呼んでいるみたいだぜ」

磯部の城は、鍬入れから半年を経た永享十年の三月、田植えの直前に出来あがった。小鼓と大宝は二十四歳になっていた。

相模川からの高さは約十間（約十八メートル）、曲輪にめぐらされた土塁の高さは約一間あまり（約二メートル）。曲輪と曲輪のあいだにめぐらされた堀の深さとあわせると幅三間半（約六メートル）と、落ちれば自力で登ることはできない。本曲輪には二里離れた海老名氏館まで見とおせる高櫓が組まれ、倉には米俵を満載して、数百人が籠れる城ができた。

海老名上総介が当主の尾張入道を連れてきて、尾張入道は感嘆しながら城を検分した。

「去年ここを通ったときはただの畑だったものが、立派な城ができたものだ。海老名館の土塁の補修も小鼓御前に任せようかのう」

ちかごろ小鼓は周囲から小鼓御前、御前どのと呼ばれることが増えてきた。髪を綺麗に結いあげ、直垂に侍烏帽子姿の上総介と並んで、目配せしあった。

「だとよ、御前どの」

「上総の先生もさっぱりした御成《おなり》でいらっしゃる」

烏帽子を阿弥陀《あみだ》に被り、上総介は頭を搔いた。

「戦さになれば道楽はできなくなる。嫌な時代だぜ」

昨年の足利持氏と関東管領上杉憲実の対立はいったんは収まったものの、いつ火を吹くかわかりかねる。憲実の後ろにはとうぜん幕府がいる。良兼が言うには、このところ京からの乱波《らっぱ》や僧たちがひっきりなしに鎌倉にやってきて、虚言を流しているのだそうだ。

「持氏さまは、京の義教さまと戦う御決意は固いのですか」

心のどこかで、和睦が成るのではないかという期待があるが、上総介はにべもなく首を振った。

「これは表沙汰になっていないことだが、和睦交渉は進められていた。だが和睦の見かえりにとほうもない大金を吹っ掛けられたとのことだ。持氏さまはそれまで自分が頭を垂れる御覚悟があられたが、幕府はそれを踏みにじった」

それまで持氏は義教になりかわり将軍になりたいのだと小鼓は漠然と思っていたので、和睦の道を探っていたというのは意外に思われた。

上総介はこうつづける。

「これはおれの考えだがな、持氏さまは心から将軍になりたいわけじゃあないと思う。いつも持氏さまは幼いときから叔父御さまや御自身を否定する者たちと戦うてこられた。持氏さまは踏みにじられてきた」

上総介の腕が動いて、相模川の対岸にある大山の端を示す。今日は雲ひとつない晴天で、大山の向こうに箱根・駒が岳が見える。上総介は言った。

「あの山を越えて敵が雪崩れこんでくる。関東は焦土《しょうど》となろう」

小鼓は拳を握りしめて、駒が岳の台形の山頂を見つめた。そのさきには富士がある。

「田畑がたとえ焼かれても、人が焼かれぬためにこの磯部城があるのです」

田植えがおわってすぐ、幕府と関東は激突への道を辿った。

発端は六月の持氏の嫡男、賢王丸《けんおうまる》の元服であった。持氏が四代将軍足利義持から「持」の一字の偏諱《へんき》、すなわち一字を「賜って」持氏と名乗ったように、今回は義教の「教」をありがたく賜るのが筋であったが、持氏は足利将軍家の通字である「義」の一字を「奪い」、賢王丸は「義久《よしひさ》」と名付けられた。

義の一字は、二代将軍足利義詮《よしあきら》から代々の将軍が名乗った、足利将軍家にとって意味のある一字である。それを息子に名乗らせたことで、持氏は将軍への対決姿勢を鮮明にした。どうじに上杉憲実と対立して蟄居させていた近臣を復帰させた。

これに抗議する形で上杉憲実は鎌倉から所領のある上野国へ戻り、鎌倉府の内部分裂は決定的となった。関東に生きるすべての武士は持氏につくか憲実につくかの決断を迫られ、大部分は持氏派となった。

八月初旬、持氏は憲実誅罰の名目で軍を武蔵へ動かし、自らも出陣、武蔵府中に着陣した。

憲実と持氏とのあいだが一触即発となったと知るや、義教は憲実を助ける名目で今川、伊達、小笠原といった関東を囲む諸国の大名に出陣を命じ、後花園天皇から持氏誅罰の綸旨《りんじ》と錦の御旗を得た。

戦さはいよいよ避けられないものとなった。

武蔵へ出陣する持氏に従軍すべく、良兼と伴門は海老名郷を朝はやくに発った。良兼は戦袈裟に草摺《くさずり》を長くした腹巻、伴門は紺色縅の胴丸に鉢金をつけていた。

小鼓と大宝、そして千早は藤沢の宿場まで二人を見送った。

前の晩、千早はうまく動かなくなった手で筆を握り、良兼から習った平仮名で文を書いた。小鼓も一緒に文面を考えた。手拭を目深に被り、杖を突いた千早は藤沢宿の往来で洟を啜りながら文を伴門に差しだした。

「伴門さん、きったない字じゃから、見たら捨てておくれな」

もう筆も持てぬくらい麻痺してしまった千早の手を、伴門はやさしく握って撫でた。

「兜の内に入れて、死ぬときまで持っておく」

千早は、わっと大声をあげて泣きだした。藤沢宿の街道は小鼓たちとおなじように夫や子を見送る女子供たちでごったがえし、千早の歔欷《きょき》につられて、あちこちから啜り泣きが聞こえてきた。

良兼が小鼓へ手を出して甘えた声を出す。

「わてにはないんか、御文」

「ありません」

「お母ちゃんに似てきたなあ。京女なんぞ好かんわいと思うたが、わての尻をつねって引っ張ってくれるええ女子やったわ」

軽装を旨とし、勝色縅の腹巻に、矢を入れた箙《えびら》を担いで頭に弓をひっ掛け、太刀に馬上鑓を担いだ坂東武者たちがいっせいに馬の腹に蹴りを入れる。子供たちが馬を追いかけ走りだす。

「鎌倉に御大事あらば、一番に馳せ参じ」

子供たちが謡曲の一節を口ずさむと、侍たちは馬上に立ちあがって手を振りかえした。

彼らを東狗と思う気持ちは、もうなくなっていた。

二人の後ろ姿がすっかり見えなくなると、大宝は甲冑の入った自分の鎧櫃《よろいびつ》を背負い、反対方向に歩きだした。おどけて笑う。

「ちょっくら湯治に行ってくらあ」

行くさきは箱根である。

小鼓が釈迦眼でいつか見たように、幕府は箱根と武蔵、二つでどうじに合戦することを選んだ。

天皇の綸旨が降りたことで、出兵を渋っていた大名の動きが変わった。まず遠江・勝《かつ》間田《まだ》氏の軍勢が箱根に押し寄せる。海老名や愛甲の横山党はこれを迎撃するために出陣し、大宝も従軍が決まった。

郷村に残された女子供たちは、いつでも磯部城に逃げられるようにし、息を詰めて時を待った。小鼓は尾張入道からあとを託され、城代の上総介とともに海老名氏の館に入り、情報収集に追われた。

八月下旬には箱根で合戦におよぶこと三度。鎌倉方は幕府方の大軍勢を押しかえしたとの早馬が飛びこんできた。

人々の歓呼の声が館に満ち、上総介が信じられない、というように目を剝いた。

「よもや、我らが幕府方を退けるとは……勝てるやもしれん」

黙っていたが、小鼓だけは違うことを考えていた。

——箱根はかならず破られる。

まだ幕府方は遠江勢の一部隊のみ。駿河の今川氏や三河の斯波《しば》氏といった本隊はこれからやって来る。一月さきか二月さきかはわからないが、いずれ箱根の関は破られる。

「上総介さま、喜んではなりませぬ。いつでも磯部城に逃げられるよう、備えを怠らぬように」

「う、うむ。そうだな」

初戦から一月が経った九月二十七日。

幕府方は箱根の関を突破し、麓の小田原風祭《かざまつり》にて鎌倉方と合戦におよんだ。海老名郷からも南西の方角に煙があがっているのが見え、鎌倉にもたらされた早馬によれば、鎌倉方は大敗、総大将の上杉憲直《のりなお》が討ち取られたという噂さえあった。

小鼓は周囲の郷村の名主や庄屋にあてて使いを出した。箱根の玄関口小田原から海老名は約十里。一日か二日で幕府方は相模国中央部へ到達するかもしれない。

「上総介さま、戦さの準備を」

諸籠手に佩楯《はいだて》をつけた上総介は兄の尾張入道がいつも座していた上座に座り、緊張した面持ちで集まった家臣たちを見回した。

「風祭は御味方の屍が山積して、酷い有様だという」

家臣の一人が不安げに問う。

「惣領の尾張入道さまは」

「まず兄は無事だと早馬があった。すぐに海老名郷に戻って態勢を立て直すとのことだ」

誰も彼も、錯綜する情報に押しつぶされそうな顔をしている。小鼓も、大宝が果たして無事か聞きたかったが、一兵卒である大宝の無事はわからないままだ。あの男は一兵卒とはいえ、刀の腕は横山党の男たちのなかでもずば抜けているから、絶対に死ぬことはない、と自らに言い聞かせた。

つぎの日、こんどは武蔵方面から早馬が飛びこんできた。顔は真っ青で、足を縺れさせながら上総介の前に額《ぬか》ずいた。

「公方さまは、武蔵の陣を退いて海老名に御着なさるとの由《よし》です」

どきりと心臓が摑まれるように痛んだ。みな声を失っている。ようやく上総介が生唾を飲みこんで問うた。

「武蔵も敗れたのか」

問うても事実は揺るがない。

箱根の大敗を受け、背後を突かれることを怖れての撤退であろう。総大将である足利持氏が武蔵の陣を退き払うことは、戦線の後退を意味していた。

西の箱根、北の武蔵と二方面が破られた。

使者は持氏の様子を伝えた。

「分倍河原《ぶばいがわら》に布陣していた公方さまは相模に御退却なさいましたが、離反者が続出し、行軍もままならぬほどとのこと」

上の道を鎌倉に向けて戻る持氏は、いまは武蔵と相模の国境にいるという。二日ほどで海老名へ到達するであろう。

たった二日で、戦況は大幅に悪化した。

秋のおわりだというのに蒸し暑く、全身に汗が流れてゆく。小鼓は努めて冷静に言った。

「武蔵と箱根、二方面から幕府方が押しよせます。海老名も合戦場になるやも」

上の道沿いにある海老名郷や愛甲郷は、持氏を追撃してくる武蔵方面の幕府方を食いとめなくてはならない。持氏に最期までつき従い、一族郎党討死して果てるほかないのか。

膝を叩く音がする。見れば上総介が戦烏帽子を阿弥陀に被りなおした。

「なに、おれの絡繰の大型投石機もある。海老名は持ちこたえよう。それより副惣領として命令だ」

はは、放蕩息子のおれが士《さむらい》らしいことを言っている、と上総介は苦笑する。

「海老名城代として命令する。小鼓。お前さんが磯部城の城将だ」

「わたしが……」

かつて北九州で、瀬良という足軽の女組頭は、女の身で将になりたいと願ったが、その願いは虚しく潰えた。瀬良が願った女でありながら将になる、という夢にいま小鼓が手をかけた。

重い、と肩が軋んだ。

まだ十代で戦さのこともよく知らなかったあのときは、瀬良の夢に無邪気に心を寄せることができたけれども、二十四の小鼓は、両肩に数百数千の命の重みを感じて身震いした。

黙りこくる小鼓へ、上総介はやさしく言葉を重ねる。

「できることなら手勢を出したいが、海老名の士は公方さまに殉じるために戦わねばならぬ。海老名の百姓の命、預けた」

上総介の言葉をきっかけに、居並ぶ海老名の士たちが小鼓に向きなおり、頭をさげた。

「なにとぞ」

この者たちすべてに家族がいる。断れぬ。海老名の士たちは滅びる覚悟を決め、小鼓にあとを託したのだ。

小鼓は手をつき、頭をさげた。額に浮かんだ汗が一滴、板間に滴った。

「はっ。上総介さまの御命、しかと承りましてございまする」

これが最後の別れとなるかもしれぬが、と上総介は前置きして言った。

「おれは死ぬつもりはないんだ。お前さんの義手をたくさん作って儲けようっていう望みがあるんでな。小鼓、ゆけ」

「参りまするっ」

上総介たちの熱い視線を背で感じ、小鼓は海老名館を辞した。老馬を駆り、庵の病人やシャン婆や千早を連れて北の磯部城に走る。シャン婆は自分の荷物は自分で背負って、どこから力が湧いてくるのかと思うほど速く、風のように走った。小鼓は老馬を曳いて追いかけるので精一杯だった。

「シャン婆馬に乗って、足が折れちゃうよ」

「やかましわい。ほかの婆ぁを乗せてやんな」

すでに道々には米俵や家財道具を満載にした荷車や、行李《こうり》を担いだ百姓たちが溢れており、みなひとしく磯部城へ向かう。西日が相模川の水面を照らし、丹沢の山々が茜色に染まっている。小鼓は立ちどまって優雅に裾を伸ばす大山へ向けて手をあわせた。

「大山さま、みんなをどうか守ってください」

日が暮れるころ、小鼓たちは庵に二つ木瓜の海老名の紋を掲げ、磯部城に入った。すぐに庄屋の女主人が駆けつけてきた。

「よかった。誰もまとめる人がおらんから、炊き出しもままならない。あんたが仕切っておくれ」

女主人の後ろで子供たちが小鼓御前だ、と声をあげた。子供たちは常と違う様子に興奮して走りまわっている。小鼓は子供たちを叱りつけた。

「あんたたちっ、薪を運んだり、水を汲んだりして手伝え。城将の小鼓御前の命令だよっ」

「はあい」

蜘蛛の子を散らすように子供たちは走ってゆき、小鼓が城将になったと触れて回ったので、あっというまに人々が集まった。女主人が満足そうに言った。

「子供にとっちゃ戦さなぞ、訳がわからず遊びのようなもんさ。さあ、戦さをすんべ」

やることは山のようにあった。小鼓は郷村ごとにかためて百姓らを曲輪のなかに置き、当番制で夜どおし警戒にあたることを決めた。倉から鎧や弓を出して配り、曲輪を歩いて不安そうにする者に声をかける。

「城に入っていれば大丈夫」

翌朝早く、北の相模原方面から軍勢が南下してきたとの報で、小鼓は飛び起きた。

朝ぼらけの黄金色に染まった山を越え、北からたしかに軍勢がちかづいてくる。

高櫓にのぼった見張りが声をあげた。

「二《ふた》つ引両《ひきりょう》の旗印、公方さまです」

分倍河原から兵を退いた足利持氏が、ここまで落ちてきたのだ。その数は一千ほどで、坂東の総大将とは思えないほどの寡兵だった。

千早が袖を引いて囁いた。

「なんか兵が少ないべな」

三浦氏や千葉氏といった坂東主力の党の旗印がなく、見えるのは海老名氏と愛甲氏の旗印のみである。早馬が報せたとおり、離反者がおおく出たのかもしれぬ。

城門を開かせると、良兼と伴門が先頭を切って入って来た。疲労困憊していて、その場に崩れ落ちるように座りこみ、声を出すのもままならないようであった。

「良兼どの。公方さまに御怪我などはございませんか」

小鼓が椀に水を汲んで持っていくと、良兼は一気に飲み干しておおきな息を吐いた。

無精髭が生え、目の下には濃い隈《くま》が張りついていた。

「うむ。武蔵分倍河原では小競り合い程度で、大戦さにはならへんかった。公方さまは海老名へ急ぐ。朝粥を公方さまへ持って行ってや」

それを聞いてすこしほっとした。粥を炊かせ、持氏を本丸の館に案内する。

「御大将、こちらへ」

これが春坊と安坊の御父上か、と小鼓は持氏を凝視せずにはいられなかった。

はじめて見る総大将は背が低く、小鼓くらいの背丈だったが、肩幅はがっちりとし、頬には古い刀傷すらあった。坂東の兵《つわもの》らしく豊かな総髪を後ろに流して、黄櫨匂縅《はじにおい》の鎧に緋色の戦直垂が朝日に輝いて、疲れを感じさせなかった。

これが義教を敵と恨み、義教打倒の願文を書いた男か。義教のように鋭く怜悧な人物を想像していたが、想像と違い坂東武士らしい直截簡明《ちょくせつかんめい》さが、意外だった。

「館へは入らんでいい。ここで粥を掻っこむわい」

良兼の率いる男たちが疲れて座りこんでいるところへ、持氏は粥の椀を自ら持っていくほどであった。小鼓は慌てて持氏を止めに入った。

「そら食え。上杉禅秀との戦さはこんなもんじゃなかったぞ」

「公方さま、わたしたちがやりますから」

それから曲輪をめぐらせた土塁に目を走らせ、口を動かしながら小鼓へ笑みを浮かべた。

「よい普請じゃ。この城はなんと言う。わしの頭の地図ではここに城はなかった」

小鼓は持氏の前に膝をついて、答えた。

「磯部城と申します、公方さま」

「そなたが城将か。女子の将は珍しいな」

慌てて良兼が走って来て、おなじく膝をついて申しあげる。

「我が娘の小鼓と申しまして、大内家の元同朋衆にて、北九州戦線を戦った女兵法者にございまする」

すると持氏がおお、と手を打った。

「シャン婆の診療所を広げたやり手の女子か。会いたいと思うておった。ここは百姓たちの詰城か。そなたが普請したのか」

　感状の一件を覚えているのか、と小鼓は驚いた。郷村に出す感状など、右筆《ゆうひつ》が文面を書いて、持氏は花押をつぎつぎ据えるだけであろう。場合によってはそれすら奉公人がやっているかもしれないと思っていた。

　持氏には前からずっと聞いてみたいことがあった。

「御無礼を承知でひとつ伺いたいことがございます。持氏さまはなぜ、幕府に反抗なさるのか。将軍になりたいためですか」

　良兼が顔色を変え甲高い声で叫ぶ。

「小鼓！　血迷うたことを。公方さまなにとぞ御許しください。御咎めは某に」

　持氏はまっすぐ眼差しをこちらに注いだ。

「良兼まあ待て。ならば小鼓、逆に問おう。わしはなぜ帝の勅令にそむき、逆賊の汚名を被ってまで義教と戦うていると思う」

　黒い目が朝日を受けて輝くさまは、逆賊のそれとは違うような気がして、小鼓は答えた。

「わたしには、持氏さまが将軍職を欲するがゆえとは、思えないのです」

　将軍職を狙うならば、義教の正統性を世間に問うほうがずっと効果的だったと思う。京童が籤引き将軍とわらべ歌に歌うほどに、人々は義教が籤で選ばれたことを冷笑している。持氏がその籤の真偽を世に問えば、同調する大名も出ただろう。持氏の義教に対する反抗は、より個々人の対立にちかいものを感じるのである。

持氏は笑い飛ばした。

「将軍職！　欲しいと言えば欲しいが、わしの戦さはそのためではない。叔父上の反乱、幕府の度重なる介入。幕府は東国をなんども侵そうとしてきた」

「東国を守るためですか」

持氏は力強く頷いた。

「東狗と蔑まれ、頭を押さえつけられて、わしらは人として生きてゆけるか」

そうだ。そのとおりだ。

この言葉が聞きたかったのだ、と地面につく指に力が入る。父の良兼が幕府への憎悪を募らせたのも、良兼自身はうまく説明できなかったが、結局のところこれなのではないかと思った。

そうして、小鼓自身が義教へ感ずる割り切れない感情の正体が、形を取りだした。小鼓の体が自然と震えてくる。

「わたしは腕がないゆえに、拒絶されたこともありました。しかし東国に来てからそのような思いをしたことはございませぬ」

思えば東国で腕がないことを嘲笑われたことは、一度もない。最初は戦さが絶えず、手足がない者がおおいからだと思っていたがそうではない。診療所を作ったことで、人々は自然と千早を恐れるようなこともなくなった。人として営む場所があること。なければ作ること。東国には変化を厭わぬ気風があるのかもしれない。

持氏は遠巻きに平伏する民草を見遣って目を細めた。

「愛する国よ。たとえわしが死しても、春坊、安坊たちに豊かな国を見せてやりたい」

馳走になったと椀をかえし、ではわしからも聞くぞ、と持氏は声を潜めた。

「小鼓、兵糧はいかほどもつ」

持氏にしか聞こえぬよう、小鼓は囁いた。

「三月ばかり。年は越せぬと見ています」

持氏の眉根が寄り、覚悟のような光が目に宿る。

「それまでには必ず戦さの決着はつける。なんとか耐えてくれ」

「はっ」

急ぎ足で城の虎口へ向かう持氏を百姓たちは手をあわせて見送り、馬に跨った持氏は声を高らかに張りあげた。

「粥、旨かったぞ。民たちの無事を毎朝持仏に祈る」

千切れ雲が点々と浮かび秋風に葦原がそよぐ相模川ぞいの道を、持氏たちの軍勢は二里さきの海老名を目指して進んでゆく。民たちは土塁によじ登って持氏の姿が見えなくなるまで手を振って見送った。

「公方さま、御息災で」

「幕府の奴ばらに負けねえでくだせえ」

持氏が落ちてきたということは、武蔵から南下する幕府方が迫ってくるものと見え、事実翌々日に、磯部城へ敵が到達した。

けたたましく鉦が鳴っている。上総介が作った女物の小ぶりな胴丸に鉢金を巻いて、相州の刀鍛冶が打った短い太刀を手に取った。

手首についたねじを回して手を開き、太刀を握らせる。ねじを反対側に回せば手が閉じて太刀を握る。義手の接続点である肩の付け根から動かせば、剣が振るえる仕掛けだ。もちろん片腕だけでは威力がないから、降りおろすには右手で柄を持ち、両肩ごと体を沈めるようにして振るう必要がある。

いままでは、大宝がいたが、いまは一人だ。

土塁に乗りあがったとき、嫌な予感がした。相模川西岸、北に行くにつれて山地が迫ってくるが、愛甲氏の集落がある北西の山地からいくつも煙があがっている。

「すぐに攻めてくるかもしれない。全員持ち場へついて」

女子供は街道から離れた二の曲輪に避難させ、男たちが弓矢や鑓、鋤鍬を手に本曲輪と出曲輪に集結する。まずはもっとも街道にちかい出曲輪で敵を防ぐ算段であった。

「敵の数は」

「五百ほどかと」

こちらは総勢一千。戦える者は三百ほど。城を攻め落とすには十倍の兵がいるという。三千までの敵兵なら持ちこたえられる、と小鼓は踏んだ。

敵将が太刀のさきになにかをぶらさげて前に進みでる。長い髪が落ち、目を瞑った青白い面《おもて》がこちらを向いた。

ぞくりと背中が粟だった。

「――依子どの」

愛甲氏の棟梁、愛甲依子の首に違いなかった。敵将が嘲笑う声が聞こえる。

「この女棟梁は、逃げ遅れて我らが討ち取った。こうなりたくなければ開城すべし」

小鼓は唇を嚙んだ。愛甲の詰城は山奥にあり、依子は足弱、つまり病人や女子供、老人が険しい山道を登って詰城に入れなくなることを案じていた。きっと診療所に住む兄者や病人たちを逃がそうと残ったに違いない。

それを馬で追い回し、無慈悲にも太刀や鑓で突き殺したのだ。

愛甲の女棟梁は周辺の郷村、とりわけ女たちに愛されていた。小鼓につづいて土塁に登った千早が金切り声で叫んだ。

「貴様ら許さんぞ!」

千早の声に敵将がこちらを見、胴丸をつけた小鼓を指さして笑い声があがった。

「なんだこの城も女子の将か。横山党は男手が足りんのか。それとも逃げたのか」

怒声をあげる千早を宥《なだ》め、小鼓は煙の臭いがする空気を胸に吸い入れた。

「依子どの。古臭い男たちに討たれて無念でしょう」

まず戦さは言葉合戦。弁舌巧者であった大内家の益田兼理のようにはいかねど、横山党がいかに持氏を守っているかを幕府方へ示す、と小鼓は身を乗りだした。

「坂東の主《あるじ》を誰と心得る」

民たちが刃先を打ち鳴らし、足を踏みしめて大音声をあげた。

「鎌倉公方・足利持氏さまぞ！」

小鼓は敵将を指さし睨みつける。

「関東管領・上杉憲実は公方さまを補佐するが本《もと》であり、公方さまの民に弓引くなど言語道断、忠義に悖る行い。われら横山一党海老名氏は本貫地を守りて、裏切者に頭は垂れぬ」

「そうだ、そうだ」

「帰りやがれ」

小鼓は鉦を鳴らさせた。三つつづけて鳴らせば開戦である。

かんかんかん、かんかんかん。

小鼓は太刀を振って敵を睥睨した。

「疾くと逃げ帰れ。さもなくば射殺すぞ」

城攻めは初戦が命。愛甲郷を焼き討ちして調子に乗る敵の意気をくじき、籠城に持ちこもうと考えていた。

敵が弓兵を前に押しだし矢を放てば、黒い筋を引いて矢が青空を切り裂いてくる。小鼓たちは木盾の陰に隠れて身を縮め、矢の雨を耐え忍んだ。

小鼓は後方へ合図した。

「礫《つぶて》を運んでください」

矢の攻撃が落ち着くと、拳ほどのおおきさの礫を女たちが前へ運びこんで、木盾のあいだから敵陣目がけて投げ入れる。

矢も臆《おく》さず土塁の上を駆け巡り、小鼓は声を張りあげた。

「傷ついた者は後ろへ。まだ大丈夫だと思っても、すぐに退いてください」

高い空に翼をひろげたように薄い雲が流れ、尾を引いている。秋のおわりだ。本来ならいまごろ海老名総鎮守の有鹿神社で豊作を喜ぶ村祭りが開かれ、村々の恋人たちは手をとりあって川辺を歩いたろう。子供たちはふかしたての団子を頬張り、旅芸人たちの曲芸に目を輝かせたろう。

風が砂塵を巻きあげ、小鼓の背を押した。

「敵はそう簡単には攻められぬ。じっくり落ち着いて守りましょう」

男たちが陽に焼けた顔をあげ、まっすぐ前を見る。

「応」

矢雨が尽きたころ、敵が進みはじめた。いままでは前哨戦で、ここからが本攻めである。

「丸太用意」

女たちが運んできた丸太を、登り来る敵に向けて落とせば、兵が巻きこまれて土塁を転がり落ちてゆく。土塁には畝状の堀を掘らせた。畝の上に登れば礫の的になり、畝の下を歩まざるを得ない。一列に並んで攻めてくる敵を狙うのはたやすい。香春岳城の一ノ岳の斜面に掘られた竪堀を取り入れた。

城普請については、とりわけ九州は進んでいる。古くから大陸の文化と脅威がちかかったゆえであろうか。東国がすべて優れているというわけではなく、西国のよいところは学び入れてゆきたいと思う。

陽が中天を過ぎるころ出曲輪の一角が破られそうになった。敵が木盾の至近まで登って来て、鎖をかけたのである。

もちろんそうなったときの備えもある。が、乗りこんできた敵に袈裟懸けに斬られ、頭を割られて倒れこむ味方を見たとき、背筋が凍った。

――討って出ろ！

聞き覚えのある声で誰かが叫んだ。

「えっ……」

目を走らせても声の主は見当たらない。また叫ぶ声が聞こえた。

――将自ら武威を示すときぞ。

声は、心の内から聞こえてくるのであった。大陸で兵を率い、千万の兵を退けた兵法家たちの声であった。小鼓がいったんは心の奥底に閉じこめた、己の声でもあった。

「小鼓、出ます」

小鼓は一人で土塁を乗り越えた。土を蹴り、体を低くして斜面を走る。体が軋んだ。敵が向かって走り来る。怖かった。あの敵にも家族がある。

「うわあああっ」

左腕を掲げて太刀を水平にし、堀を走り登ろうとする敵の喉元へ押しいれる。崩れ落ちる敵の顔が無念と歪むのを見た。そのとき、別の敵の繰りだした鑓が脇腹をかすめ、胴丸の札《さね》が散った。

「ぐっ」

脇腹が焼けるように痛み、体を折った。すぐに若い男衆が小鼓を追って出てくる。敵に取りつき、鍬で頭を殴り、あるいは槌で体ごと薙ぎ倒し、下へと押しかえした。

暗闇から、義教がこちらをじっと見ている気がする。

頰を流れゆく汗を拭い、言い聞かせた。

「いま考えるな。手だけを動かせ」

さらに下方へ追おうとする男たちに声を飛ばし、土塁の内側に戻るように言う。

「深追い無用です、土塁のなかへ入って」

背をじりじりと陽に焼かれながら、数刻、一進一退の攻防をつづけ、三度土塁を突破されそうになったが、なんとか持ちこたえた。後ろでは女たちがこしらえた握り飯を急いで頬張り、負傷した者はシャン婆と千早たちが傷の手当てをする。頭に矢を浴びて命を落とした者もいた。一人、二人と命の灯が消えてゆく。

寄合で「誰一人死なぬ負け戦さを」とぶちあげたことを思い出す。あくまで御題目であり、戦さになればかならず人が死ぬのは承知のうえだったが、絶える命を目の当たりにすれば、心が揺らぐ。小鼓はおおきく息を吐いて自分に言い聞かせた。

「動揺するな」

痛む横腹をさらしできつく縛りあげ、小鼓は前線に立ちつづけた。

半刻ごとに前列を交代させ、休みを取らせる。敵の動きは出曲輪へ集中して、いまのところ本曲輪、二の曲輪を攻める気配はない。いちどに多面を攻められたら守り切る自信はなかった。

「もうすこしで日暮れです、それまで頑張ろう」

今日一日持ちこたえれば、籠城へつなげられる。

「声を出して、疲れたら交代しましょう」

陽が傾き大山の向こうに落ちるころ、敵は退《の》き太鼓《だいこ》を鳴らして退《ひ》いた。

「やったぞ」

男も女も歓声をあげて土塁へ乗りあがり、拳を突きあげる。地面を揺らすような歓呼の声が、足元から震えのように体を走り、小鼓も腕を突きあげた。

「退《しりぞ》けたぞおっ」

小鼓は土塁にもたれかかって重い四肢を投げだした。討った敵の返り血を拭う暇もなく、体はあちこちが茶色く乾いた血に染まり、竹筒を傾ければ空になっていた。相模川に落ちる夕陽が長く光を残して、一面の葦の原が揺れている。山から吹きおろす涼風を受けて、体が冷えてゆく。

満済は言った。義教を食いとめるために、東国を守れと。

満済の兵法で。益田の言葉合戦で。瀬良や源三郎たちの武功を挙げる力で。小鼓の体のなかに積み重なったものすべてで。

一千の民を守った。

こみあげる嗚咽に口を覆って、声を嚙み殺す。

「兵法は、無駄じゃなかった」

千早が持って来てくれた水を柄杓で飲み干せば、千早がこちらを覗きこんできた。

「なんども駄目だと思った。でも、小鼓ちゃんがいるからみんな頑張れたんだ」

いちどは冷えた目頭が熱くなり膝頭に頭を埋めれば、千早が頭を優しく撫でてくれる。将が簡単に泣いてはみなが心配すると思ったが、堪えきれない思いがあとから湧いてくる。声を殺して言った。

「誰かに言ってほしかった、その言葉を」

北九州で瀬良や源三郎を見殺しにし、大内盛見の命を落とさせたのは、自分の力が足りなかったゆえだという思いがずっと胸に巣くっていた。何者かに成りたいと義教へ啖呵を切ったくせに東国の百姓でいつづけるのが苦しかった。

怨念に満ちた義教の声が、暗闇から聞こえてくる。

――お前にはがっかりだ。

「わたしのような片腕の女子は、何者にも成れない?」

不思議そうに千早は瞬きをして、目を細めた。

「いくらでも言うちゃる、あんたがいたから、わたしらは戦えたんだ」

「くそっ……ありがとう」

傍らには死した民の遺骸が、十ばかり横たわっている。小鼓は一人ひとりの亡骸にひざまずいて、手をあわせた。

「南無阿弥陀仏」

一兵卒として戦ったときは、戦場で味方が死ぬのも当然と考えていた。しかし横たわる無言の肉体は、三軒さきに住んでいた百姓だったり、市でよく顔をあわせる味噌売りだったりする。妻や子供が涙をこらえて縋るその一つひとつの命が、小鼓の双肩にかかっている。

「決してこの地を侵させません。妻子はかならず守ります」

二度と目を開くことのない人々へ、小鼓は囁きかけた。

「よし、次だ」

ここからが籠城戦の本番である。勝利の味に酔うのは、敵が完全に撤退したときだ。

それが明日のことか、三月さきになるか。それとも永遠に勝利など来ないのか。

十月二日に海老名に着陣した足利持氏は、木戸持季を大将とする軍勢を海沿いの相模八幡原に展開し、対する幕府方も一里おいて相模高麗寺に四条上杉持房《もちふさ》を大将とする軍を置いた。両軍は相模川下流にて対陣する形となった。磯部城からは持氏本陣が見え、兵が集結して炊煙があがるのが見えた。磯部城は武蔵方面から攻め寄せる敵から、持氏の本陣を守る役割も担っているのだと、小鼓はいまになって理解した。

敵は数日に一度鬨の声をあげて攻め寄せ、小鼓たちは敵を退けつづけた。依子という棟梁を失った愛甲氏も残党がまとまって攻勢に出て、戦さは長引く様子を見せた。

長期戦になれば補給路が延びた敵が不利だ。

「焦った敵はどこかで総攻撃をかけてくる」

兆候を見極めるのが、小鼓の役割だった。


籠城からおよそ一月が過ぎた十一月二日。朝から寒風が吹きすさんで、西から灰色の雨雲がちかづきじきに雨になりそうな天気だった。高櫓の見張り兵から報せがあった。

「海老名から煙があがっているとのこと」

高櫓に登れば、たしかに南から黒煙が立ちのぼっている。合戦があったかはわからないが、持氏が本陣を引き払い、敵方が海老名郷を焼いているものと思われた。

そのころにはみなが櫓の下に集まって、南の空を不安げに見あげていた。

「まずいな……」

持氏は鎌倉に退却したのだろうか。総大将が本拠鎌倉に退くこと、それは持氏自身と鎌倉府の最期がちかづいていることを示していた。小鼓は急いで高櫓から降り、曲輪を回った。

「鉦を鳴らしてください、かつてない合戦になります」

昼前には磯部城を囲む敵の動きが慌ただしくなり、半刻後には出曲輪に攻めかかってきた。

攻勢はすさまじく、押される一方である。持氏が退却したという戦況の悪化が、静かに人々の心に動揺をもたらしていた。

「踏ん張りどころです。今日一日守りましょう」

敵の叫喚がおおきすぎて、小鼓がいくら声を張っても掻き消されてしまう。

このままでは城は落ちる。

一刻後出曲輪の北側が破られ、土塁に乗りあがった敵兵が太刀を振って雪崩れこんできた。こうなると敵を食いとめることはできず、腹を貫かれ悶絶する者、押し倒されて首を掻き切られる者、矢に斃《たお》れる者、悲鳴があたりに木霊した。

「出曲輪はここまでだ」

小鼓は撤退を決めた。出曲輪を捨てて本曲輪の攻防戦へと移る。二の曲輪は女子供や老人たちがおおく入り、戦うための曲輪ではない。つぎの本曲輪が事実上最後の砦だ。

諦めてなるか、と奥歯を嚙みしめた。

「本曲輪へ退いて！」

退き太鼓を鳴らしいっせいに本曲輪へつづく木橋を渡る。小鼓は最後まで木盾を掲げて殿に留まった。敵から矢が雨と射こまれ、木盾を掲げる小鼓の左の脛を貫いた。矢を折って引き抜き、足をきつく縛ってもらう。溢れでる血が布を染めてゆく。

「わたしは大丈夫。退け、退けっ」

乗りこんできた敵の勢いが一瞬ゆるんだ隙を見て、小鼓も足を引きずって木橋を渡った。敵の侵攻を防ぐため、すぐに木橋は落とす。

「本曲輪の備えを固めて。敵の侵攻を許してはいけません」

持ってあと十日、と小鼓は考えた。海老名郷が落ちた以上援軍は望めない。なれば時間を稼ぐいがいにない。陥落までの時を稼ぐあいだに、女子供を相模川の対岸へ船で渡す。

滴る汗を手の甲でぬぐって、荒い息を吐く。

「種を撒きつづけるんだ」

ぽつぽつと雨が滴ったかと思うと、すぐに冷たい土砂降りとなった。敵もここが正念場と見て出曲輪にとどまらず本曲輪を攻めはじめた。水煙で敵兵の動きは見通せなくなり、土塁に登る脚が滑る。守る者たちの疲労は明らかで、精彩を欠いていた。

仕切り直す時間があればと歯嚙みしたが、敵もそれをわかって間を置かず攻めてきたのだろう。

その日はなんとか持ちこたえたが、寒さと、雨に紛れて敵が夜討ちをかけて来るのではないかという恐怖に震え、人々は虚ろな目をしていた。

このままでは朝まで持たない。小鼓は土塁の内側で考えこんでいた。赤ん坊を背負った千早が、みんな寝られないから、と顔を歪めて赤ん坊の口をふさぐ。

「静かにしておくれ。泣かないでおくれ」

小鼓は痛む左足を引きずり、千早にちかづいた。千早が赤ん坊と一緒に泣きだしそうな顔を向けてくる。

喉の奥から引っ張られるように、言葉が自然と溢れてくる。それは、京の辻でさんざん話した、「瘤取り爺さん」の噺であった。

「その日もお爺さんは山に入って薪を取っていました。けれども雨風がだんだんひどくなってきて、帰るに帰れなくなってしまいました」

ちょうど冷たい雨が降る夜である。とうとう頭がおかしくなったのかと、千早が顔を強張らせた。それでも気にせず小鼓は喋りつづけた。お爺さんが踊りを踊って鬼を楽しませるところでは、自分も足をあげ腰を振り振り、奇妙な踊りを踊れば、なにごとかと集まった人々から苦笑交じりの笑いが漏れる。

苦笑でもいい。笑えたら、夜を越せるのではないかと小鼓は思った。

「『やめて！　瘤を取らないで！』とお爺さんは身を捩って抵抗しました。すると鬼はますますにやにや笑って瘤に手を伸ばし、瘤を捻って……すぽん！」

鬼に瘤を取られるくだりになると、小鼓はお爺さんになりきって、わあっと声をあげて、すばやく肩に括りつけられた革紐を解いた。左腕の義手が外れて、宙を舞う。

「瘤が取れましたあっ」

言うと、小鼓を囲む輪の真ん前に居た童がぴぃーっと口笛を吹いた。ぱらぱらと手を叩く音が聞こえた。義手を摑んで小鼓は腰を曲げ、御辞儀をした。童が口を尖らせる。

「もう御仕舞なの。おれ、つづきがあるの知ってるんだぜ」

雨に濡れそぼった人垣を見回し、小鼓は言った。

「つづきは明日。明日、生きてわたしに噺を最後まで演《や》らせてくださいな」

雨に濡れそぼった人垣から、闊達な声がかえる。

「聞きたいぞう」

千早の声だった。手を打って飛び回り、聞きたいぞうと繰りかえす。手拍子はしだいに増えてゆき、拳が突きあげられた。誰かが叫んだ。

「明日も生きよう」

千早の背中で、赤ん坊が穏やかな寝息を立てていた。

翌朝は雨があがり、相模川からたちのぼる靄であたりは白く煙った。

うつらうつらとしていた小鼓は、かき鳴る鉦の音で飛び起き、左手に太刀を握った。

「敵か味方かわからねど、海老名から兵が出ました」

「敵も必死だね。行きます」

ぬかるんだ水たまりに満ちた光を踏みしだいて、小鼓は本曲輪東側に走った。海老名から北上してきた兵が旗印を掲げ、磯部城に疾駆してくる。急に左脛の矢傷に激痛が走り、その場に膝をつく。駄目だ立て、と足を叩いたが諦めろとばかりに傷は脈打った。

人々が絶望に満ちた声をあげる。

「敵の援軍か……」

城を囲んだ敵陣も動きはじめた。すぐに土塁に取りついて礫を投げなければ、本曲輪も陥ちる。小鼓は動かぬ左足を引きずって、立ちあがった。

「動け、みな立って」

呆然と立ち竦み、あるいは座りこんだ人々の背を叩いて、小鼓は泣きたくなった。やはり義教の言う通り、自分は手を伸ばした目標に届かず死んでいくのか。

高櫓の兵が叫んだ。

「俺に二つ木瓜。御味方です！」

みなが半信半疑で、ぬかるむ土塁に乗りあがって街道を見る。海老名の軍勢がどこから湧いたのか。見間違いではないのか。空腹で目がかすんで、旗印が見わけられない。

聞きなれた掠れ声が遠くから聞こえてくる。

「我は横山一党海老名氏、大宝也」

大宝は小田原風祭の一戦以降、消息が知れなかった。激しい合戦だったと聞いているし、死していてもしかたないと小鼓は言い聞かせてきた。

沢瀉《おもだか》縅の腹巻に鉢金を巻いて、六尺の長刀を引き抜いた大宝は、馬上に立ちあがって疾駆してくる。後ろにつくのは、刀の鞘に犬の毛皮を巻いた男たちだ。男たちは西国では「狗の尾」と嘲られる鞘から太刀を引き抜き、敵の囲みぎりぎりまで馬を寄せてきた。大宝は先頭にたち、城へ姿を誇示するように拳を突きあげた。荒れた髪に髻を結った大宝は、輝く瞳でこちらを見ている。

小鼓も絡繰義手の腕を高々と差しあげた。

一度は朽ち果てた気力を、ふたたび奮い立たせる。

大宝の率いる五百ばかりの兵は、勢いそのままに出曲輪下に布陣した敵へ突っこんでいった。本曲輪のこちらとで敵を挟み撃ちにできる、と小鼓は声を張りあげた。

「この機を逃すな。戦える者は前へ」

男たちもふたたび目に闘志を灯して動きだす。ありたけの矢を射かけさせ、礫を投げた。二方面から攻められた敵は動揺しているとみて、小鼓は奪われた出曲輪に攻めこんだ。狼狽した敵は出曲輪からつぎつぎ逃げだしたが、大将と見える男が太刀を担いで立ち塞がった。小鼓は両手で太刀を構え、歩を進めた。

「いっせいに打ちかかれ」

叫ぶや、男衆が鉤縄《かぎなわ》を敵将めがけて投げつける。敵将が唸り声をあげて太刀を振りかぶり、小鼓に斬りかかってきた。両手で太刀を掲げて一撃を受けとめたとたん腕に衝撃が走り、仕掛けがばらばらと飛び散った。勢い余って後ろに吹き飛ばされた小鼓の体を蹴って、敵将が乗りかかってくる。血走った男の目がこちらを睨んで、唾を飛ばして怒鳴ってきた。

「女子ごときが、生意気な」

もはやそんな聞き古した言葉を投げかけられても、なんとも思わなかったが、力で押し負けるのが悔しかった。足をばたつかせて逃れようとしても、ほとんど動かせない。

「このおっ」

味方の男衆たちが数人がかりで敵将に組みつき、太刀を取りあげて殴りつける。ようやく解放されたが口に苦いものが残った。全身の肉が痛み、体が軋む。

放っておけば殴り殺そうとする男たちを制し、小鼓は言う。

「殺しちゃだめです。人質に」

敵は激しく退き太鼓を鳴らし、出曲輪から退却しはじめる。土塁の下に待ち構えた大宝たちに追い散らされ、一刻を待たず勝敗は決した。大宝が土塁を登ってやってきて、陽に焼けた顔に白い歯が見えた。

「なんだ、ひでえ顔してやがるな」

大宝が差しあげた手に手をあわせようとして左腕を見れば、絡繰義手には縦に三寸ほどの亀裂が入り、なかの絡繰がひしゃげているのが見えた。これでは動かすことはできまい。

土塁に乗りあがり、冬の枯野が広がる海老名の野を見渡した。遠く西側の山では愛甲の士《さむらい》たちらしい、おーっという鬨の声が聞こえる。あちらも依子の仇である敵を退けたろうか。

今日の大山は小鼓にはひときわおおきく、雄大に映った。

「大宝。ようやく勝ったよ」

もっと清々しい顔をしろよ、と大宝は肘で突いてきた。

「勝鬨《かちどき》をあげなきゃなあ」

勝鬨というものを一度としてあげたことがないのに、小鼓は気づいた。

澄んだ空へ右手を差しあげれば、みなが期待に満ちた目で見つめる。一か月に及んだ籠城戦で千の民は、みな見知った顔になった。千早が焦れた声をあげる。

「はやく、小鼓ちゃん」

小鼓が声を張ると、うしろから聞こえないと文句が出たので、もう一度言い直すはめになった。飛び跳ね、太刀を打ち鳴らし、口笛を吹き、数々の拳が青空につきあげられる。

「えいえい」

「応」

大宝の語るところによれば、風祭合戦を辛くも生き延びた大宝は海老名の本陣へ合流し、そこで最期の戦いをしようと意気ごんだ。だが持氏はもっと冷静であった。数倍になる敵の大軍と一戦を交えても無駄な死を増やすだけだと、海老名本陣を退き払うことを決めた。

「みな悔し涙を流して、公方さまに最期までつき従うと言った」

持氏は鎌倉へ退き、良兼や伴門、海老名の惣領尾張入道と上総介もそれに従った。大宝も鎌倉へ赴こうと支度を整えていると、持氏本人がやってきて磯部城へ向かえと命じられたのだという。

「磯部城という城で、小鼓という女武者が民草と籠城しておる。民を助けてくれ。わしの最後の願いだ」

大宝は持氏当人に声を掛けられた驚きよりも、小鼓や磯部城のことを知っているのに驚いたのだという。おののきながら頭を垂れた。

「公方さまの仰る通り、民のために戦いまする」

涙ながらに大宝は海老名の棟梁である尾張入道や上総介たちと別れ、手勢をまとめて本陣を離脱、北上してきたのである。

「公方さまは、どこへ行かれたの」

わからない、と大宝は首を振る。

「いずこかで一戦ののち、降伏なさるおつもりだろう。惨《むご》いことだ」

その後数日して海沿いの金沢で合戦が行われ鎌倉方は敗退、持氏は出家したと話が伝わった。その合戦で尾張入道、上総介両名も自害したのだという。両名と愛甲依子の首は京に送られ梟首《きょうしゅ》されるとのことだった。

当主を喪った男たちが追腹を切ると言ったが、大宝が止めた。

「まだ幕府の兵は退いていない。民のために戦え」

海老名、愛甲。相模国の中部を支配する二つの士族の棟梁が討たれ、混乱の極みのなかで、小鼓と大宝は郷村を回って動揺を鎮めようと努めた。良兼と伴門の行方は杳《よう》として知れなかった。おそらく討死したにちがいない、と小鼓は覚悟を決めた。

鎌倉公方・足利持氏の出家をもって戦さは終わることとなり、「永享の乱」は終結した。

和睦の使者が京へのぼったが、義教は持氏を許さなかった。年が明けた永享十一年二月十日、義教の命で上杉憲実が兵を動かし、持氏の籠る永安寺《ようあんじ》を攻めた。海老名からも南東の方角で黒煙があがっているのが見渡せ、大宝は永安寺に駆けつけようとしたが、みなに止められ思い止まった。

「死にに行ってはいけない」

小鼓が大宝の肩を摑むと、項垂れた大宝の目から大粒の涙が溢れている。大宝が泣くのを、小鼓ははじめて見、はっとした。

「くそっ、公方さま……くそおっ」

一時の防戦もむなしく持氏は自害し、寺は業火に包まれて灰燼と成り果てた。持氏の遺骸は炎に焼かれ、ついに見つかることはなかったという。

これをもって越後や信濃から遠征してきていた幕府方も、ようやく兵を退いた。小鼓は磯部城を開城し、人質に取っていた敵将と引き換えに、民たちはそれぞれの郷村に許されて戻ることとなった。

戦さは終わった。

荷車を曳いて、小鼓たちは海老名郷に戻っていった。荒れ果てた郷村がみなを迎えた。

「これはひどいな……」

幕府方は海老名氏館だけでは飽き足らず、鎮守である有鹿神社をも焼いた。家は打ち壊され、田畑には大小さまざまな石が投げこまれ、作づけもままならぬ。逃げ遅れて殺された者の死骸は、野犬に食い荒らされ白骨を晒していた。

蔵を見にいった大宝が、首を振って戻ってきた。種籾《たねもみ》も奪われたのだった。

「収穫までにきっと餓死者がでるぞ」

戦さが終っても、小鼓たちの戦いは終わったわけではない。一部の敵は悪党として残り、あたりを略奪にかかる。大宝が海老名や愛甲の兵をまとめ、自警団を結成して、相模の山から海へ駆けずり回って悪党たちを討伐していった。

依子の墓参りを兼ねて愛甲郷を訪ねたときである。いまは依子の叔父が愛甲氏をまとめていた。首を奪われた依子の胴体は、再建された村の診療所の脇に葬られた。隣には依子の兄者も眠っている。

真新しい五輪塔に線香を手向けて手をあわせると、依子の闊達な笑い声が蘇ってくる。酒が強くて、なんども賭け双六をやらされたが、勝てたためしがなかった。

依子の叔父が彼女の小袖を持ってきた。薄黄色に紅葉の刺繡が施された手のこんだ小袖であった。

「貰ってくれ。あやつも喜ぶだろうよ」

迷ったが受けとることにする。依子の叔父はあたりを窺い、囁いてきた。

「持氏さまの御子の春王、安王さまについてだが」

まだ幼い二人の皇子は、鎌倉陥落以降行方がしれなかった。

「下総の結城氏朝《ゆうきうじとも》どのが匿《かくま》っているとの噂だ。機を見て春王、安王さまは挙兵する御つもりらしい。また別の皇子は信濃にいるとの話もある」

「まことですか」

熱があるのに診療所の列に並んで、気丈に振舞っていた二人の男の子を、小鼓は思いかえした。持氏の無念を晴らし、鎌倉公方家を再興することは坂東武者たちの悲願である。

いま関東は混乱のただなかにあり、元関東管領・上杉憲実は主君を弑《しい》したことを気に病んで出家、弟の清方《きよかた》が管領の名代となっていた。小鼓は憲実が無責任だと思う。主君に反逆しておいて、殺したらあとのことは顧みず出家するなど、虫のいい話だ。

「春王さまたちはまだ十歳たらずでは。自ら軍を率いるのは難しいと思いますが」

小鼓がそう漏らすと、依子の叔父は目に炎を宿らせて熱っぽく語った。

「じゃがこの御二人にならば命を捧げるという坂東武者はおおかろう。結城には数万の兵が集うぞ」

また戦さになるのか、と暗い気持ちで帰ろうとすると、おなじ年頃の女たちが小鼓を追いかけてきた。

「みな辛かったね」

声を掛けると女たちは自分のことはいいのだ、と言った。

「依子さまの御首を獲りかえしてください。京で晒されるなんてかわいそう」

「……………」

それに明瞭な答えはかえせなかった。京は、あまりに遠く、後ろ暗い地である。

幕府方の手引きをした内通者もなかにはいた。そういう者は石で打ち据えられて捨てられたり、相模川に簀巻きにして流されたりした。小鼓はわけ隔てなく診療所に入れて、怪我を診た。

「そいつは裏切者だ。なぜ手当てなどする」

怒り狂った男たちに囲まれ、詰め寄られることも一度ではなかった。そのたびに小鼓は唾を飛ばし、怒鳴りつけた。

「誰だって妻子を生かすためなら内通する。人を憎んでは駄目だ。戦さを憎んでください」

男たちは一瞬静まりかえって、おずおずと聞いてきた。

「なぜ戦さが起きたのだ」

室町幕府将軍足利義教と、鎌倉府公方足利持氏の東西の対立は、郷村の者たちはもちろん理解するには複雑すぎた。突如として野蛮な兵が駿河や信濃、遠くは越後といった国から押しよせて、なにもわからぬうちに村々を破壊され、人が殺された。

小鼓はとっさに答えていた。

「悪いのは、京におわす将軍さまです」

言ってから恐ろしいことを口にしたと思った。

相模の民から見れば、今回の戦さを引き起こした張本人は義教である。持氏討伐の詔《みことのり》を天皇より賜ったのは義教なのだから。そして東国は略奪され、苦しんでいる。

「敵は、義教さまじゃないか……」

優しかったころの義教の顔は、いまも胸の内に残っている。けれども、あのころには戻れない。盃を叩き割り、義教と小鼓の道はふたつにわかれた。ふたたび交じわることはない、そう思っていた。

「敵は……」

一年後の、永享十二年三月。

結城城にて結城氏朝が春王、安王を奉じて挙兵した。

結城方の檄に応じて参集したのは宇都宮等綱《ひとつな》、那須資重《すけしげ》、筑波潤朝《みつとも》など北関東の国人が主であった。すぐさま上杉憲実に幕府から復帰命令がおり、上杉憲実と清方、千葉胤《たね》直《なお》、信濃の小笠原政康《まさやす》、甲斐の武田信重《のぶしげ》、駿河の今川範忠《のりただ》らが大軍を率いて結城城を包囲した。

横山党は春王、安王に援軍を送るかで喧々囂々《けんけんごうごう》の論議となったが、永享の乱での被害がおおきく、兵を出さないことに決めた。結城方数千に対し、幕府方は二万とも三万とも風の噂で聞いた。

数か月でかたがつくと思われた結城合戦は思いのほか籠城側が奮戦し、一年以上の長陣になった。しかし嘉吉《かきつ》元年（永享十三年）四月、ついに結城氏朝は戦死して結城城は落城。春王、安王、そして末息子でまだ幼児の尊儆、三人の御子は捕らえられ、京に送られることが決まった。

横山党の寄合では、御子たちを助けたいという声が巻き起こった。

「御子さまがみすみす京で縊《くび》り殺されるのを見逃せというのか」

そうだ、そうだ、と唸るような声があがる。

そのとき、寄合の開かれる社へひとつ、提灯の明かりがちかづいてくるのが見えた。

鑓と鎧櫃を担いだ痩せた男を見て、大宝が声をあげた。

「伴門だ、伴門が帰ってきた」

やってきた筑紫伴門は、頬がげっそりとこけ、見る影もなく痩せていた。

「筑紫伴門、結城城から戻って参った」

みなが驚きに目を見開く。良兼と伴門は持氏が鎌倉に退却してから行方がわからず、どこかで死したものと思われていた。

「おれと良兼は、三人の御子の御供衆として下総結城城へ向かい、そのまま戦さをつかまつった」伴門は顔を覆った。「凄まじい戦さだった。坂東は、勝てぬ」

結城城での籠城戦の凄惨さを思い、誰もが黙りこくる。小鼓は嫌な予感がした。伴門とつねに行動を共にしていた良兼はどうしたのか。

「良兼どのは、生きておられるのですか」

一瞬話すのを逡巡するように、伴門は小鼓の顔を凝視した。

「いよいよ落城がちかくなったとき、一計を案じて御子を御逃がししようとしたが、見破られて御子とともに捕らえられた。いま京へ護送されているところだ」

京へ辿りついてどうなるか。刑死である。

伴門は手を突いて頭をさげた。

「小鼓力を貸してくれ、頼む。持氏さまの遺児はもう御一方、信濃に隠れておられる永《えい》寿王《じゅおう》さま（のち成氏《しげうじ》）がおられる。春王、安王さまらを信濃に御届けしたい」

棟梁たちは突然の御子奪取を訴えられ、戸惑いの視線を交わす。

小鼓にはそれは無理なように思えた。もし無事に春王、安王らを助けられたとしても、義教が生きているうちは血眼になって持氏の遺児を探し出し、殺そうとするだろう。海老名の郷村は一年以上たってようやく元の生活に戻りつつあるところだ。悪党たちもずいぶん減った。あと五年、いや十年すれば、見違えるほどに豊かになるだろう。

ふたたび戦さになれば、その芽が潰される。

いっぽうで、小鼓には満済の遺言が不思議と思いだされた。京の季瓊真蘂を訪ねよという一見不可解な遺言に、どんな「策」を満済は仕こんだのか。黒衣の宰相が死のまぎわに残した最期の策略を、季瓊から聞いてみたいと思った。

大宝が小鼓に囁いてきた。こういうときの大宝は、かならず真理を突いてくる。

「おれも阿呆なりに考えてみたけどよ。やっぱり西に戻るときが来てると思うんだよな。坂東でできることは全部、おれたちはやった」

「それは御子さまを御助けしようということ」

「ああ」

伴門も小鼓に縋るような視線を向けた。

「おれは死しても御子を御助けする」

棟梁たちはまずは体を休めるように伴門を慰留し、寄合は散会となった。山をいくつも越えて海老名郷の平地に降りてくると、夕陽が相模川に照っている。川の土手を歩いて、小鼓はシャン婆の庵へ行った。変わらず庵を訪れる人は減ることがなく、隣に二棟建て増したほどだった。

土間で千早が夕飯の粥を炊いて、顔を真っ赤にしていた。

戸口に悄然と立って、小鼓は呟いた。

「千早、伴門さんが帰ってきたよ。迎えに行こう」

一年以上も行方知れずだった伴門の帰郷に千早は顔を輝かせかけたが、小鼓の顔を見て口元をひき結んだ。

「訳あり顔だね。話を訊くから手伝って」

頭を空っぽにして粥を椀によそい、起きあがれない者の枕元へ運ぶ。するとシャン婆に尻を蹴られた。

「なにがあったか知らないが、ここでは湿気《しけ》た面をするでない。辛気臭さが移る」

「うん、そうだね」

外に出て、杜の木の下で小鼓は千早と粥を啜った。また春が来て代掻きが終わった田に水を張って、暮れゆく茜色の空がさかさまに映っている。

話を聞くと千早は椀を置いた。

「会ったこともない将軍さまだけど、わたしは憎いよ。朝粥を召しあがってくださった公方さまを殺したんだ。できるならわたしがぶっ殺したい」

唯一の心残りは復興に邁進する海老名郷を離れることだった。しかし千早は笑い飛ばした。

「庵を見ただろ。小鼓ちゃんがいなくても、庵も二つの診療所も回っている。顔役は名主衆がやるさ。あんたは種を撒いた。芽はもう出てる」

　庵のそばを通りかかった数人の郷民たちが、小鼓の姿を見つけ手を振ってくる。あの老いた男は片足をなくした。あの小太りの若い女は子供を病気でなくした。それぞれの顔は、夕映えに照って笑っている。

　力なく手を振りかえしながら、千早の声を聞いた。

「小鼓ちゃん、あんたはつぎの荒れ地にいくときだ」

「つぎの荒れ地……」

　風が吹いて木がざわめき、髪を揺らす。大山の向こうに陽が落ちて峰々の残照が宵闇に消えてゆく。結局大山詣でには行けていない。

　その日の夜、小屋に戻った小鼓が寝ていると、夢うつつに耳元で囁く声がある。

「お前にはがっかりした。もっとできると思っていたが」

　駿河で聞いた恨みがましい義教の声だった。夢の中で小鼓はもがき、抗った。

「あんたの呪いがわたしの頭を押さえつける」

　夢の中の義教は高笑いをして去ってゆく。

「それまでの女ということよ」

　大宝に揺すられて起きあがると、夜明け前のほの暗い外で人のざわめきがする。戸を開けてみれば、相模川からたちのぼる朝霧のむこうに額ずく無数の頭があった。おおくは海老名郷の民たちだったが、依子の首を取りかえしてくれと頼んできた愛甲郷の娘たちもいた。

「小鼓御前。御子を助けてください。いてもたってもいられず、駆けつけて参りました」

百姓たちは小鼓が春王、安王らを助けに行くのだと思いこんでおり、なにとぞと頭をさげた。

「若君さまたちは、東国の光だ」

どうする、と大宝が困った顔を向ける。小鼓は人々に諭した。

「わかりました。春王、安王さまらを御助けしてまいります」

薄靄の向こう、東の空が紅色に色づいて今日も朝がやってくる気配がする。京でもおなじ朝が訪れているのか、と小鼓は思った。戻るのは恐ろしい。だがいつか戌白が言ったように、京へ戻る縁《えにし》がめぐり回ってきている。

十　嘉吉の乱

小鼓と大宝、そして伴門は海老名郷を発った。

見送りはいいと言ったのに郷村の入口には千早やシャン婆をはじめおおくの人が押しかけ、相模川の土手は鈴なりの人で埋まった。

「達者で。かならず帰ってくるんだよ」

小鼓は千早と固く抱きあう。

「伴門さんをまた連れ去ってしまってごめん」

小鼓が謝ると、千早は豪快に笑い飛ばした。

「こっちの種も仕こんだから！」

藤沢宿まで見送りの人出は尽きず、東海道に出たころには陽が高く登っていた。数日前に三人の持氏の遺児を乗せた輿と罪人たちを引きつれた行列が通ったのだと、すでに報せは摑んでいた。良兼もそのなかにいると思われた。

いまだ一昨年の合戦のあとが生々しく残る箱根の関を越え、駿河、遠江、三河、美濃と十日ちかくかけて遡れば、五月十六日、美濃垂井《たるい》宿にて、小鼓たちはさきを行く護送集団に追いついた。

「すごい人出だな、なにが起きるっていうんだ」

道は人でごったがえし、みな街道からやや離れた寺へ向かってゆく。なにがあるのかと野次馬を捕まえて問うと、こう答えがかえってきた。

「なんでも罪人の子供が首を斬られるらしい」

春王と安王たちだ。小鼓たちは群衆を泳ぐようにして寺へ急いだ。

「京で斬首じゃなかったのか。まだ美濃だぞ」

おそらく「敵」も子供たちを奪われるのを恐れたのであろう。小鼓のほかにも行列を狙っている者がいるかもしれない。

急がないと処刑がはじまる。小鼓たちは金蓮寺《きんれんじ》という寺へ向かった。境内は木柵で囲われ、柵ぞいに大勢の見物人が集まっている。小鼓たちもなんとかその最前列に陣取った。寺の苔むした庭に茣蓙《ござ》を敷いて、白い帷子《かたびら》姿の少年が二人ひざまずいている。まだ赤子の末子は、すでに別の寺へ移された、と人々が話すのを聞いた。

結城城で一年を御子とともに過ごした伴門が、感極まった声をあげた。

「ああ、御やつれになられて……」

春坊、安坊と名乗って診療所に来たころはまだ十にならない子供だったが、春王は背が伸びて青年のような顔を前に向けている。対して安王はまだ子供らしい丸顔をあちこちに動かし、不安そうにしていた。安王の声が聞こえた。

「良兼どの、これまでなの」

父だ、と心臓が跳ねた。二人の少年の後ろに、おなじように手を縛られてひざまずく僧がいた。それが良兼であった。三年ぶりに見る父は痩せこけ、皮が骨に張りついているように見えた。

良兼の聞きなれた酒焼けした声がする。

「春王さま、安王さま、すぐに済みまするゆえ、怖いことはございませぬぞ」

二人の子は首を垂れた。前髪が落ち、白いうなじが露わになる。横には、介錯人が太刀を構えて立っている。いたいけな子供の姿に、周囲から啜り泣きの声が漏れる。

大宝が小鼓の袖を引いた。

「ほんとうに助けないのか。いましかねえぞ」

小鼓は首を振った。

「周りを兵に囲まれている。無駄だよ」

今にも刀を抜きそうな伴門の腕を押さえれば、伴門が言葉にならない呻き声をあげる。

「くそっ……俺は命を賭しても」

「伴門！　たとえ御子たちを助けられたとしても、ふたたび討伐軍が東国に来て結城城よりひどい戦さになる」

血が滲むほど唇を噛んだ。助けたくないわけがない。だが小鼓の目的はもっとおおきなものだ。

春王、安王の二人が辞世の句を揃って読みあげると、二人はちいさな手をあわせ、頭をさげた。声変わりもまだの、震える声が聞こえる。

「父上、いま御傍に参ります」

介錯人は一閃、刃を振り下ろした。少年の首が柿の実のようにぐしゃりと落ち、血を噴きあげながら前のめりに崩れ落ちる。もう一人の少年も微動だにせず、首を落とされた。すぐに検分役がやって来て首は改められ、首桶に納められる。

見物人は顔を背け、低い囁きがあちこちから聞こえた。

「なんと惨い」

つづいて良兼が引きたてられた。それまで大人しくしていた良兼はいきなり柵に向かって走りだし、口から唾を飛ばして怒鳴り散らした。

「義教め。よくも関東を滅茶苦茶にしたな。海老名尾張入道、上総介、愛甲依子の首級《くび》は京に送られ六条河原で梟首にされたと聞いたぞ。御見物人、無念の面差しを御覧になられたか。結城城で一年幕府軍を退けた結城氏朝の最期は、それはみごとな坂東武者の割腹であった」

慌てて役人が良兼を押さえつけた。

「こいつ、黙れ、黙らぬか」

「東国は死なぬ」

柵の前、小鼓の目の前で取り押さえられた良兼は顔だけをあげ、絶叫した。

「黙らんぞ」良兼の血走った目は小鼓を見ていた。

「この国の惨状から目をそらすな。それをもたらしたのは誰かを知れ」

あたりは水を打ったごとくに静まりかえる。

「紛れもない室町将軍足利義教公である。伊勢参拝におよんだとき、食事がまずいとて、料理人の首を刎ねたのを知らぬではあるまい。梅の木を折った庭師の腹を召させたのを知らぬではあるまい。つぎは誰の首を六条河原に掛ける御つもりか」

良兼はやせ衰えた細い腕を伸ばし、柵に手をかけた。

小鼓は目をそらさずにいた。

小鼓が富士で義教を裏切って逃亡したのは、それ自体は己の浅慮さゆえで義教を恨む気持ちはなかった。しかし関東で新しい世界に触れるにつれ、自分のような片腕の女が、千早のような病の女が、自由に暮らせる世界を夢見た。

もちろん東国のすべてが善で、京が悪だなどと言うつもりはない。しかし、人が、人として生きる世を。坂東という無辜《むこ》の大地は、夢をすこしずつかなえてくれた。

それを壊したのは誰だ。義教である。

太刀が振りあげられてもなお、良兼は叫びつづけた。

「義教誅すべし」

青く澄み渡った日差しを受け、太刀がぎらりと光り、風を切る音がした。一撃目は袈裟懸けに、二撃目は首を。骨を断つ鈍い音とともに首が傾《かし》ぎ、血が噴きあがる。見物人はわっと後ずさったが、小鼓は動かず真正面から血を浴びた。枯枝のような手が柵を握りしめ痙攣している。

小鼓は父の指に触れた。かつて自分の頭を撫でてくれた、指を。

懸命に生きた指だった。

ちいさく口にのぼらせる。

「義教……誅すべし」

小鼓は手拭でかえり血を拭い、金蓮寺をあとにした。道すがら小鼓は大宝と伴門の袖を引き、こう言った。

「相模へは戻らない。京へ向かう」

伴門が怪訝そうに問う。

「京へ行けばお前たちも捕まる。なにをしに行く」

「満済さまの御遺言を聞いて来ようと思う。二人は坂本あたりで待っていてほしい」

とんでもない、と大宝が首を振る。

「一人でなんか行かせられるか」

良兼の絶叫が小鼓の胸に火を灯し、その火は明るさをましてゆく。

「満済さまの御遺言がどんなものか、わかる気がするんだ」

難色を示す大宝を説得し、小鼓は一人で京へ向かった。今浜《いまはま》から琵琶湖を渡って坂本に入り、山を越えて京に入る。壊れた絡繰義手に手甲をつけて偽装しているとはいえ街道は人目につきやすく、よく知った坂本から比叡山のちかくの山を経て洛中に入った。

かつて多くの宿坊と馬借たちで栄えた坂本の町は、数年前の比叡山焼き討ちの影響をうけて宿坊がいくつも取り壊され、そのままになっていた。比叡山は焼けた根本中堂再建の費用が集められず、いまだそのままになっているという。どこもかしこも戦さのあとのような景色であった。

坂本で文をさきに送っておき、洛中に入ってすぐ向かったのは五山の一、相国寺であった。久しぶりに販女の装束を着て相国寺の一塔頭《たっちゅう》鹿苑院へ向かうと、壮麗な堂宇と、三代将軍義満公を祀る霊廟が小鼓を迎えた。厳めしい僧侶がほっかむりに小袖、脚絆に笊を持った販女姿の小鼓を見咎め、手を振った。

「こらここは将軍家の御寺や、なにも買わんで。行った行った」

「季瓊さまはおられますか。小鼓が来たと御伝えください」

「季瓊さまて……」僧は絶句した。「ここの庵主やで。なんの用だ」

相国寺の一僧侶であった季瓊も偉くなったのだ、と感心していると奥から鬱金色の法《ほう》服《ぶく》に金彩の九条袈裟をさげた高僧がやってきた。

「なんの騒ぎや」

僧侶の肩越しにその高僧を見れば、季瓊真蘂その人であった。

「季瓊さま御無沙汰しております、小鼓です」

御辞儀をすると、季瓊の顔色が変わり早足でやってきて小鼓の手を引いた。

「あんたが京から消えて九年。もう京はあんたが居《お》るところやおへん」

手を引かれるままに、季瓊の居室と見られる奥まった部屋に連れて行かれると、経典や本が積みあがった懐かしい匂いが鼻を突いた。紙と墨と塗香の匂いは満済のいた法身院を思い起こさせた。

かつてはお仕着せの墨染の地味な道具衣《どうぐえ》にひょろい体を包んでいた季瓊は、いまは恰幅がよくなって一まわり逞しく、袈裟の裾を捌いて座り、小鼓にも座るように言った。

「急に便りをさしあげて、申し訳ございません」

季瓊は外を窺って人がいないか確かめ、障子を閉めた。薄暗い室内で顔は強張って見えた。

「ほんまに来るとは。あんたは有名やった。富士の麓で、将軍家の御宝を粉々に砕いてとんずらこきはったと。飼い犬に手を噛まれたと御所さまも参っておられた」

飼い犬か、と小鼓はいまさらながら可笑しくなって笑うと、季瓊は怖い顔をした。

「笑いごとやおへん。よりによってなんという日に来た、今日はここで持氏さまの遺児の首検分がある日や。もういらっしゃるで」

春王と安王の首だ。この暑さで首は腐り、見るも無残な姿に成り果てているだろう。

「義教さまが御成になるのですか」

そのとき「御所さまが御着きです」と触れがあった。季瓊の顔色が変わった。

「あんたが京にいると知れたら斬首や。わては相国寺の蔭涼軒主《おんりょうけんしゅ》で、御所さまに近侍しとる。何十人もの僧の命があるさかい……」

すぐにどすどすと廊下を鳴らして足音が聞こえてきて、季瓊は無言で小鼓を書棚の後ろに隠し、部屋を飛びだして行った。目映く日の照る障子の向こうで、人影が揺れている。季瓊が裏がえった声で男を迎える。

「御所さま、御暑いなか、御苦労さまにございまする。ささ、あちらへ。持氏めの子の首が待っておりまする」

聞きなれた、それでいてしばらくぶりの声が聞こえた。

「見なければ駄目か」

見なければ駄目か？　どういうことだ。

待ち望んだ政敵持氏の子を根絶やしにできて、喜悦を浮かべる義教の姿をずっと思い描いてきた。高欄から高笑いをし、舞を舞わせて鼓を打たせ、首を肴に酒を呑むくらいのことはするだろうと思ってきた。

なぜいまさら躊躇う。

季瓊が甲高い声で御機嫌を取り、足音が遠ざかってゆく。

「御所さまは、そないなこと言うてはなりまへんえ。東国に対して勝利を収めはった諸将をねぎらわんと」

一刻ほどで季瓊は戻ってきた。

「御機嫌がようないらしゅうて、すぐ御帰りにならはった。助かったわ」

それから小鼓を見て、季瓊は低く呟いた。

「あんたが来たんは、満済さまの言伝やな。死の直前あの御方は、わてに言わはった。小鼓ちゃんが京都に戻ってきたら、赤松さまに取り次げ、と。聞いているのはそれだけや」

赤松さまとは、播磨守赤松満祐のことであろうか。幼いときに五条大橋で出会った初老の将をよく覚えている。もうかなりの老齢であろう。季瓊は播磨佐用郡の出身で、播磨国守護の満祐とは旧知の仲である。

なぜ赤松に取り次げ、なのだろう。

季瓊はせわしなく中啓《ちゅうけい》を動かして顔を扇《あお》ぐ。小鼓はさきんじて言葉を重ねた。

「満祐さまには、義教さまを除こうという計画があるのではありませんか」

義教を退位させて新しい将軍を立てるのか。それとも、殺すのか。

苦虫を嚙み潰したような渋面をつくり、季瓊はとぼけた。

「さあ、どやろな」

鹿苑院を預かりしかも義教に近侍するという立場にある手前、季瓊はこれ以上話したくないようだった。腕を擦り呟いた。

「満済さまは、あんたが京へ戻るんを見通しておった。こう言わはったわ」

『地獄の釜を閉じろ、小鼓』

これこそが三宝院満済の遺言だった。


次の日の夜、小鼓は夜陰に紛れて鹿苑院の庭園に忍び入った。季瓊から聞いていた通り、垣根門の鍵が開いており、そこから庭園の東屋《あずまや》に向かう。季瓊によればそこに赤松満祐が待っているとのことだった。

季瓊が話してくれたことには、満祐はちかごろ病気と称して館に引きこもり、御所へも参内しないとのことである。

近年義教の諸大名に対する締めつけは厳しさを増す一方だという。兆候は昨年からあった。大和国で越智《おち》氏討伐にあたっていた一色義貫《よしつら》と土岐持頼《もちより》が、義教の命を受けた軍に攻撃され、義貫は殺害され、持頼は自害したというのである。いずれも義教と禍根があった人物である。それまで対立する者は遠ざけるのが常だったのに、あっけらかんと殺しはじめた義教に、諸大名は恐怖に震えあがった。

義教は赤松庶流の伊豆守貞村《さだむら》を寵愛し、満祐の弟の義雅《よしまさ》の所領を取りあげてあとを継がせたという。一色、土岐という大名が暗殺され「つぎは赤松だ」と京童は噂した。応永年間にも一度、義教と赤松満祐の対立は起きており、そのときは満済たちの取りなしを経て落着したが、いまは古い重臣たちはあらかた死してしまった。

月が庭園の池に浮かんで、蛙が鳴いている。池にかかる橋へ足をかけると、太い声が聞こえてきた。

「はは、五条大橋の女童がでかくなったのう。いくつになった」

東屋に座した男の姿はよく見えないが、声から赤松満祐だとわかった。小鼓は橋のたもとに膝をついて頭をさげた。

「赤松さま、御久しゅうございます。小鼓です。もう二十七になりました。この年まで婿もなく、戦いに明け暮れて参りました」

五条大橋で一度会ったきりだが、お主の噂は聞いていたぞ、と赤松満祐はかえす。

「女でありながら兵法家の道を選んだか。お主が北九州で大内方に属し城一つ陥とした話は聞いた。義教さまの盃を割ったという話も」

「盃は、御所さまが自ら割られたのです。もういらぬと言って」

ははは、と笑い声がかえる。

「兵法を触るのは書物のなかだけにしとけと言うたのに」

「ひとたびはそうしました。しかし戦場に戻らざるをえませんでした」

満祐はため息を吐いた。

「義教さまが引き戻した、か。因果なものよ」

小鼓は本題を切りだした。

「満済さまはわたしが満祐さまと会うよう仕向けていたようです。形見分けなどではないと推察いたしまする。満祐さまは」そこで言葉を切った。「御所さまを除こうとなさっておられる」

しばらく返事はなく、小鼓は辛抱強く待った。やがて咳払いと身じろぐ音がして、満祐は話しはじめた。

「満済さまはこう仰った、『もし小鼓という女子がお主の前に現れたなら、天下が御所さまを見放したときだ』と。恐ろしい御方よ」

死した満済の、丸めた背中が蘇る。あの人はいつも書き物をして筆ひとつで幕府のあらゆることを動かした。

蛙より低い満祐の声はどこか音曲のごとく響いた。

「六月二十四日。我が赤松邸にて御所さまの御成があり、東国での戦勝の宴を催す。御所さまは宴から生きて戻ることはあるまいよ」

──暗殺か。

もっとも重く、苛烈な計画がすでに動いていた。

義教はいま永享の乱、結城合戦とたてつづけに東国に勝ったことに有頂天となって、戦勝の宴や寺社詣でに没頭し、大名たちがまさか自分に反旗を翻すとは露ほども思っていないのだという。

五月十二日相国寺内勝定院、十三日相国寺崇寿院、大智院、十四日天龍寺雲居院……これに諸大名たちの宴もあわせると毎日どこかに出かけていて、幕政はほとんど機能していない、と満祐は言った。

「異常なほどの喜びようだ」

小鼓は毎日のごとく寺社に参拝している義教が気になった。大名の宴はまだしも、寺社に行く必要はないだろう。東国討伐の祈願の御礼参りをしているのか、それとも。

各大名に招かれたいわば総仕あげとして、赤松邸での宴が開かれるのだと満祐は言う。

「わしは秘かに赤松方の兵で邸宅を囲み、御所さまを御戻ししない、と考えておった。だが直接手を下す仕手《して》を務めようという者がいない。みな祟りを恐れておる。化けて出そうな御人ゆえ。一人候補はいるが……」

やはり、小鼓が東国の片隅で義教への殺意を抱いたように、義教を殺そうという芽はすでにあちこちに芽吹いていたのだ。満済が望んだのもそういうことだろう。満済の意思だからではない、世のために義教を討つ。人の死を願うのは悲しいことだ。かつて満済は小鼓に「兵法を修めて義教の御伽衆になれ」と言った。そのようになればよかったのに、現実は正反対のこととなった。

義教は小鼓に学問を修める道を拓き、腕がなくとも生きる道があると示してくれた。それがどこで道を違えてしまったのか。

あまりに悲しい結末だ。

しかし他の者に殺されるなら、いっそ自分の手で、と小鼓は身を震わせた。

「わたしは義教さまと浅からぬ縁がございます。祟りも恐れません」

「片腕で剣がしかと握れるのか」

「御心配には及びませぬ。右腕一本で敵の首を落としたこともございます。万一わたしが仕手を過ったなら、一介の狂人の仕業として、赤松家は訴追を免れることもできましょう」

しばらく沈黙があり、ぼそりと答えがかえった。

「悪くない。お主一人に任せよう」

失敗したときに赤松家が責めから逃げる道を作っておくのは悪くない、と思っているだろう。

様々な思い出が、頭のなかに浮かんでは消えてゆく。雪のなかで笛を吹いていた姿。五条大橋で小鼓を助けてくれた姿。駿河で怒り狂って盃を叩き割った狂気の相。そして春王安王の首を見ることを躊躇った影。

なぜあのとき躊躇ったのだ。

本当に戦さに勝って有頂天になっているのなら、仇の首を嬉々として見ればいいものを。

「なぜ……」

小鼓は右手を握りしめ、己を叱咤した。

なにを迷う。尾張入道や上総介、依子、美濃垂井で斬首された春王、安王、そして父良兼。義教のせいでどれほどの人が死んだ。生かしておいてはこれからも東国は隷属を強いられる。

感傷など捨てろ。

満祐がゆっくりと呟くように言った。

「では赤松邸の間取りなどを頭に入れてもらわねばな」

泡のように浮かびあがる記憶の断片の最後、降りしきるぼた雪のなかで、義教は子供たちに囲まれ笑っている。

「はい」


六月二十四日は夏も終わりかけの、小雨が降る肌寒い日だった。

宴に参加する相伴衆は管領細川持之、河内守護畠山持永《もちなが》、侍所頭人山名持豊《もちとよ》、丹後守護一色教親《のりちか》、阿波守護細川持常《もちつね》、奉公衆細川持春《もちはる》、山名熙貴《ひろたか》、赤松貞村など幕府の重要な臣はことごとく揃っている。隠居の身である赤松満祐は一座していないが、嫡男の教《のり》康《やす》が主人を務める、赤松の威信をかけた宴である。

小鼓はすでに武装した男たちにまじって、依子の紅葉の小袖を身に着け、動かない絡繰義手を左腕にはめ、愛用の太刀を腰にさげた。

「大内持世《もちよ》さまもおられるのか……」

相伴衆に、かつて北九州で戦った大内盛見のあとを継いだ甥の持世の名を見て、気が重くなる。

広大な赤松邸の池に面した正殿では着々と宴席の準備が進んでいた。あちこちに二つ引両の足利の家紋の幕が掛けられている。池では鴨が雛を連れて泳ぎ、池の中央、島を模した場には舞座《まいざ》が設えられている。義教のお気に入りの能楽師の音阿弥《おんあみ》が女面をつけて舞う予定になっていた。その舞のさなかに赤松方の兵が館を取り囲んで討ち入り、舞台の幕に潜んだ小鼓が義教を討つ手はずとなっていた。

十郎の師匠である世阿弥は佐渡に流され、不遇をかこっているという。十郎自身もいまはどうなっているかわからない。

義教のそばには彼をもちあげる者しか、残らないであろう。だから今日も義教は自分が暗殺されるとは微塵も思っておらず、ほとんど兵を連れてこないと聞いている。

正午過ぎに義教が到着し、松囃子《まつばやし》が奏でられはじめた。幕越しに義教の姿を見た小鼓は驚愕した。

「あれが……御所さま?」

元来細身であった義教はかなり胴回りが肥え、髪は薄くなっていた。今年四十八歳と聞いているがもっと年をとっているように見えた。

小鼓が控えるのは正殿の庇の間から二間《ふたま》奥まったところで、ここには大宝、伴門のほか、武装した赤松の兵がすでにひしめきあって合図があるのを待ち構えていた。大宝は片後手に腹当の軽装で、愛用の長刀を担いでいた。

「久しぶりに見た京の町は、打ち壊した家が増えて、なんだか鎌倉のほうが栄えているんじゃねえかと思った。団子が倍の値段してよ。驚いたぜ」

そこへ女面をつけ、錦の直垂を着た能楽師が無言でやって来て、小鼓の手を引いた。予定では音阿弥の介添えとして舞台のちかくまでゆき、機を見て義教へ斬りかかれということであった。女面の向こうから視線を感じ、小鼓は足を止めた。

「あのう、音阿弥さまなにか」

「……」

能楽師は答えず正殿へ向かって歩きはじめる。舞用の太刀、檜扇《ひおうぎ》を持って小鼓もあとを追った。小雨が降りはじめあたりは薄暗く、遠雷が鳴っている。いずれ雨が強くなるだろう。庇から出て飛び石を渡りはじめると、能楽師が言った。

「そなた、坊門殿で義経記を学んだことがあろうな。わたしの舞の相手を務めなさい」

小鼓が坊門殿にいたことを知っている。音阿弥ではない。手渡された面をつけ、小鼓は問うた。

「あなた十郎なの」

答えはなかった。

なにをしている、早くしろ、と義教の酔った声がここまで聞こえてくる。幕口が開いた。囃子方が奏でる囃子が流れている。長い橋掛《はしがかり》のさきに砂洲で囲まれた舞台がある。

これも満祐の仕組んだことか、と小鼓は覚悟を決めて能楽師のあとを進んだ。舞は坊門殿にいたころ習って、世阿弥に才能がないと嘆かれたことを思いだす。

正面舞台に立ち、前を向けば、居並ぶ諸大名の真正面に盃を傾ける義教がいる。落ち窪んだ眼窩《がんか》に冷たい光が宿って、無慈悲に小鼓を見ている。

「なんだ田舎臭い小袖の女が出てきたぞ。面白い。ひとさし舞え」

小鼓のこめかみがぴり、と痛んだ。

「依子どのの小袖を馬鹿にしたな」

囃子方が鼓を打ち、龍笛が高く旋律を奏でる。稲光が青白くあたりを照らし、鋭い雷鳴が聞こえてきた。

能楽師みずからが、雷を割る高い声で謡《うた》う。

判官殿未だ御息通ひけるにや、御目を御覧じ開けさせ給ひて、「北の方は如何《いか》に」との給へば、「早御自害有りて御側に御入り候」と申せば、御側を探らせ給ひて、「是《これ》は誰《たれ》、若君にてわたらせ給ふか」と御手を差渡させ給ひて、北の方に取りつき給ひぬ。兼房いとど哀れぞまさりける。「早々《はやばや》宿所に火をかけよ」とばかり最期の御言葉にて、こと切れ果てさせ給ひけり。

人々が盃を傾ける手を止めて顔を顰める。小鼓も舞いながらぎょっと能楽師を見た。義経記の判官・義経の最期の場面であり、戦さに敗れて自害する者を舞うのは、戦勝の宴にはふさわしくないものである。

義教が手を打って嘲《あざけ》りの声をあげた。

「義経を持氏になぞらえるか。面白い趣向ではないか。最後まで見てやろうぞ」

小鼓は能楽師の女面の奥に眼差しを感じながら、扇を動かした。彼の滑るような足さばきには到底及ばず、濡れた舞台に足がふらついた。足さきに目を落とし、立っているので精一杯だが、緊張の糸を切らぬように必死で耐えた。

すれ違うさい、能楽師は囁いてきた。

「わたしも仕手に志願したが、そなたのせいで外された。功名は譲るゆえ、ただわたしが面を取るのを待て」

満祐が言っていた「候補はもう一人いる」というのはこの者だったのか。結果的に小鼓が仕手になったことで、この者の手を汚さずに生かせることに、小鼓は安堵した。しかし面を取るのを待て、とはどういうことか。顔を晒して義教に訴えることがあるのだろうか。

女面の舞手が義経記の北の方となり、白州に降りる梯子に座って首を垂れる。

女面の後ろに手をやり、紐を解いた。

からんっ、と面が落ちる音が舞台に響く。

白い肌に唇に紅を差した、観世十郎の貌《かお》が現れた。

「誰だ？　音阿弥ではないぞ」

見知らぬ舞手の顔に、人々がざわめく。それが誰かを知るのは義教だけであったろう。

実際義教は腰を浮かせ、口をわずかに開けた。

「お前」

義教に遠ざけられた世阿弥の孫にして最後の弟子。十郎は青ざめた顔を義教のほうへ向けた。

「観世十郎、御目にかかるのは何年ぶりにございましょう。我が師世阿弥の教えを受けた舞、いかが。大名に食いものにされ、それでもなお戻って参りました。御恨み申しあげます」

やはり十郎だったのだ。世阿弥を流され、辛酸を舐めた十郎の悲しみ、憎しみは小鼓にも量りきれぬほど深いものであっただろう。十郎の頬は痙攣するように動き、義教を見定めていた。

義教は頰の肉を動かし、身を震わせた。

「音阿弥はどうした。お前に用はない」

そのとき雷鳴が轟き、表門で鋭い馬の嘶きが聞こえた。赤松教康が表門を開いて武者を呼び入れたのだろう。義教は怒声をあげた。

「なにごとぞ」

小鼓は面をはずし、舞台を降り白州を飛んだ。太刀を引き抜き、庇へ飛びあがったときに足を滑らせたが、絡繰の左腕を突いた。

この腕が、わたしをいつも助けてくれた。御所さまを御守りしろ、と誰かが叫んでいるが構わず庇に乗りあがり、義教の前に立ちはだかった。

「義教さま、御覚悟」

義教は傍に置いてあった太刀を摑んで一挙動で引き抜き、小鼓に太刀を浴びせてきた。浴びせられる太刀を左腕で受けると、鈍い衝撃とともに絡繰義手が落ちた。

それが相図かのように屛風が蹴倒され、大宝と伴門が赤松の武士を率いて庇の間へ乱入してきた。大宝と伴門は膝をつく義教を両脇から摑み、立たせた。

辺りは怒声と悲鳴が轟く狂乱の場と化した。

押さえつけられながらも義教は落ちた小鼓の絡繰義手に目を落とし、高笑いをあげた。

「満済の差し金だな。そうだろう！」

小鼓はゆっくり義手を拾いあげ、腕にふたたびつけた。金具がひしゃげていたが、なんとか嵌《はま》った。しかし磯部城での戦いのときに傷ついた絡繰は動かぬままだ。

「御尋ねします。なぜ春王さま、安王さまの首を見るのを躊躇われました。なぜ毎日のように寺社へ詣でられました」

小鼓はそれまで権力に胡坐をかき、この世の春を謳歌する暴君の姿を思い描いていた。だがほんとうにそうか。東国の慰霊をし、子供の首を見るのを忍びなく思う義教の姿は、小鼓が坊門殿にいたころの義圓のそれだ。

御所さまは立派であるべき。

御所さまは御強くあるべき。

はじめは満済にそう言われ、周りの期待に応えるべく「強い将軍」として振舞ううちに、みなが惑わされた。

この男は、強い将軍を演じながら、苦しんでいたのではないか。誰にも気づかれないまま。

落としたはずの腕から血は流れず、ふたたび肩に収まったのを見て、義教は恐れたように唇を震わせた。

「戦勝祝いじゃ。それ以外にない」

「ほんとうは二人の冥福を祈っていたのではありませんか」

雨に濡れる義教の顔に薄笑いが張りついた。ぼた雪の中で笑う、優しい義圓の顔が重なった。

「言うて――なにになる。わしの本音など、誰も求めてない」

すべてを、小鼓は悟った。

義教は手の内に徳利を抱いていた。白磁に青で絵付けされた、瓢形の徳利だった。丸い鶯が枝にとまっているのが目に見えた。

「それをまだ御持ちでしたか」

「これがわしの真《まこと》の姿ゆえ」

大宝が殺せ、と叫ぶ。

小鼓は右腕を振りあげた。

盃に酒を注ぎ、義圓は笑ってくれた。

「瀬良さん、これがわたしが見つけた、道でした」

だん、と義教の肩口を足で押さえつけ、暴れる頭を左腕で押さえつけた。全体重でのりかかり、太刀で柔らかい皮を断つ。どす黒い血が溢れだし、絶叫が轟いた。

あたりでは殺戮がはじまり、相伴衆の大名は腰が抜けて這って逃げだす者、従臣に背負われ逃げる者、太刀を摑んで抜く者など、混乱の極みに達していた。

目を飛びださんばかりに見開いた義教は、血痰を吐きながら喘いだ。

「小鼓。よう――」

ようやったなのか、ようやってくれたな、なのかはわからなかった。義教の手から徳利が転がり出る。中に酒は入っていなかった。

空っぽであった。

「強い国は民が作りまする。御眠りなされ」

太刀に足をかけ、骨を断つ。体が激しく痙攣して、やがてだらりと両腕が板間に落ちた。血だまりを踏んで小鼓は髻を摑んで重い頸と目をあわせた。まだ生きているかのようなつややかな肌にどす黒い隈が落ち、唇からひと筋、血が落ちた。

「小鼓は、活きるべき場所を見つけられたでしょうか」

答えはない。

答えは自分で見つけるべきだ、と小鼓は思った。

「御所さま、討ち取ったり」

音が絶えた座敷に、ふたたび叫喚が木霊した。

小鼓と大宝、伴門は庇の間から離脱した。奉公衆の山名熙貴、細川持春は太刀を抜き、赤松の家人に斬りかかったが、山名は一刀のもとに斬り伏せられ、細川持春は腕を斬り落とされてその場に倒れこんだ。

大宝の温かい手を握りかえし、小鼓は必死で足を動かした。振りかえると、舞台の正面に立った十郎と目があい、小鼓は腕を伸ばした。

「十郎、わたしと一緒に行こう」

あっかんべえ、と十郎は舌を出して舞台を去ってゆく。

「行くって、坂東か。わては能楽師。わての舞で京を惚れさせるのが夢や。坂東が京ほど栄えてから呼んでおくれやす」

ああ、駿河で十郎を見捨てて逃げたとき、道は完全に違ってしまったのだった。一瞬交わり、また違う道を歩んでゆく。願わくは十郎の道が芸事をふたたび極める道につづいているように、と小鼓は祈った。

「十郎、元気で」

十郎の手がひらひらと闇に舞った。

屋敷の外に出て小雨となった油小路を走ると、赤松満祐が大軍を率いて大路を進んでくる。まるで大戦さのような祭り行列のような、調子はずれの囃子が鳴らされていた。

輿に乗った赤松満祐を見あげると、高らかな声が響いた。

「よい顔をしておるな」

小鼓は抱えたまだ温かい義教の首を、満祐に差し渡した。

「約束、果たしましたぞ」

満祐は土気色をした義教の首を一瞥し、鑓を伸ばして髷のさきを引っかけ、首を掲げた。

「ははっ、たしかに義教の首だ。お主は将軍を討った唯一の女子じゃ」

「隻腕女に討たせたとあらば赤松家の名折れ。御家中の手練れの名を残されるがよいでしょう」

失われてゆく義教の首の重さとぬくもりを手の内に感じながら、義教をめぐるすべての縁《えにし》がいま潰えたのだ、と小鼓は感じた。

満祐が鑓を高く掲げて宣する。

「鬨の声をあげよ」

誰かが鼓を打ち、猛った声が洛中に木霊する。振りかえれば赤松邸が炎をあげて燃えあがっている。

「これからいかがなさるのですか」

満祐は髭を捩じって企み顔をした。

「大名がどう動くかはわからぬが、播磨にて一戦つかまつろう。乱世へ戻るか、新たなる賢王があらわれるか、見ものだぞ。お主はどうする。ともに播磨へ来るか」

小鼓は首を振る。

「戻るべき場所がございますれば」

「そうか。ではさらば」

ほかの赤松屋敷にも火がかけられ、京の空は赤く染まって、人々が何事かと通りに飛びだすのを悠々見ながら、赤松勢は播磨へ落ちていった。

ようやく長刀を鞘に納めた大宝がため息をついた。

「あんなに慕っていた義教さまを、この手で押さえたとき、ふっと目の前が暗くなった。これで義教さまは本当に死んだ。冥福は祈らねえ」

義教の返り血を拭って、大宝はすっかり二十後半の大人の男の顔に戻った。

「こうなって、とうぜんの人だった。そして可哀想な人だった」

群衆を掻きわけ、小路の向こうから僧の一団が走ってくる。先頭に立った季瓊は荒い息をついて小鼓に走り寄った。

「小鼓ちゃん、やったか」

「赤松どのは義教さまの首を持ってすでに落ち延びました」

季瓊は旅荷を持って来て、小鼓に渡してくれた。

「わては京からは離れられん。やが、あんたのこと忘れへんで。東国から聞こえるあんたの噂を、いつまでも待つさかい」

この人は恐らく満済から義教暗殺についての段取りを仔細に聞いていたのではないか、と思った。それに適任な赤松を首謀者に仕立てたのかもしれない。そういう意味では満済の弟子で、小鼓の兄弟子とも言えるかもしれない。

「季瓊さま。わたしはあなたに二度も助けられました。ほんに、おおきに」

「ええ。ええ。笑うて行きや。体を大事にな」

感傷はなく、これからどう生きるかということだけが頭にあった。

「六条河原で首を取りかえして、相模国に帰ろう」

荒れ狂う洛中を抜け、小鼓と大宝、伴門は走りだす。

多くの真実を押しこめ、地獄の釜は無理やり閉じられた。

ふたたび開く日は来るか、わからない。


近江から美濃へ向かう街道はおおくの武装した民衆で溢れ、将軍討たるるの報に狂奔して、土倉や土豪の屋敷を襲っていった。日の本じゅうが混乱のるつぼに投げこまれて、猛り狂っていた。赤松討伐は事件の三日後に細川持常、山名持豊、赤松持家らの討手と決まったが、義教を討ったことに対する世間の歓迎の意と、大名たちの足並みが揃わず、討伐軍の出立は遅れているとのことだった。

季瓊は播磨に足を運んで義教の首を赤松満祐から返還してもらい、じきに公儀の葬儀をするということであるが、どれだけ大名が参列するかは定かではない。

道々でこんな報をつぎつぎ耳にし、義教がどれほどおおくの人の心を圧迫しつづけてきたのかを、小鼓は思った。

小鼓は依子たちの首を取りかえして相模国に戻り、またシャン婆や千早たちと郷村を立て直し、春には種籾を撒いて、夏には害虫を追い、秋には稲刈りをして冬には藁縄を編み、鎌倉再興の夢を追うのだろう。

三河から陸路を避けて駿河行きの船に乗った小鼓たちは、駿河灘の遮るものがない海を進んでいった。大宝は前と同じように船酔いにかかり、海に顔を突きだしてもう吐くものがないのにえずいている。

すこしはなれたところでは、伴門が千早のくれたもうぼろぼろになった文を読みかえしている。彼は、東国へ戻ったら呑んだくれの親父のために供養塔でも建てるかと言い、小鼓はいいね、と返事した。

大宝のひろい背をさすってやりながら、小鼓は思いつきを口にしてみる。

「大宝、子供作ろうか」

大袈裟に噎せかえる大宝を尻目に、小鼓は群青色の水平線を見遣った。

「な、な、なんだってんだ。そんな話したことなかったろう」

軽やかに笑って見せる。

「まだ千里の道は半分も来ていない。道連れはおおければ楽しいじゃない?」

戦さはつづくだろう。いつか絶える日を求めながら、千里の道すがら種を撒きつづける者がいた。

のちに小鼓の子は、武蔵七党がうちの一つ、丹党《たん》に属し、安保《あぼ》中務少輔氏泰《うじやす》に従って文明十年（一四七八）、下総境根原合戦で太田道灌と戦い、移りゆく合戦の時代でおおくの戦功を挙げたという。

【参考文献】

森茂暁『室町幕府崩壊　将軍義教の野望と挫折』角川学芸出版
森茂暁『満済　天下の義者、公方ことに御周章』ミネルヴァ書房
今谷明『籤引き将軍足利義教』講談社
今谷明『土民嗷々　一四四一年の社会史』東京創元社
藤井崇『室町期大名権力論』同成社
榎原雅治・清水克行編『室町幕府将軍列伝』戎光祥出版
下坂守『京を支配する山法師たち　中世延暦寺の富と力』吉川弘文館
下坂守「山門使節制度の成立と展開　室町幕府の山門政策をめぐって」（史林1975年58（1））
景山春樹『比叡山と高野山』吉川弘文館
植田真平編著『足利持氏』戎光祥出版
黒田基樹編著『足利持氏とその時代』戎光祥出版
関幸彦『その後の東国武士団　源平合戦以後』吉川弘文館
関幸彦編『相模武士団』吉川弘文館
中村哲『アフガニスタンの診療所から』筑摩書房
佐成謙太郎『謡曲大観　別巻』明治書院
岡見正雄校注『義経記』岩波書店
大島建彦校注『宇治拾遺物語』新潮社

解説

天野純希

武川佑の長編デビュー作『虎の牙』を読んだ時の衝撃は、今もよく覚えている。武田信玄の父、信虎の弟でありながらその生涯はほとんどが謎に包まれ、世間的にもほぼ無名な勝沼信友を主人公に、山の民、山岳信仰といった『もののけ姫』的オカルト風味も交えて戦国中期の殺伐《さつばつ》とした世界を活写してみせたその手腕は見事なもので、特に合戦シーンの解像度の高さには驚かされた。血の臭い、土の臭いまで漂ってきそうなほど臨場感にあふれた合戦シーンは、まさに新人離れしている。「これは末恐ろしい作家が現れた」と、同業者として危機感を覚えたものだ。

果たせるかな、武川佑は『虎の牙』で歴史時代作家クラブ賞新人賞を受賞すると、続く長編第二作の『落梅の賦』でも武田信友（こちらは信玄の弟）、穴山梅雪という二人の武将を軸に武田家の滅亡を描き、新たな戦国小説の書き手として注目を集めるようになった。

その武川佑が三冊目に上梓したのが本作『悪将軍暗殺』である。主人公は実在の人物ではなく、架空の少女。時代は戦国から遡《さかのぼ》って室町中期、南北朝時代と戦国時代に挟まれた、教科書でもあまり取り上げられないマイナーな時代だ。

饅頭を売って暮らす少女・小鼓はある日、故郷の町を焼かれ、片腕まで失う。その原因を作り、同時に彼女を救ったのは、青蓮院の高僧・義圓——後にくじ引き将軍と称され、〝万人恐怖の世〟と呼ばれる時代を作り出した第六代将軍・足利義教だった。多くのものを失った小鼓は、行方知れずとなった父から教わった兵法に己の生きる道を見出し、戦場へと飛び込む。

このあらすじだけでも、過酷なストーリーになるであろうことは容易に想像できる。作者がよほどの覚悟をもって向き合わなければ、「ハンデにめげず努力した主人公は、本当の幸せを見つけました」的な、凡庸《ぼんよう》な物語にもなりかねない。

もちろん、その心配は杞憂に終わった。物語の筋自体は過酷なものだが、親しみやすいキャラクターと疾走感のある筆運びで、〝重たい〟小説にはなっていない。馴染《なじ》みのない時代が舞台でも、歴史小説にありがちな小難しい説明が延々と続くようなことはなく、すんなりとこの世界に入っていける。読者は小鼓とともに中世の戦場を駆け、彼女の流転の運命に一喜一憂し、大きな満足感を抱いて本を閉じることになるだろう。

歴史に詳しい読者であれば、足利義教がどんな運命を辿り、この時代がどう動いていくかは知っているかもしれない。だが、主人公はあくまで、名もなき庶民である小鼓である。彼女が歴史上の人物たちとどう絡み、どうやってこの過酷な時代をサバイブしていくかが本書の読みどころだ。歴史の流れの行きつく先を知っていても（もちろん知らなくても)、主人公の視点に立って物語を愉しむことができる。その点で、本作はエンターテインメント小説として大成功を収めていると言っていい。

だが本作の魅力、凄みは「エンタメとして一級品」というだけにとどまらない。筆者が唸らされたのは、この小説に込められたある種の革新性だった。それは、前近代の日本に当たり前のように存在した差別構造と真っ向から向き合っているところだ。

物語前半、九州に渡った小鼓は戦場で瀬良という女性に出会う。彼女は女性でありながら足軽となり、男たちを率いて戦場を渡り歩いていた。人権の概念が無い時代、戦場では略奪が横行し、女性が強姦《ごうかん》されるのは日常茶飯事だった。瀬良は略奪や強姦から弱い者たちを守るため、〝ガラスの天井〟に頭を押さえつけられながらも一軍の将になることを目指す。

また、紆余曲折《うよきょくせつ》を経て東国に辿り着いた小鼓は、かつては自分も〝東狗〟と蔑《さげす》みの目を向けていた関東の人々と交流し、自らの差別意識に向き合う。さらには、癩《らい》病(ハンセン病)患者が集まる庵で働きはじめるのだ。

例外はあるにしても、歴史小説の多くは実在した英雄豪傑のサクセスストーリー、あるいは奮闘虚しく敗れ去った者たちの悲話だ。そうした物語は単純に面白いし、素晴らしい小説は無数にある。だが多くの場合、戦に巻き込まれて強姦される女性や、凄まじい差別構造の中で社会の底辺に押し込まれ、存在さえも黙殺された病人たちの視点が描かれることはない。

武川佑は、本作のインタビューでこう語っている。「歴史は英雄や名を残した人々だけのものではない」「小鼓は、名もなき人々の象徴であり、虐げられた人々の最大公約数的存在」と。

小鼓自身、女性であり、孤児同然になり、さらには片腕を失うという多くのハンディキャップを背負っている。だが彼女は、「片腕でも女子でも、できることがあると証明したい」と、〝女だてらに〟兵法を学んで戦場へ飛び込んでいく。瀬良は小鼓に進むべき道を示し、癩病を患う千早は小鼓を肯定し、背中を押す。その意味では、本作は優れたシスターフッド小説であり、エンパワメント小説でもあるのだ。

歴史に名を残す者の大半は男性であり、人類の半数を占めるはずの女性は脇役に追いやられてきた。日野富子や楊貴妃《ようきひ》のように名が残っていても、「国を傾けた悪女」といった評価がなされることも少なくない。しかし当然のことながら、記録に残っていないからといって、存在しないわけではない。戦争の巻き添えを食って多くを失った人々を、「それがその時代の価値観だったのだから仕方ない」と切って捨てることは、過去に生きた人々への冒瀆《ぼうとく》ではないだろうか。

これまで多くの歴史小説家が見過ごしてきた、あるいは見ようともしてこなかった弱者（とされる人々）と正面から向き合い、彼、彼女らの視点を丁寧に拾い上げる。それこそが、小説家武川佑の最大の強みだと思う。

近年では、かつてのように歴史上の偉人を経営の手本としたり、必要以上に礼讃したりといった傾向は減ってきている。歴史とジェンダーの関わりを扱った書籍も増え、多様な視点から歴史を捉えようという試みがなされている。

それでも、歴史小説で取り上げられる人物はいまだに、大名や武将といった社会の上層部にいる人々が圧倒的多数だ。中世を舞台とする庶民の女性が主人公の小説ともなると、思いつくものは皆無に等しい。その点においても、やはり本作は稀有な存在なのだ。

本作で第十回日本歴史時代作家協会賞作品賞を受賞した武川佑は、その後も関ケ原の戦い前夜を舞台にした料理人の少女の成長物語『かすてぼうろ　越前台所衆　於くらの覚書』、戦国末期の鎧《よろい》職人が主人公の『真田の具足師』と、多作ではないものの一風変わった歴史小説を上梓している。

願わくはこの先も、武川佑には歴史上の声なき声を拾い上げていってほしい。そして、今も社会に蔓延《はびこ》るマチズモ的価値観と、ともすればそれに陥りがちな歴史小説の世界に一石を投じ続けてほしいと、心から願う。

（小説家）

単行本　二〇二一年三月　文藝春秋刊
『千里をゆけ　くじ引き将軍と隻腕女』から改題
デザイン　野中深雪
ＤＴＰ制作　言語社

文春文庫

悪《あく》将《しょう》軍《ぐん》暗《あん》殺《さつ》

定価はカバーに
表示してあります

2024年2月10日　第1刷

著　者　武《たけ》川《かわ》佑《ゆう》
発行者　大沼貴之
発行所　株式会社 文藝春秋

東京都千代田区紀尾井町 3-23　〒 102-8008
TEL 03・3265・1211 (代)
文藝春秋ホームページ　http://www.bunshun.co.jp

落丁、乱丁本は、お手数ですが小社製作部宛お送り下さい。送料小社負担でお取替致します。

印刷・萩原印刷　製本・加藤製本

Printed in Japan
ISBN978-4-16-792173-6

（　）内は解説者。品切の節はご容赦下さい。

松井今朝子
老いの入舞い
麹町常楽庵　月並の記

若き定町廻り同心・間宮仁八郎は、上役の命で訪れた常楽庵で、元大奥勤め・年齢不詳の庵主と出会う。その周囲で次々と不審な事件が起こるが…。江戸の新本格派誕生！　（西上心太）

ま-29-2

松井今朝子
縁は異なもの
麹町常楽庵　月並の記

町娘おきしの許婚が祝言間近に不審な死を遂げる。「私が敵を討ちます」——娘の決意に間宮仁八郎は心を揺さぶられる。大奥出身の尼僧と真相に迫る江戸の新本格第二弾。　（末國善己）

ま-29-3

松井今朝子
江戸の夢びらき

命を燃やすが如き〈荒事〉によって歌舞伎を革新し、民衆から信仰のような人気を得た初代・市川團十郎はなぜ舞台上で刺殺されたのか。その謎多き生涯に迫る圧巻の一代記。　（岸田照泰）

ま-29-4

宮城谷昌光
楚漢名臣列伝

秦の始皇帝の死後、勃興してきた楚の項羽と漢の劉邦。覇を競う彼らに仕え、乱世で活躍した異才・俊才たち。項羽の軍師・范増、前漢の右丞相となった周勃など十人の肖像。

み-19-28

宮城谷昌光
三国志外伝

「三国志」を著したのは、諸葛孔明に罰せられた罪人の息子だった（「陳寿」）。匈奴の妾となった美女の運命は（「蔡琰」）。三国時代を生きた、梟雄、学者、女性詩人など十二人の生涯。

み-19-35

簑輪　諒
千里の向こう

龍馬とともに暗殺された中岡慎太郎。庄屋の家に生まれた生真面目で理屈っぽさが取り柄のいごっそう（頑固者）は、魑魅魍魎が蠢く幕末の世で何を成し遂げたのか？　稀代の傑物の一代記。

み-59-2

（　）内は解説者。品切の節はご容赦下さい。

宮本紀子
おんなの花見
煮売屋お雅 味ばなし

お雅が営む煮売屋・旭屋は、持ち帰りのお菜で人気。気難しい差配、常連客の色恋、別れた亭主……様々な騒動に悩まされながらも、お雅は旬なお菜を拵え、旭屋を逞しく切り盛りする。

み-61-1

山本一力
あかね空

京から江戸に下った豆腐職人の永吉。己の技量一筋に生きる永吉を支える妻と、彼らを引き継いだ三人の子の有為転変を、親子二代にわたって描いた直木賞受賞の傑作時代小説。（縄田一男）
や-29-2

山本兼一
火天《かてん》の城

天に聳える五重の天主を建てよ！　信長の夢は天下一の棟梁父子に託された。安土城築城の裏に秘められた想像を絶する創意工夫。第十一回松本清張賞受賞作。（秋山　駿）
や-38-1

山本兼一
花鳥の夢

安土桃山時代。足利義輝、織田信長、豊臣秀吉と、権力者たちの要望に応え「洛中洛外図」「四季花鳥図」など時代を拓く絵を描いた狩野永徳。芸術家の苦悩と歓喜を描く。（澤田瞳子）
や-38-6

山本兼一
利休にたずねよ

美の求道者ゆえ、秀吉に疎まれ切腹を命ぜられた利休。心の中には若き日に殺した女がいた。その秘めた恋と人生の謎に迫る圧巻の第140回直木賞受賞作。浅田次郎氏との対談を特別収録。

や-38-10

山本周五郎・沢木耕太郎　編
山本周五郎名品館Ⅲ
寒橋（さむさばし）

周五郎短編はこれを読め！　短編傑作選の決定版。「落ち梅記」「人情裏長屋」「なんの花か薫る」「かあちゃん」「あすなろう」「落葉の隣り」「釣忍」等全九編。（沢木耕太郎）
や-69-3